有爱的青春陪伴者

# 你是人间小桃源

瑞迟 著

花山文艺出版社
河北·石家庄

图书在版编目（CIP）数据

你是人间小桃源 / 瑞迟著. -- 石家庄：花山文艺出版社，2021.9
ISBN 978-7-5511-5800-8

Ⅰ. ①你… Ⅱ. ①瑞… Ⅲ. ①长篇小说－中国－当代 Ⅳ. ①I247.5

中国版本图书馆CIP数据核字(2021)第097661号

| | |
|---|---|
| 书　　名： | 你是人间小桃源 |
| | Ni Shi Renjian Xiaotaoyuan |
| 著　　者： | 瑞　迟 |
| 统筹策划： | 张采鑫 |
| 特约编辑： | 欧雅婷 |
| 责任编辑： | 董　舸 |
| 美术编辑： | 胡彤亮 |
| 责任校对： | 郝卫国 |
| 装帧设计： | 颜小曼　Cain酱 |
| 封面绘制： | 星星在天上 |
| 出版发行： | 花山文艺出版社（邮政编码：050061） |
| | （河北省石家庄市友谊北大街330号） |
| 销售热线： | 0311-88643221 |
| 传　　真： | 0311-88643225 |
| 印　　刷： | 长沙鸿发印务实业有限公司 |
| 经　　销： | 新华书店 |
| 开　　本： | 880×1230　　1/32 |
| 印　　张： | 9 |
| 字　　数： | 229千字 |
| 版　　次： | 2021年9月第1版 |
| | 2021年9月第1次印刷 |
| 书　　号： | ISBN 978-7-5511-5800-8 |
| 定　　价： | 39.80元 |

（版权所有　翻印必究·印装有误　负责调换）

# 目录
contents

**001 楔子**
关于桃源的承诺

**004 第一章**
那个什么生姜丸子酱到底是谁？

**017 第二章**
关于人气博主和顶流偶像合作这件事

**035 第三章**
养了只鹅当宠物就算了，竟然还信它能出门接人？

**053 第四章**
呵，这女人还真比他想象中更会爬树

**080 第五章**
原来是小姜姐和纪原旻有心电感应

**102 第六章**
不想当卧底的合作者不是个好爱豆

**125 第七章**
一碗醉虾引发的挟持

**143 第八章**
一个人气爱豆，既要上得T台走秀，又要下得荷塘挖藕

# 目录
contents

**156 第九章**
那个活在众人眼前，万众瞩目的纪原旻终是回来了

**181 第十章**
任何以她为代价的光芒辉煌，我都不要

**206 第十一章**
一不小心把未来大舅哥给打了

**230 第十二章**
我想有你女朋友的一切待遇标准，从现在开始

**248 第十三章**
既然八卦来得那么突然，那就坐实它！

**267 番外一**
想吻你绝不会找其他借口

**273 番外二**
见家长而已，放轻松！

**277 番外三**
番茄炒蛋

**280 后记**

# 楔子
### 关于桃源的承诺

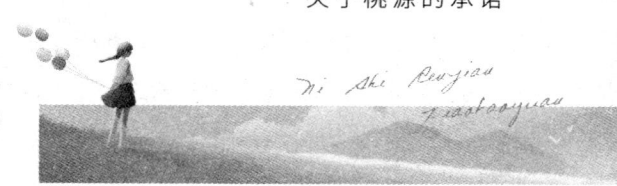

黎姜九吃喝玩乐的好日子终于走到了头。

"老头儿！我早就说过我根本没兴趣！"女孩梗着脖子往身后沙发上一靠，倔强地盯着对面的老人，眼神清亮。老人七十来岁，鬓发早已发白却依旧精神抖擞，正充耳不闻低头看文件。

"小九！"旁边的沙发中还坐着一位男人，眉眼清冷俊朗，不难看出和黎姜九有几分相似，"怎么和爷爷说话的？"

黎姜九哼哼道："我又没说错。老黎你是男孩，家里有你已经够了，为什么非要把我的人生也安排进去？"

"你们每天做的事情搁现在说得好听叫什么企业家，这要放以前妥妥就是个地主！"

"地主？"黎鹤知终于放下了文件，正视着黎姜九，声音威严。

黎姜九瞥了眼："不然呢？每天想着怎么多买些地然后再卖出去，倒腾来倒腾去的我才不稀罕！"

黎姜九只想好好做一个安分守己的千金大小姐，不违法乱纪，不道德败坏，不欺凌弱小，认认真真地花钱，绝不让兄长长辈操一点心。

可是，如今竟连这点小要求都是奢侈了。

"到底是不稀罕，还是因为没本事？"黎鹤知突然意味深长地笑了起来。

黎姜九当下眉头一竖，想也没想："谁说我没本事？"

"你怎么证明？"

"你要我怎么证明？"

老人等的就是她这句话。而黎姜九刚说完就后悔了，她看见黎鹤知像只老狐狸般眯起眼看向自己。她熟知自家爷爷这表情，当下右眼皮跳了跳反应了过来，又上套了！

黎鹤知不疾不徐地双手交握，闭目养神起来："这样如何，我给你一块地，你若能像你哥那样，我便不再干涉你今后人生分毫。"

黎姜九知道黎江一初入公司的时候，黎鹤知曾丢给他一个棘手的项目，可没想到黎江一出人意料地完成了这项考验，不仅把桐城区临江的这一片未开发的空地打造成现在桐城区的最贵别墅群，还登上了当年JL旗下《人物》杂志的年度封面。

"当然，如果你做不到，"黎鹤知顿了顿，眯起眼，"那就乖乖回来和你哥一起接我的班。"

黎鹤知抬眼上下一扫对面的人："小九你没什么经验，不同于江一，我对你的要求放低些，三年时间，黎氏资源随意用，上杂志什么的也不要求……"

"别！"黎姜九双臂抱胸站起身，"放低什么要求啊，老黎最后达到什么水准我也一样，你不知道你孙女从来见不得别人放水吗？"

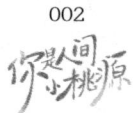

"老头儿,那说好了。"黎姜九也学着爷爷的模样眯起眼,"三年时间,我不靠黎氏一分一毫的东西,凭自己的本事同样登上 JL 的《人物》杂志,让你的那块地变得众所周知,你以后就别再管我!"

一旁的黎江一还想说些什么,可是黎姜九已经下了决定,她抬眼懒懒道:"老头儿,说吧,你打算把我丢哪块地上去?"

"城区东边有片林地一直没开发,知道的人不多,地方虽偏了些,但好在那里景色环境都还不错,民风淳朴,小时候你们还去玩过几回,小九就去那里吧。"

黎姜九神色一顿:"老头儿你说的该不是……"

"没错,桃源。"

# 第一章
## 那个什么生姜丸子酱到底是谁？

今年的冬天除了雨水比往年多了些，温度也是反常，令人捉摸不透，明明上周一边下着雨，气温也一边慢吞吞地爬出了个位数，可昨天温度又一下子跌回了零度。

跨年夜那天也下起了小雨，可一点也没减少小情侣们去约会、小年轻们去嗨乐的热情。同样没被雨水浇灭热情的还有一拨人，那就是扛着长枪短炮还能健步如飞、一点也不输给男人的追星迷妹！

因为跨年夜这天也是备受瞩目的一年一度微博之夜。从走红毯开始，有关各位明星"爱豆"的花式热搜就根本没停过。其中，一个名为"纪原旻红色秋裤"的话题一直稳稳当当坐在热搜第一的位置。

此时会场的休息室内，空调开得很足，各色人等来来往往，闹哄哄的氛围让人昏昏欲睡。而坐在最不起眼角落里的，正是我们和红色秋裤一同冲上热搜第一的男主角纪原旻。

男人长了张清俊禁欲的脸，高鼻薄唇，但偏偏生了双含情脉脉的桃花眼，不仅搅了他高冷的形象，不笑还好，一笑起来任他看谁都觉得眼带春风，好像刚才的严肃冷淡都是假正经。

纪原旻今天穿了身黑色西装内搭复古印花衬衫，宽肩窄腰的完美比例一览无遗，下身配了同色系的深色西裤，但穿在他身上，九分裤成了七分裤。这下可好，不仅让大家看到了男人的大长腿，还顺带让隐藏起来的红色秋裤一览无遗。

而此刻，和这个冬天的温度同样让人捉摸不透的那双桃花眼微合着，男人正靠着椅背闭目养神。

"你就那么冷？"坐在纪原旻身边的助理舒妙此刻十分头疼，"你觉得你冷得过那些露胳膊露腿的女星？"

"今天最低温度零下两度呢。"纪原旻懒懒道，"你没看天气预报？"

舒妙心力交瘁："那为什么非穿个大红色，你的本命年都过去好几年了。"

纪原旻依旧闭着眼："喜欢。"

舒妙拿出手机："你看看别人的热搜通告，你再看看你……"

"我看了，热搜第一，他们都被我甩在后面。"纪原旻接过话。

"而且你要清楚，我会上热搜才不是因为红色秋裤。"纪原旻终于睁开了眼，一双桃花眼弯得巧妙——

"是因为我是纪原旻。"

超人气偶像纪原旻仅凭那张俊脸便收获了一大把妹妹粉、女友粉、妈妈粉就不谈了，身为当今时尚圈宠儿的他，还借着超高人气带火了一众大小品牌，甚至还将带货王的业务拓展到了美妆行业。

纪原旻曾在一条Vlog中随口说了句某品牌口红的某色号挺好看，挺适合男生送女朋友的。此Vlog发出后的三小时内，不仅"纪原旻色号"登顶微博热搜，就连该品牌各旗舰店的该口红都卖断了货。这一拨令人措手不及的操作最开心的大概就是那个白捡了便宜的某彩妆品牌。

自此，这支色号的口红宣传语也立马换了：你可以没有男朋友，但一定要有支纪原旻色号口红。

舒妙叹了口气，低头看了眼时间："差不多了，可以入场了。"

纪原旻懒懒地站起身，目光无意间扫过助理的唇，顿了顿笑了："连你都用上了，看来纪原旻色号是挺火。"

舒妙脸一红，催促他："快走吧，还要不要领奖了？"

纪原旻理了理头发，想着一会儿要上台领奖，语气透着无奈："啧，人太红可真烦啊。"

舒妙送他出门："微笑！在台上一定要记得微笑啊！"

微博之夜中分量最重的奖项当数最后压轴颁发的微博人气王，无论哪位明星得奖，对他的影响力号召力都是一种极大的肯定。

人气顶流纪原旻已经凭借其每年遥遥领先的微博点赞数连拿了两年人气王，而从今年的微博数据统计看来，点赞数最多的依旧是纪原旻在六月份发布的一条Vlog，超过八百万人点赞。

各媒体对于今晚纪原旻获得人气王三连冠也都已准备好了通稿，就等颁奖宣布那一刻。

纪原旻坐在前排，等待的过程太过漫长，男人又倦意浓浓地合上了眼，直到前面一堆冗长的环节都结束了，全场才默契地安静了下来，等待着宣布最后的大奖。

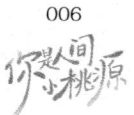

周围的闪光灯都心照不宣地朝纪原旻这边聚过来，男人这才懒懒地睁开眼。

台上的主持人手持着卡片，略显激动："今年的最佳人气王获得者真是让我太惊讶了，不仅拥有千万粉丝，每条微博的点赞数少则几十万，多则超百万……今天这个最佳人气王她当之无愧！各位嘉宾，我在此很荣幸地宣布今年微博之夜的最佳人气王就是……"

纪原旻终于微微坐直了身子，各大镜头也纷纷对准了他。

男人突然想到助理的话，十分不情愿地微微弯起了唇。

差点忘了，要微笑。

"人气博主'一只姜丸酱'！"

主持人的声音在会场清晰响亮地回荡着，纪原旻一时没反应过来，皱起了眉——奇怪，我微博什么时候改名了？

等男人反应过来，那点仅剩的微笑渐渐凝滞在了嘴角。

一瞬间，嗅到爆点头条味道的闪光灯从四面八方疯狂地打过来，丝毫没有二话地一致对准他。人气偶像本来胜券在握的大奖被人半路截了和，这条新闻绝对比纪原旻三连冠更加有话题性。

此时，纪原旻才看到手机里躺着两条十分钟前舒妙发来的信息。

"小原！你那条八百万点赞的微博半小时前被超了！"

"现在热搜第一是'姜丸酱露脸'。"

在白茫茫一片的闪光灯中，纪原旻保持着微笑暗暗回了一句——那个什么生姜丸子酱到底是谁？

"一只姜丸酱"是近两年走红网络的知名博主，她与普通网红不同，是仅凭借种田养花、捞鱼插秧就成为坐拥千万粉丝的网红界扛把子。在当今美妆段子遍地开花，直播唱歌网络横飞的网红界，姜丸酱绝对是一股当之无愧的清流。

因为她把日子过成了人人艳羡的神仙般田园牧歌式的生活，"当代陶渊明""娶妻当娶姜丸酱"等口号也随之浮现在网络上。

不过博主姜丸酱很神秘，视频中从未露脸，人们只能看到她清瘦出众的身影。从下水捞鱼到上树摘果，这些都不算什么，姜丸酱最拿手的本事是酿得一手好酒，果酒、花酒、小麦啤酒等，一年四季不间断。

虽然一直没露过正脸，但姜丸酱早已是网友粉丝心中气质清越岁月静好的女神般的存在。

而今晚姜丸酱之所以能一举拿下人气王，就是因为那层神秘的面纱终于被揭开。

这要多亏那位眼尖细心的网友，在姜丸酱这期的Vlog中，有七秒的镜头是对着一个密封的酒坛子，而酒坛正对面就是一面清晰的玻璃窗，毫无察觉的女子正微垂着头蹙眉认真地解着酒坛子上扎的细绳。

因为靠得极近，倒映在玻璃窗上的模样十分清晰，竟是出人意料的好看。

女子长发随意绾在头上，眉眼清越，鼻梁细秀挺直，一双眼睛清亮透彻，弧形圆润但又不像一般女子娇俏，只因眼尾略长而带了些清冷英气，是一种清淡舒服的赏心悦目。

于是，姜丸酱的粉丝们炸了，路人们炸了，就连那些极个别黑粉也酸溜溜地炸了。

是怎样的偏心宠爱，让老天在造姜丸酱的时候，不仅添加了这么些令人艳羡的技能外，还手一抖多洒了颜值。

008

于是短短三小时，不仅"姜丸酱露脸"登顶微博榜首，而且底下的点赞数已经打破纪原旻的纪录，直逼九百万，并且人数还在不断增加。

纪原旻也看到了此时网上转发疯了的那张截屏，男人脸上的表情有些令人捉摸不透。

片刻后，纪原旻关了手机，若无其事地抬头继续看着前方。

由于姜丸酱从不接各种代言广告也不参加什么活动典礼，所以主办方当下决定现场联系。

电话在响了十几声后终于通了，偌大的会场内众人不由得屏住了呼吸。

"哪位？"女人的声音，带着浓浓鼻音却仍然掩饰不住其中可爱上扬的语调。

没想到长了张清冷脸的姜丸酱竟然是萝莉音？守在手机直播前的网友们瞬间沸腾起来。

"噢，你等下啊，我叫她来。"

刚嗨起来的网友们瞬间又蔫了下去，原来是助理。

然后只听见那头传来一阵窸窸窣窣的声音和一阵沸水的咕嘟声，电话那边静了下，一道清冷好听的声音在众人耳边响起：

"你好，我是姜丸酱。"

在知道获奖后，姜丸酱不疾不徐地说了些感谢的话，并表示自己会继续坚持下去的。

啧，业务还挺熟练。纪原旻忍不住轻哼了声。

这时一位工作人员匆匆上台在主持人耳边轻声说了什么，在姜丸酱就要挂掉电话的时候，主持人喊住了她。

"我们真的很替姜丸酱小姐获奖而感到开心，在新年到来之际我们想邀请姜丸酱小姐来当我们开春的第一辑专访嘉宾，像姜丸酱小姐这样广受粉丝喜爱的……"

主持人客套的话还没说完，姜丸酱就抱歉地打断他。

"实在不好意思——"温柔有礼的声音一字一句地飘荡在会场内，"马上要过年了，要忙的事情有很多。而且最近腊肉咸鱼都还没准备，抱歉合作无缘了。"

微博主办方直播现场邀约的开年新春第一辑专访竟然比不过没腌好的腊肉咸鱼？

这个话题又成功地占据当晚微博热搜第二的位置，而此前"姜丸酱露脸""姜丸酱获奖"分别承包了第一和第三，我们人气小天王纪原旻已经被委屈巴巴地挤出了热搜前三。

与此同时，因为坐拥千万粉丝的姜丸酱半路截和了同样坐拥千万粉丝的纪原旻的人气王，所以两位的千万粉丝大军早已到达战场，激烈的论战正如火如荼地进行着。

菊粉A：我家哥哥是当之无愧的人气王好不好，谁拿走那奖我都不承认！

菊粉B：明明是我女神凭实力打败了纪原旻，喷子黑粉请走开谢谢！

菊粉A：等等，你哪位？

菊粉B：哎？不对！身为菊粉，你怎么帮对手说话啊？

到底是什么奇妙的缘分？大家这才发现这两位竟然还撞了粉？

姜丸酱因为被称为"当代陶渊明"，粉丝自称"菊粉"。而纪原旻因为谐音纪"渊明"，粉丝也称为"菊粉"。

为了避免本是同根生，相煎何太急的局面再次发生，两家粉丝论战的方向已经成功转为到底谁改名上面了。

010

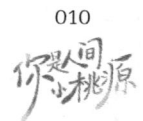

而这边，挂掉电话的黎姜九才后知后觉地打开手机，这才发现满屏都是有关自己的话题。黎姜九纳闷儿地点开那张截图，毫不费力地一眼看清了照片中玻璃窗上映着的脸。

她怔了怔神，不敢相信，双击放大。

还真是！黎姜九忍不住低声骂了句——上面那个大家口中的"美得超脱于尘世之外"的女子，可不就是那个刚睡醒不修边幅的自己嘛。

当下，她眼皮一抬，站起身一把抢过对面人手里的酒，清清冷冷地斜了眼："还喝！"

看着某人一脸蒙的表情，黎姜九把手机往人面前一拍，气哼哼地一脚蹬上椅子，单肘一撑："看看我们喝醉的老祁干的蠢事儿！"

两年前，黎姜九被自家爷爷丢到桃源的时候，还是个有些寒意的早春。

放眼望去，绿油油的山下是一片同样绿油油的广袤田地，大大小小的房子错落有致，十足的一派万物复苏春意盎然的景象。

黎姜九小时候跟着爷爷和黎江一来过桃源几回，只不过万万没想到，过了十几年的时间，外面的地铁高铁都不知建了多少条了，这边购买日常用品的小超市竟然离这儿还有七八公里远。

"三年时间，我不靠黎氏，凭自己本事带着桃源登上《人物》杂志。"

原来那老头儿当时听完冲她不是赞许地笑，而是看好戏！

老奸巨猾！黎姜九挑了挑眉——想看我可怜巴巴地溜回家，我偏住下来给你看！

天公不作美，偏这个时候下起了雨，于是女生雄赳赳的气势没过三分钟就偃旗息鼓了下来，她连忙拖着行李进了屋子。

好在这老头儿要她证明本事也不是非要从最原始的砍树盖房子开始,老人给了她一把钥匙,是山脚下的一个独栋两层小楼外带周围一圈院子。

黎姜九到这儿的时候临近傍晚,远处的农家已经陆陆续续升起了袅袅炊烟,灰白色的薄烟很快就消融在这片淡青色的雨雾里。她对着院子的大门坐着,一抬头就能看见桃源山尖尖的头,在似雾非雾的毛毛雨中,像玻璃缸里浸泡着一颗大青蒜头。

黎姜九正边盯着屋檐滴下来的雨滴发呆,边惆怅地感叹,果然现在下的雨都是当初脑子里进的水。

就在黎姜九考虑自己带来的泡面够撑几天的时候,有人敲开了院子的门,随后一道带着笑意的低沉男声迎面飘来。

"小姜九,好久不见。"一个男人披着件鹅白大衣,撑着把淡青色雨伞,倚在门口,正笑眯眯地看着她。

黎姜九愣了几秒,元修!

自黎姜九和爷爷斗气只身来到桃源后,黎江一便成天担心自家妹妹在这个要花脑子花力气的地方活不过三天,于是第一时间想到了元修。

黎姜九蹙了一路的眉头终于舒展开来了,到底还是老黎最疼自己。

黎姜九在桃源的时候,曾和黎江一去过山顶的桃源寺,就在那里认识了元修。黎江一和这位看起来年纪相仿的少年颇有话聊,黎姜九也一直以为元修是寺庙里的弟子,礼貌客气地叫了十几年"元修小师父",直到某天她竟然看见了元修吃肉。

面对两眼瞪得浑圆的黎姜九,元修好笑地望着她:"住在寺庙里就一定是和尚了?我好像从来没承认吧。况且,主持要是知道不知何时多了我这么一位生性不羁的弟子,怕是胡子都要气歪吧。小姜九还是快快收回这个称呼,

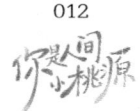

阿弥陀佛。"

黎姜九硬生生地把到嘴边的脏话憋了回去。

后来黎姜九在黎江一那儿死缠烂打地问了半天,也没套出关于元修的一丁点消息。

就这样,元修在黎姜九心中由和善温柔的元修小师父成了一个诓骗了自己这么久的神秘兮兮的臭浑蛋。

元修虽然是个浑蛋,但好歹算是个有良心的浑蛋。

元修给她带来了蔬果种子、鸡蛋和秧苗,耐心地教她插秧捞鱼、爬树摘果。噢,对,他还送了她一只大白鹅。

黎姜九自见到这只白胖的大白鹅就成天想着是红烧鹅香还是盐水鹅好吃,奈何刚开始的厨艺实在让人不敢恭维,所以这只大白鹅幸运逃过了被端进盘子的命运,她随便给它起了个"姜点儿"的名字便养了起来。

没想到这只名叫姜点儿的大白鹅,看家护院是一把好手,吃饱了战斗力也极强,黎姜九曾看见它愣是把一条冲它狂吠的黑犬给啄得落荒而逃。

古人在这山林中是闲云野鹤,她则是赏花遛鹅,虽然同是扑扇着雪白翅膀的动物,她的这个档次低了那么些,但丝毫不妨碍她把日子过得悠然惬意。

时间多半是空闲的,以前总喜欢去各式清吧酒吧的黎姜九尝不到酒了,心痒痒地便开始自己摸索捣鼓着酿酒。

万事开头难,她上过几次当后就拿元修做实验。

终于有回在元修视死如归地抿了口后,良久,缓缓地朝她竖起了大拇指。

黎姜九这门手艺总算是自学成才了。

自此之后,元修每次下山总会背着个手晃悠到她这儿,往往人还没进门,声音便先传了进来——

"好久没看到我家小姜九了，瞧，今儿下山就特地来看看你！"

黎姜九皮笑肉不笑地挑了挑眉："嗯，这话上周你就说过了。"

女生倚在一旁，看着元修熟门熟路地绕进厨房，东嗅嗅西闻闻一番，然后准确无误地找到新酿的那坛酒。

"回回到我这儿来偷喝，就不怕我告诉主持大师？"

元修端着酒杯面不改色心不跳："小酌小叙，何必惊动主持？"

黎姜九瞥了眼已经空了小半的酒坛子，耸耸肩。

呵，小酌？

也就元修会回回小酌个二三四五六七杯而已吧。

当然，同样馋着黎姜九的酒的人不止元修，还有祁牧和林少艾。

前著名退役狗仔记者祁牧，职业习惯使他总喜欢穿身黑夹克或者牛仔，头发能留到快齐肩了才不情不愿地去修剪，下巴上的胡楂就更别提了，十天八天不刮，就是一个颓废十足的堕落青年。

不修边幅的祁牧一旦工作起来便是一副人狠话不多的样子，他曾作为某八卦杂志的一员大将，挖了不少猛料。而现在的他低调退出江湖，一个人撑起了黎姜九的技术部，从拍摄剪辑到成片。

林少艾则是黎姜九身后屁颠屁颠的小助理，圆脸圆眼婴儿肥，一笑起来露出两个酒窝，吃好睡好力气大，任劳任怨死忠粉。

林少艾是打心眼里喜欢黎姜九，天天围在黎姜九身边一口一个"小姜姐"，大到为黎姜九打理微博日常，小到跟着她上山砍柴，无论是花时间还是出力气，她都是乐在其中。

今天跨年夜，黎姜九从一大早就开始准备火锅食材，当然还有未开封的一坛子酒。

可到了晚上黎姜九才发现那坛酒莫名其妙少了一半，再一看坐在那儿等开锅的二人，脸颊上无一不顶着两团红晕。

黎姜九瞬间明白了，祁牧敢情就是在这种状态下剪完了这次的Vlog？

男人眨巴了两下眼睛才反应过来，面无表情地张了张口吐了两个字："抱歉。"

而真正的罪魁祸首林少艾则咬着筷子小心翼翼地瞥了眼黎姜九，其实上午是她非拉着祁牧一起偷喝的，没想到最后自己没惹什么事儿，却连累祁牧工作出了岔子。

祁牧说完抱歉后其他一个字没提，便又顶着那张面瘫脸面不改色地涮着菜。

林少艾终于放下提着的心，十分感激地瞟了他两眼，转身看向黎姜九。

"小姜姐，我觉得这次的意外倒是对两周后的JL约谈有帮助，你想啊，你获了奖，还是个大奖！起码他们在考虑选择年度封面的时候，这些积极的话题和人气对你来说都不是坏事。

"我们该低调的时候低调，该露脸就得露脸，总不能等到最后大家还不知道封面上的人就是姜丸酱吧？"

林少艾的话有几分道理，让黎姜九的神色缓和了些，她轻哼了声终于放下腿坐了下来。

"一只姜丸酱"在网络上走红的同时，也带来了很多机会。但黎姜九从不接任何代言广告，不参加任何访谈活动，哪怕是一些大品牌抛来合作机会，黎姜九也始终正眼都不瞧。

直到某天，JL 的《人物》杂志向黎姜九抛来橄榄枝——他们邀约她去做一期访谈。

《人物》杂志每期的访谈嘉宾都是声誉极高的，并且最后的年度封面人选就在其中产生。

《人物》杂志约访的商业精英、名家作者不在少数，黎姜九却是他们约谈嘉宾中的第一位网红博主。

真不知道那倔老头儿看见自己是以人气博主的身份登上《人物》杂志实现和他的约定，该会是什么样的表情。想到这儿，黎姜九不由得笑了。

林少艾忽然又想起什么："对了，小姜姐，还有元修大师托你办的事千万别忘了……"

"叫谁大师呢？"黎姜九懒懒地瞥了眼少艾，"小少艾啊，你再这样下去当他的助理好了。还有，说了多少次，别看他生得白净和善又成天混在和尚堆里就大师大师地喊，明明是个脸皮厚得能开火车的臭浑蛋，下回跟我一起叫他浑蛋，记住没？"

## 第二章
### 关于人气博主和顶流偶像合作这件事

纪原旻还是觉得今天很冷,他觉得很大一部分原因是没穿秋裤。

今天应《人物》杂志约谈,男人打扮得很是扎眼,黑色高领毛衣外搭一件沉静藏蓝色大衣,顾长的身材被这样一衬,更显清俊。

阳春三月,太阳晴朗得很,可是温度却只比寒冬暖和一点儿,在开足了空调的房间里坐久了,丝丝寒意还是顺着裸露在空气里的一截脚踝往上爬。

人一冷啊想闭目养神会儿都专心不了。

舒妙注意到男人蹙起的眉头,探过身子关切道:"今天一会儿结束了就早点回去休息吧。"

纪原旻奇怪:"下午不是还有个什么代言要拍吗?"

舒妙的脸上闪过一丝不自然:"那个……暂时先不拍了,你最近有些忙就先休息休息。"

"暂时先不拍了?"纪原旻察觉到舒妙语气中的微妙,盯着她,"什么意思?"

"就、就是先缓缓。"

纪原旻掏出手机拨出经纪人胡哥的电话,懒懒道:"好吧,那我还是问问胡哥……"

"好好好!"舒妙无奈,只得如实说,"下午的那个代言,品牌商说他们考虑了下,觉得你的气质形象有点不太符合,他们想要一个更清雅脱俗点儿……"

"他们要换人?"纪原旻明白了过来,眯起眼,"是谁?"

舒妙微愣,而后张了张口:"姜丸酱。"

"虽然那个博主好像从来没接过广告代言,但品牌商还是想争取下。"

纪原旻眼睛眨也不眨,漫不经心道:"哦,是因为她上回得奖的原因吗?"

"多半有点关系。"舒妙不动声色地瞥了男人一眼,"你也知道,现在的市场就会跟个风凑个热闹,谁火找谁。不过一个网红能火多久?再说像一些杂志访谈之类的,他们就没资格,再火又如何?"

舒妙的一番话也不知纪原旻听进去了多少,男人微合着眼睛,没有什么表情,片刻后说道:"我有些渴了。"

舒妙见距离纪原旻开始的时间还早,便下去替他买咖啡。

舒妙前脚刚走,身后的那双桃花眼便倏地睁开了。下一秒,纪原旻掏出手机,只见屏幕上迅速输入了"一只姜丸酱"几个大字。

男人目不转睛地浏览着手机,他倒要看看这个回回和自己杠的人到底有什么大能耐。

啧,会做菜?厨子不也会?

喊,会耕田?那不是牛做的事吗?

018

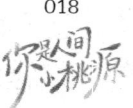

呵，还会酿酒？敢情还是个好酒女子。

纪原旻眯着眼正看得认真，突然听见耳边响起一道清冷温柔的声音——

"其实用青梅酿酒，味道不是很甜。"

纪原旻侧头，身旁不知何时坐了个女生。

其实从刚才他们一进来，纪原旻就感觉到有道目光落在自己脸上，因为平时备受瞩目习惯了，他倒也没太在意。直到刚刚，他才感觉这道投过来的视线是直奔自己，一点也不拐弯。

纪原旻抬头迎上对方，女生的目光直坦坦、清亮亮，没有一点害羞与回避地打量着自己。

像是怕他不信，女生又补充道："真的，偏差分毫，口味都会有些涩。"

女生长了张舒服干净的脸，眼尾稍长，鼻梁细秀挺直。他盯着那双清冷冷的眼眸，恍神间竟然觉得这清越的眉眼有些眼熟。

不过长得好看的人一般脑子都不大好使，纪原旻大脑运转了几秒，愣是没搜索出哪段记忆中出现过这张脸。

他打量两眼后移开视线，没有说话。

谁知女生没有作罢反而挪近了一步，看了眼纪原旻的手机试探道："你也喜欢姜丸酱？

"我知道她，很有名，千万粉丝，微博人气王，听说她那个奖还是在最后关头反超赢得的……"

纪原旻终于忍不住哼了声，懒懒地抬起眼皮："喊，炒作手段而已。"

说着，他晃了晃正在播放 Vlog 的手机，斜眼问："一个弱不禁风的女子去扛竹子砍柴火，怎么，金刚黛玉吗？"

旁边的女生若有所思地眯起眼："噢？你是这么想的？"

"没脑子的网友当然是给他们看什么就信什么。"纪原旻正了正身子,"我可跟他们不一样。"

女生弯起眼尾,顺着接过话:"当然,你可是纪原旻,人气小天王。"

女生的赞美让纪原旻很受用,他几不可察地扬了扬嘴角:"一个奖而已,又不是万能入场券,比如像今天的这种场合,她拿了大奖又如何?"

"的确没意思,再大的奖杯拿回去也就是个摆设。"女生附和地点头,"哪像你,明明人气已经这么高,还一直低调地坚持做公益,你今年好像又捐了三所小学吧?真了不起,这才是真正应该受大家喜欢的偶像楷模。"

纪原旻有些意外,他还以为大家从来不关心这些。

其实从很早之前开始,纪原旻就在做公益了,虽说初衷大概真的只是因为钱多,但他也一直坚持到现在。

纪原旻从不会大肆宣扬这件事,但也从没有刻意低调。可奇怪的就是,细数他今年拍了多少本杂志接了多少支广告的人一抓一大把,但知道他捐了几所学校的却寥寥无几。

纪原旻也是自那时才明白,如今的社会就是个浮躁的圈子,轻飘如浮沫的名利声望远比那些真正值得关注的东西更能吸引绝大多数人的目光。

"你看事情倒还挺透彻。"纪原旻被这一溜儿马屁拍得心情一下子舒畅愉悦起来,他瞟了眼女生,"粉丝?说吧,是要签名还是合照?"

女生垂下眼笑了笑,终于表明来意:"我其实是想和纪先生谈合作的,自我介绍下,我是……"

"合作?"纪原旻一愣,打断了女生的话。

原来不是粉丝?男人后知后觉地想起来这里是等待休息室,除了应邀来的嘉宾及其助理外,其他人是进不来的。

纪原旻终于认真打量起女生,纯黑针织及踝连衣裙包裹着凹凸有致的身材,穿着双高跟牛皮靴衬得人高挑纤瘦,外披一件藏蓝色的宽松西装外套,浪漫温柔的气质中则又添了几分利落英气。最重要的是,她胸口挂了张和自己胸前一样的牌子,隐约能看到上面印的名字。

黎姜九?

哦?敢情她也是被 JL 邀请来的?

能收到 JL 的邀约不容易,没有点出众的能力,再怎么找人去谈也谈不下来。

纪原旻瞥了眼这位打眼看来和他今日穿着莫名挺搭的女生,了然道:"你是设计师吗?还是艺术家?具体是哪方面的合作?"

女生继续道:"合作视频,我不是搞艺术的,我是……"

"你有微博吗?互关下吧,我这人无论和谁合作,都习惯先了解认识对方。"纪原旻拿出手机。

女生表情有点犹豫。

纪原旻了然地一挑眉:"这也要考虑?你以为每个人气天王都会像我这样有闲情去了解认识合作对象?"

见女生张了张口,纪原旻立马挥了挥手:"如果是感谢的话就算了,我也是难得碰到一个值得欣赏的人。"

女生终于点了头,弯了弯好看的眉眼:"那好吧,就按你说的,希望不会麻烦你。"

麻烦?纪原旻皱了皱眉,但没在意:"对了,刚刚一直没听清你是做什么的来着?"

他正问着,突然手机振了下,猜到应该是关注提醒到了。

纪原旻懒懒地打开手机,只见消息栏中赫然躺着一条新信息:一只姜丸酱刚刚关注了你。

嗯？一只姜丸酱关注了我？

奇怪？一只姜丸酱为什么要关注我？难道是知道我偷看了她微博吗？嘶，不应该啊！

等等！一只姜丸酱……关注了我？

一瞬间，纪原旻倏地想起了在哪儿见过这张脸。

是那张被网友转疯了的照片，一扇玻璃窗，一张清冷温柔的脸，眉眼清越，鼻梁挺直，是一种清淡舒服的赏心悦目。

而此时，那双清亮透彻的眼睛正笑眯眯地看着自己，在纪原旻微滞的表情中，女生冲他晃了晃手机。

"刚刚一直都想自我介绍下，我是姜丸酱。"

林少艾拎着咖啡回到等待室的时候有些晚了，黎姜九正靠着椅背闭眼休息。听到身边有人坐下，黎姜九懒懒地睁开眼："回来了？怎么这么久？"

林少艾递过咖啡："刚刚楼下有个后来的女人和我点的一样，咖啡做好了，非说那一杯是她先点的，我争不过就多等了会儿。"

黎姜九抿了口："下次还是我和你一起去吧，免得又有人欺负我们小少艾。"

林少艾拿过一张纸仔细地替黎姜九擦了擦嘴："别了，我们小姜姐可是温柔清冷的女神，今天不宜生气动粗，尤其是现在，形象可千万不能崩了。"

黎姜九又闭上了眼："得了吧，我可不是大明星，走哪儿哪儿就有狗仔蹲守着，街上有几个人能认得我？"

"那是以前，现在只要是上过网的人应该都知道姜丸酱长什么模样，不认识你的要么就是家里没通网的村口少年，要么就是重度脸盲失忆患者。"

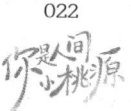

黎姜九脑海里蓦地闪过刚刚那位的脸，眉目清俊，高鼻薄唇，眼若桃花，无论怎么看都是无可挑剔的一张脸。

啧，只不过可惜了，是个重度脸盲失忆患者。

下一秒，黎姜九睁开眼冲林少艾狡黠一笑："告诉你个好消息，猜猜。"

"不会是元修大师……"林少艾正说着无意间瞥到黎姜九危险地眯起眼，一个激灵立马改口，"嗯……那个浑蛋托你办的事，你搞定了？"

黎姜九懒懒道："事情虽然没定下来，但人已经定了。"

林少艾好奇："谁？"

黎姜九慢条斯理道："人气带货王，纪原旻。"

之前黎姜九一直以为，元修许是天天接触佛法佛偈，虽不是出家人但也秉着一颗慈悲为怀的心，所以山上山下的乡里乡亲有什么事情元修总是能帮个忙的就搭把手。

到后来黎姜九才发现，什么慈悲悯怀，纯粹就是元修爱管闲事。今日张哥和张嫂吵架了，元修要去劝和。明天李家的鸡鸭少了，元修定会去查查看。

所以，当桃源山的蜂农自产的蜂蜜销路惨淡，心肠热得好比刚出炉的热狗的元修当然不能坐视不管，他将事情揽了下来，并且找到了黎姜九。

"凭什么我要帮你？"彼时黎姜九一屁股坐在密封的酒坛子上，双臂抱胸，"你喝了我这么多酒还没找你算账呢，我为什么又要帮你卖蜂蜜？"

元修不急也不恼，笑眯眯地看着她："行，那就算算账吧。"

"我记得没错的话，现在你院子里种的这些蔬果好像都是我带给你的种子，你浇水施肥也颇费精力，等这些熟了我也不多拿，拿六成就够。

"还有，你干活的那些工具也是主持让我带下来的，你记得挑个日子上山还了。

"噢,差点儿忘了,姜点儿好像也是我送你的,我看你把它调教得看家护院挺不错,等一会儿便也让它和我一起回去吧……"

"停停停!"黎姜九终于忍不住了,极不情愿地瓮声瓮气道,"我帮你就是。"

可至于怎么个帮法,林少艾的建议是最好不要直截了当地就打广告,可以按照黎姜九的一贯风格,多拍几支相关的Vlog。而且为了增加宣传性,可以找人合作一起拍,当然也要有点人气,形象气质符合的人选。比如皮肤白皙的女生,就很贴合蜂蜜美白嫩肤的作用,总之就像品牌挑选代言人一样。

林少艾结结巴巴道:"所……所以,你就看中了纪……纪原旻?"

林少艾万万没想到,原本只打算找个有点名气的,没想到黎姜九这一挑就是人气顶流!

"不行吗?"黎姜九纳闷地瞥了眼林少艾。

其实今天从进来的那一刻起她就注意到他了。外貌协会资深会员黎姜九十分满意地打量着纪原旻,这就是那位被我半路截和了大奖的肤白貌美大长腿,人狠话少带货王?

不错,男人果然比网上的照片还让人赏心悦目。

黎姜九懒懒地闭眼往椅背一靠:"你都不知道,刚刚为了维持什么温柔清冷,我又是温婉地笑又是矜持地点头,就连声音都快听不出是自己的了。我牺牲这么大,要是还不能把他骗到手和我录视频,我就……"

"就加大牺牲,温柔以待直到他答应?"林少艾接过话。

"不用这么麻烦。"黎姜九睁开眼舔了舔唇,"姑奶奶我亲自把他绑回来!"

此时，正好刚访谈结束的纪原旻莫名后背一凉。

舒妙察觉到他的异常，问："怎么了？冷吗？司机还没到，要不我们先回等待室坐会儿，正好有空调。"

纪原旻瞥了眼半掩的门，眼里闪过一丝复杂，兀自裹了裹大衣朝前走。

"不了，我一点也不冷。"

纪原旻缓了整整好几天，先不说当着黎姜九的面说姜丸酱拿了大奖也不过如此这件事有多刺激，也不说自己竟然脑子抽风非要人家关注自己微博这件事有多傻，就单单那天在 JL 遇见了黎姜九这件事，他就已经觉得足够惊悚了。

呵，这个先是截和我大奖后抢我代言的女人，这次又要来争《人物》的年度封面了？

胡哥对这次的年度封面很看重，但他这个人气小天王三番五次遭人碾压，而且还是栽在同一个人身上，这是什么天赐孽缘？

这次他怎么样也要不蒸（争）馒头争口气！不，争封面。

纪原旻现在只要一闭上眼，脑海里就会出现那张清冷温婉的脸，在那儿微弯着眉头冲自己笑。

说实话活了二十来年，纪原旻还是头一次对一个人如此"念念不忘"。

"小原，小原，你听到我刚才说的话了吗？"车内舒妙的声音一把将纪原旻拉回现实。

"嗯？"纪原旻终于缓缓睁开眼。

舒妙无可奈何地叹了口气："我刚刚是说，这次的拍摄估计要在这里待上半个月。"

纪原旻面无表情地应了声："嗯。"

"这支广告原来是定在邻市的一个 5A 园区，但最后品牌商斟酌再三最终敲定了桃源。我提前查过，这边虽说还未完全开发，但景色空气的确不错，你就当作散散心了。"

汽车平稳地开着，因为桃源山这边还未完全开发，但耐不住景色宜人，平日里也会有三两游客，所以也开了两家民宿，而他们一行人住的地方就是半山腰的一座民宿。

初春时节，旷野上空总是笼着一片蒙蒙的雾，大片大片嫩绿的原野飞快地一闪而过，纪原旻裹着大衣出神地盯着窗外闪过的风景。

越往山上行驶，蜿蜒而上的道路就越狭窄起来，偶有徒步而下的居民都不由得往边上侧一侧，让出道路来。

前方又有两个并肩而行的人，听到身后有车来便退到一旁。保姆车驶过两人的时候，纪原旻注意到其中一个人还是和尚的模样，不由得多打量了两眼，不看还好，一看他倏地睁大了眼。

那和尚旁边站着的女人，怎么那么像黎姜九？

纪原旻腾地坐直了身子，车正好拐上一个坡，他回过头只来得及看到那和尚的半截身影。

舒妙也被纪原旻这突如其来的反应吓了一大跳："你不想回关就不关注好了，怎么一提姜丸酱反应这么大？"

纪原旻头疼地扶着额头，自己这是已经出现幻觉了吧。

他缓了缓，回头问："你刚刚说什么姜丸酱？"

舒妙瞥了他一眼："就是一周前姜丸酱突然关注了你啊，你怎么想的？"

这几天净顾着想些乱七八糟的，纪原旻竟然忘了还有这一茬。

"我觉得啊，她是因为上次最佳人气王的事情而故意向你示好，而因为你这边一点动静也没有，于是网上的风向渐渐变了，有些黑粉开始传风言风语说你没风度。也不知道她是自己要关注你还是背后运营团队指使的，无论是谁肯定目的不纯……"

"是我。"这时一旁的纪原旻不露声色地抬了抬眼皮，"是我让她关注的。"

舒妙呆住："哈？"

"那天在JL，我见过她本人了。"纪原旻揉了揉太阳穴，"她想要跟我合作。"

而此时蹲在元修身后系鞋带的黎姜九悠悠站起身，拍了拍裤腿："走吧。"

元修瞥了眼女生脚上的小牛皮靴："不错，知道出去买个调料也要换双好看的鞋，小姜九还好没完全成个糙汉子，不然一会儿见到你哥，他肯定不会放过我。"

黎江一终究还是记挂着他这个妹妹，隔段时间就会来看她。

黎姜九磨了磨牙冲元修咧嘴一笑："那你说，我哥要是知道他的宝贝妹妹被你拎去卖蜂蜜，他会怎么说？"

元修笑眯眯地道："看，我们小九又调皮了。"

"臭浑蛋！小九也是你喊的？"

"好吧，小姜。"

"小姜也不行！"

"那小黎想让我怎么称呼呢？"

"嗯，我想想，就叫女王殿下吧。"

"你可不要太过分噢，女王殿下。"

纪原旻来桃源是拍摄一个公益微电影，一同去的还有几位同样有超高人气和号召力的明星演员，分为两人一组出镜拍摄，纪原旻和一个人气歌手搭档，两人在后天才真正开始拍摄。

第二天天还是雾蒙蒙的,纪原旻换了个地方就容易睡不好,于是他早早地就醒了。

民宿里安安静静的,一同来的嘉宾和工作人员还在睡梦中,只有一向早起惯了的老板娘在厨房里忙忙碌碌地准备他们的早饭。

"何姨早!"纪原旻礼貌地笑着打了声招呼。

老板娘姓何,之前舒妙在他耳边提过一句。

"哎,早上好!小伙子不再睡会儿了,起这么早?我还打算过一会儿才开始给你们烙点儿饼呢。"扎着围裙的何姨正在熬粥,见到纪原旻,有些略微局促地擦了擦手。

"睡不着正好起来转转。我吃得不多,喝点粥就够了,您忙您的,不用管我。"说着,纪原旻径直走过来十分自然地盛了碗小米粥,坐了下来小口小口地喝着。

原以为这些城市里的大明星多少有些娇气傲慢,但没想到面前的年轻人,不仅模样清俊皮肤白净招人喜欢,而且说起话来也不冷冰冰地摆架子,竟是温润谦逊,很是招人喜欢。

所以说纪原旻天生就是当偶像的料,给他五分钟,上到老人下到小孩儿,他统统都能搞定。

于是两三句话就"搞定"了何姨的纪原旻在用完早饭准备出去走走的时候,身后的何姨还不忘关切地让他多加件衣裳:"山里不比你们城市,春天风大,受凉了可就不好了。"

纪原旻应了声好,乖乖地在一件加绒连帽卫衣外披了件夹克衫,再扣上顶黑色棒球帽,这套御寒保暖工作总算才到了位。

纪原旻不认识路,只能沿着主路无所事事地转悠着,钢筋水泥的空间待太久了,站在大自然中呼吸口空气都是惬意至极的。

这条蜿蜒的小路一直通到山下,男人顺着小路晃悠到山脚处,无意间看见了一座特别的小院子。

但纪原旻所指的特别之处并不是它周围竹林环绕,而是院子前竟然停着辆扎眼的黑色轿车!

说它扎眼是因为它的车牌,连号6!

纪原旻眯起眼,价格不菲的豪车有钱就可以买到,可拥有这个车牌却不只是有钱这么简单!

纪原旻正打量着,这时院子里并肩走出来两个人。

男人西装革履,身材高大,一副社会精英的模样,倒是身旁的女子随意散漫多了,披头散发,胡乱披了件深色的大衣外套,一边不住地打着哈欠,一边站在那儿目送着男人坐上车。

车上的司机从驾驶室下来为男人开门,男人上车前俯身在女子耳边说了句什么,又抬手摸了摸她的头,然后才坐上车。

黑色的轿车很快消失在视野中,女子这才慢悠悠地转过身打算回去。

一张清冷脸庞一闪而过,黎姜九?!

纪原旻的目光一滞,可待他再次看去,女子已经进了院子,哪里还有什么黎姜九的影子。

纪原旻拍了拍脑门儿,对于自己眼前总是时不时冒出那张清冷的面容这件事,他不承认自己是对那个只见过一面的女人着魔了,坚持认为自己只是出现了幻觉。

对,因为早饭没吃饱而出现的幻觉。

所以,纪原旻很快回去又喝了一碗小米粥外加两个煎饼。

用过早饭,今天要拍摄的一组嘉宾和工作人员陆续坐上车要出发,纪原旻闲着也是无聊,拉了拉帽檐趁大家不注意也跟着上了车,他坐在最后排,就当跟着转转提前熟悉下环境。

这座山还挺高,大巴车颠颠簸簸地往上开,前座的两个人正在聊着天。

"你知道吗,昨天×××出去想转转,不知怎的被一只鹅给盯上了,被追了整整一路还差点摔了一跤。"

"鹅?红烧鹅的那个鹅?"

"不然咧,这乡里林间的动物最惹不起,幸好最后这家伙的主人……"

纪原旻听得晕晕乎乎,最后架不住涌来的阵阵倦意,终于低下头沉沉睡了过去。

不知过了多久,纪原旻被一个助理模样的人摇醒。小助理对纪原旻今天也一同跟了过来很是惊讶,纪原旻摆了摆手让他去忙不用管自己。

小助理走开了,纪原旻也下了车。

这次的地点选在山顶一片开阔的地域,纪原旻深深吸了口新鲜潮湿的空气,视线一下子被眼前的风景吸引。

这次的位置选得很好,不仅能将山脚处笼着层淡淡雾气的无边原野尽收眼底,远处层峦叠嶂的山脉更是一览无遗。

纪原旻记得舒妙昨天说过,桃源山上好像还有座香火挺旺的寺庙,他看了眼远处正在忙碌的工作人员,转身独自走开。

纪原旻按着路标指引,顺着林间小路转悠了一大圈,愣是连个寺庙的屋顶都没看到。

030

难不成自己路痴的毛病又犯了？

又转悠了好一会儿，纪原旻彻底放弃了，算了。

纪原旻低头看了眼时间，已经快到中午了，估摸着拍摄也差不多告一段落了，便打算掉头回去。

可当他打算原路返回的时候却发现了一个很严重的问题，完了，自己不会是真的迷路了吧？

纪原旻站在树丛横生的深林间，蹙眉打量了一番四周。

明朗和煦的阳光照进这片人迹罕至的深林，影影绰绰，静谧安宁。

幸好现在是中午，要是换成晚上，那这荒山野岭的就是另一幅景象了。

没事没事……纪原旻自我安慰，自己可是带了手机出来的。可当他拿出手机的瞬间，却发现手机信号一栏竟然没有任何图标！

还有，他刚刚下车时给舒妙发的信息到现在还没发出去。

纪原旻冷峻的脸上闪过一丝无法言喻的表情。所以说，他现在不仅是迷路了，走不出去，而且还孤立无援？

不信邪的男人咬了咬牙，继续顺着林间小路走着，既然这里有路，那肯定能走得出去。

不知绕了多久，纪原旻顺着小路拐上一个坡，眼前景色一下子开阔起来。

他止住脚步，这是一片他从未见过的盛大桃林！

山下的桃花已经过了盛放时期，而山上成百上千株的桃花正争先恐后开得肆意又张扬，枝丫交错间，开不尽的桃花一直向天空蔓延。一阵山风拂来，轻盈的花瓣纷纷扬扬飘曳旋转着，视野所及之处，漫天遍野都是灼灼粉色，如梦如幻。

纪原旻恍神间，发现前方不远处满地粉色中好像有一团雪白的影子。

兔子？

纪原旻正要上前一瞧究竟，可还没走几步，没看路的他一脚踩到了一根粗树枝，当下一个趔趄，所幸人没摔下来，但突兀的动静一下子惊动了那团不明生物。

在纪原旻目不转睛的视线里，那雪白浑圆的球竟然渐渐从两侧伸展出一双翅膀，然后一个顶着抹红色的小脑袋探了出来，乌溜溜的小眼睛正盯着纪原旻看。

等等！这是一只……大白鹅？

纪原旻的脑袋嗡嗡作响，好像记起了什么。

——你知道吗，昨天×××出去想转转，不知怎的被一只鹅给盯上了，被追了整整一路还差点摔了一跤。

——鹅？红烧鹅的那个鹅？

——这乡里林间的动物最惹不起……

果然，还没等纪原旻反应过来，那只被惊到了的大白鹅挥着翅膀就扑棱着冲了过来。

和迷路比，这下是真倒霉了，据说大白鹅可是动物界里唯一能横霸海陆空的土匪！

就在纪原旻考虑自己是跑呢，还是跑呢的时候，头顶传来一道清冷的声音，竟然让那只大白鹅堪堪收住了脚。

"姜点儿，别闹了。"

大白鹅停了下来，耀武扬威地向纪原旻扑扇了两下翅膀，这才昂首挺胸地摇摇摆摆地走开了。

纪原旻下意识地抬头，只见枝丫交错的桃树上躺坐着一个人，正低头望

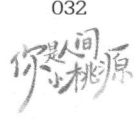

着自己，似笑非笑。

"大明星，这么巧？"

今天天气很好，明暖的阳光穿过层叠交错的枝丫投下影影绰绰的影子，深粉色、绯色、樱色、淡粉、粉白像是溢满整个世界，而那人披着件素白的大衣，小小的一团却吸引了纪原旻所有的视线。

纵使午后晴朗的阳光刺得纪原旻眼前泛起层水雾，男人还是毫不费力就看清了那人的模样，脸颊白净光洁，眼尾稍长，鼻梁细秀挺直，还有那双此时正和自己对望的眼睛，清冷透彻。

是黎姜九。

她懒懒地坐起了身，轻巧地从树上一跃而下，树枝轻晃，惹得两人肩头落花簌簌。

完全不同于第一次见面时西装半裙温柔又浪漫的打扮，黎姜九只披了件素淡大衣，乌黑的头发利落地绾成一个髻，美好的脸庞无妆也无瑕，有调皮斑驳的光影在上面跳跃。

真是怪了，她明明从头到脚都素净极淡，却莫名比这满林间的春色更叫人挪不开视线。

清扬绝绝，一眼万年。

纪原旻记得网上有人就是这样形容姜丸酱的，之前他不觉得什么，现在看来，还当真是万分贴切。

纪原旻瞳仁中的人影倏地由远及近，待他反应过来时，女生已经站在他面前。两人靠得极近，突然女生踮起了脚，一只手搭在他肩膀上，他下意识地呼吸一滞。

"啧，没想到你还挺招桃花。"清清冷冷的声音落在纪原旻耳边，黎姜九抬手轻轻拂过落在他头顶的花瓣，身影靠近间几分清幽的气息一下子蹿入他鼻尖，下一秒便又消散得杳无踪迹。

纪原旻抬眼时，黎姜九已经退了回去，保持着刚才的距离。

"喂，我说，你怎么知道我就在桃源呢？"女生微弯着眉眼，沉甸甸的视线落在纪原旻身上。

"我猜猜，你是考虑清楚了特地来告诉我答案的吗？"

"考虑……什么？"纪原旻一时间大脑有些转不过来。

黎姜九正拈着朵花把玩着，闻声懒懒地抬了抬眼皮："忘了？当然是关于人气博主姜丸酱和顶流偶像纪原旻是否有机会合作这件事。"

下一秒黎姜九轻轻吹了口气，那一小朵粉色桃花便旋转着飘开，女生目光灼灼地盯着纪原旻，忽然歪了下头，一弯眉。

"所以，你的答案是什么？

"我可已经整整等了九天零十二个小时三十六分钟了。"

## 第三章

养了只鹅当宠物就算了,竟然还信它能出门接人?

黎江一原本说在这儿待两天,但今早工作临时有变动要出差,以至于一大早就走了,连昨晚说好的去元修那儿喝桃胶都没来得及。

元修熬的桃胶银耳雪莲子就像黎姜九酿的酒一样,只要是吃过的,就没一个人不惦记的。送走了黎江一,黎姜九也睡不着了,索性换了身衣裳带着跟屁虫姜点儿背着手慢慢晃悠去了元修那里。

元修咕嘟咕嘟熬了一大锅晶莹黏稠的桃胶银耳雪莲子全便宜了她。

等黎姜九整整喝了两碗后,坐在身侧的元修悠悠道:"一到春天,我这后面的小菜园的杂草啊可真是跟疯了一样地长,唉,这可如何是好,小姜九你说头疼不头疼?"

黎姜九对上元修笑眯眯的眼神,当下眨巴了两下眼睛才反应过来,原来留给他们两兄妹的不只是桃胶,竟然还有活儿?

元修美其名曰"饭后消食"。

黎姜九原本还惋惜黎江一没来吃桃胶,现在想想他分明是逃过一劫。

元修依旧笑起如沐春风,黎姜九算是明白了果然天下就没有白吃的早饭!

于是,十分头疼的元修带着十二分头疼的黎姜九来到庙后面的一小块菜园,女生就这样因为两碗桃胶做了一个上午的苦力。

临走时,元修还十分关切地递过一件大衣,嗔怪道:"小姜九怎么一点也不注意,出了这么些汗?山里风大,千万小心别着了凉。下次我再做桃胶银耳雪莲子你记得一定来吃噢!"

黎姜九眯起眼客客气气地道了声谢,而后披上元修的大衣头也不回地就下山去。

吃你大爷的!黎姜九越想越气,不就是两碗桃胶嘛,我自己也可以做!

于是黎姜九眉头一拧,脚步拐了个弯,往桃源山南边那片桃林走去,她打算先去弄些桃胶。

爬树这项技能也是黎姜九来桃源后学会的,虽然她很不愿意承认,但的确是元修教她的。

黎姜九没有准备任何东西,琥珀似的桃胶就塞在衣兜里,很快就鼓鼓囊囊地装满了。

春日正午,阳光缱绻,一大早就赶上山然后又忙活了一整个上午的黎姜九,当下便有些倦了。见时间还早,她索性裹着元修厚实的大衣闭目养神起来,直到被突然闯入的纪原旻惊醒。

"噢,所以你并不是为了合作的事情而来。因为工作来到了桃源,又因为迷路才恰巧走到了这片桃林?"听完了纪原旻的话,黎姜九微微眯起眼,"那也就是说,你还没考虑好与不与我合作?"

纪原旻没点头也没摇头,定了定神反问道:"我们只见过两面,我为什

么就要答应与你合作？"

黎姜九收回了眼里的笑，淡淡斜了他一眼，也不恼："也对，的确没有必要的理由。"

黎姜九一声叹息，也不勉强了："那就只能以后有缘再见。"

然后黎姜九当着纪原旻的面，一下子又轻盈地回到了树上，继续闭目养神起来。

女生懒懒地抬手遮住眼："慢走，不送。"

"你……"纪原旻被现下的场面弄得有些发愣，他仰着头看着树上枕着头闭着眼的某人，闪过一丝复杂的神色，张了张口，"我……不认识下山的路。"

"嗯哼？"

纪原旻神色认真："你得带我下山。"

黎姜九忍不住轻笑了声，悠悠的声音从头顶飘来："大明星，一、你还不是我合作的对象；二、今日你也不是为我而来。那么你从哪条路来又该走哪条道下山，你认得或不认得，这些好像与我没有一毛钱关系吧？再说了，我为什么非要答应带你下山？你怕是忘了，我们只见过两面。"

黎姜九原封不动地把刚刚的话退了回去，一下子把纪原旻噎得结结实实，竟然一时语塞。

良久，纪原旻眸色沉了沉，道："你带我出去，我考虑合作。"

黎姜九慢悠悠地拖长语调："噢，考虑？那么这次又要多久才有答复？十天，还是半个月？别了，我也不是喜欢勉强的人，凡事无缘就莫强求。你看啊，趁着现在天还亮，要不你还是自己再摸索摸索下山的路？"

黎姜九说着又困了，倦意浓浓地打了声哈欠："现在太阳正好，时间宝贵，我要继续睡……"

"我答应和你合作。"

黎姜九合着眼没有动:"都说了,我不喜欢勉强别人……"

"不勉强。"纪原旻仰着头,目不转睛地盯着黎姜九,一字一顿,"你带我下山,我与你合作。"

纪原旻的视线沉甸甸,只见光影中的人倏地睁开眼,几不可察地挑了挑眉,话里透着笑:"成交。"

下一秒,纪原旻头顶掠过一阵风,再定神时黎姜九已经好端端地站在自己面前。女生颇有意味地瞥了他一眼,而后不急不慌地朝前走去,悠悠地吹了声口哨,一旁的大白鹅立刻跟了上来。

"姜点儿走咯,回家去!"

林少艾是第一个发现黎姜九反常的人,而黎姜九正浑然不知地边哼着歌边慢悠悠地泡着桃胶。

林少艾转身出了门,找到院子里的姜点儿,蹲下身:"小姜姐今天怎么这么开心?"

姜点儿:"呷呷呷!"

林少艾:"你们遇见了什么好事?"

姜点儿:"呷呷!"

林少艾:"怎么你也那么开心?"

姜点儿:"呷!"

最终,林少艾和姜点儿这段不知对方所云的人鹅交流还是被黎姜九给打断了。

"少艾!老祁!我有事跟你们说!"黎姜九擦了擦湿漉漉的手。

林少艾立刻撇下姜点儿就飞奔过来,而祁牧闻声双手插着兜从他的工作间慢悠悠地晃过来。

"我们接下来的一支 Vlog,有合作伙伴加入,开不开心?鼓掌!"

话音落下,三个人中却只有黎姜九一个人在鼓掌,面瘫脸祁牧一向是从不参与任何形式的庆祝欢呼,而作为黎姜九头号小跟班的林少艾却是因为震惊而呆在那儿半天没动静。

"小姜姐,你说的不会是纪……"

"没错,纪原旻。"黎姜九点头,捏了把少女的脸蛋,"小少艾可真是个机灵鬼!看来也不用我把他绑回来了,现在他人就在桃源,你说巧不巧?"

"你们谈妥了?合作费用这一块呢?"林少艾心事重重地蹙着眉,她记得去年有个代言的什么排行榜,无论是数量还是费用方面,纪原旻可都是排在榜首。

现下少女正苦恼地掰手指算着账,像黎姜九这样不接广告又不接代言,不出席活动也不参加典礼,还一直兢兢业业的博主,全网大概只此一个吧。所以问题来了,他们上哪儿变出来这么大笔钱请纪原旻?

"唔……"黎姜九左手托腮煞有介事道,"这我倒真没想过。"

林少艾当下就傻在那儿了,眉头彻底揪成了一团。黎姜九宽慰地揉了揉她的脑袋:"好啦,别操心了,他又不是土匪专门来坑我钱的,就算最后没给我个优惠价,我也能解决,不要担心。"

黎姜九自两年前来到桃源时,黎江一给了她一张卡,但当时还在和爷爷置气的黎姜九愣是没正眼看过。

现在的她巨额财产是没有,但没关系,老黎有啊。

黎姜九想得很透彻,这次请纪原旻完全是因为元修,所以不是为了那个约定以外的所有费用自然都不必自己扛，统统由老黎出。

反正深究到底，最后欠了人情的还是元修。

嗯，没毛病。

而纪原旻这边，对于外出工作期间纪原旻竟然给自己接了个外快这件事，舒妙是怎么也想不通，更想不明白的是，对方还是那位总和纪原旻对上的姜丸酱！

当然，纪原旻却自有打算，与黎姜九的两次见面让他对她的好奇心越来越大。

视频中那些粗重的农活是否真的是这位细胳膊细腿的博主亲力亲为？还是说她背后有个老练娴熟的团队，这个看起来岁月静好的"一只姜丸酱"是否只是他们打造的赚钱吸粉人设？

要知道现在的网友最见不得的便是虚假人设，尤其是镜头前一套现实中一套。既然这次她主动邀请自己合作，为何不借这个机会探一探这位隐居山林的女神背后的虚实。若自己的猜测都是真的，那么其他的不说，单是《人物》杂志在备受关注的年度封面选择上，定会好好酌情考虑到底谁才是最合适的人选。

这么一想，纪原旻倒是对和黎姜九的合作有了几分期待。

可是偶像界的顶流和网红界的清流强强合作这件事，并不是人人都怀着期待的心情，林少艾就是一个。

听说纪原旻今天下午就会过来的时候，林少艾从早上开始就心事重重地在黎姜九身边转来转去。

"小姜姐你真的不再考虑考虑换个人了吗？纪原旻人气这么高，哎！不

会有狗仔跟着来吧?"

"都几点了,小姜姐你怎么还没洗把脸收拾下啊?好歹与两届微博年度人气王见面,你可别先输在形象上了!"

"噢,说到形象,小姜姐你要千万记得,你是清冷温柔的女神,像大大咧咧地三口喝完一碗酒,或者一脚去踹姜点儿的屁股的这种事你可得给我忍住啊!"

"啊啊啊,对,小姜姐还有还有……"

林少艾跟唐僧附身似的一口一个小姜姐叨叨个不停,一旁的黎姜九哭笑不得,拍了拍林少艾的小脑袋:"放轻松,整得跟要相亲似的,我都紧张了。"

"噢!小姜姐!"看,又来了。

林少艾想到一件很重要的事:"纪原旻他知道我们住哪儿吗?"

"放心,我派了那谁去接他了。"

"祁哥吗,可我刚刚还在厨房看见他了。"

"不是。"黎姜九眼皮抬也没抬,懒懒地道,"是姜点儿。"

"哈?你就派了一只鹅?"

这下林少艾本就蹙着的小眉毛彻底揪成一团。

而此时半山腰的民宿大门口,脖子上挂着一张小纸牌的姜点儿正昂首挺胸地站在路对面,和对面的两人大眼瞪着小眼。

舒妙震惊:"我没看错吧,接你的是一只大白鹅?"

纪原旻微微眯起眼,纸牌上显眼的字在阳光下闪闪发光:是纪原旻的!跟我走!

呵!一只大白鹅能外出接人?成精了?

姜点儿显然只是一只又白又胖又普通的大白鹅,刚开始还好好地领着纪原旻朝山下走着，突然间半路不知从哪儿蹿出来两只小狗，纪原旻眼睁睁看着上一秒还摇摇摆摆走着的姜点儿，下一秒就扑扇着翅膀瞬间冲了出去，头也不回地撇下他们，紧追着那两只撒丫子逃跑的小狗去了。

就这样，姜点儿最终不负所望地把纪原旻他们……丢在半道上。

纪原旻脸色难以言喻起来，到底是红烧鹅不香还是盐水鹅不好吃，养了只鹅当宠物就算了，竟然还信它能出门接人？

所幸，林少艾也不相信姜点儿挂了个牌子就能接到人，刚出了门，便眼尖地看见了站在不远处有些迷茫的两人，她连忙过去把他们带了回来。

"到了。"林少艾示意道。

纪原旻抬头一看，眸色一顿，一眼认出了这是他迷路那天看见的那个院子，当下漆黑的瞳仁中有一瞬意味深长的光亮忽闪而过。

他没看错，原来那天的女子就是黎姜九。

那么，那个豪车接送的男人是谁？一手打造姜丸酱这个拥有千万粉丝博主的幕后操纵者吗？

纪原旻不动声色地打量着，首先映入眼帘的是外面一圈挺拔的翠竹，郁郁葱葱，小院子掩于其中。院子一面墙上爬满了不知名的藤蔓，正探出脑袋朝外伸展着枝芽，中央是个独栋的两层小楼，最顶上一层的阳台外扩展了一整圈，安上木质围栏，形成一个环闭的露台。露台上放满了大大小小的盆栽，其中有些早已抽枝开花，细长嫩绿的枝条从围栏垂下来，风一吹，像是个天然的翡翠帘子飘曳着。

纪原旻跟着林少艾进来的时候，黎姜九就坐在那下面，穿着件姜黄色长裙，外面照例披了件素白大衣，长发散开，眉眼清淡，一手捧着本书，一手正拿着草莓，不紧不慢地吃着。

见他们来了，黎姜九站起身莞尔一笑，温柔清婉得真正像个岁月静好的女神。

舒妙是第一次见到姜丸酱本人，对方的长相比网上照片更加清冷干净，她也不由得有一刹那的愣神，但良好的职业习惯还是让她很快调整好表情。

黎姜九简单地介绍了下祁牧和林少艾，而后道："两位先喝点茶吧，我们休息会儿再开始。"

黎姜九端出茶来。

纪原旻瞟了眼："抱歉，我不喝花茶。"

黎姜九正要倒茶的手一顿，很快抬眼笑道："那白茶行吗？先前的时候我给自己泡了壶。"

纪原旻迎上女生的视线不置可否一点头，算是默认。

黎姜九便去换了一壶泡好的白茶，可纪原旻刚伸出手接过茶杯，却停在了半空中。

"嘶，这茶有些凉了吧？"

凉？黎姜九的手还搭在茶壶上，明明余温很足。女生下意识不满地蹙了下眉，但很快抬眼淡淡一笑。

"抱歉。"黎姜九微笑着，"那你们稍等会儿我再去重煮一壶。"

折腾了半天，黎姜九终于将冒着袅袅水汽的百分之百符合纪原旻要求的白茶端到他面前，眼看着他端起来送到嘴边，可下一秒却又稳稳地放了下来。

又怎么了？黎姜九眼眸一紧，正对上纪原旻的视线。

纪原旻煞有介事道："还是放着凉会儿，有些烫了。啊，你不介意吧？"

黎姜九抬眸眯起眼，眼里的笑容渐渐隐去。

此时几步外的林少艾正朝黎姜九拼命使眼色，黎姜九瞥了眼，默默深吸了几口气,硬是把心里汹涌叫嚣的怒气灭了下去,换上无懈可击的浅笑。

"当然,你随意。"

而后,纪原旻便看着黎姜九坐回了刚刚的那个摇椅,继续泰然自若地看着书。

纪原旻几不可察地抬了抬眼眸,盯着黎姜九的侧脸,虽然对方和前两次一样都是眼带笑意的,但他总觉得今天的黎姜九哪里有些不一样。

他不动声色地打量了好一会儿,原来是那眼眸里透着的那股明晃晃的狡黠不羁不见了!

现在面前的这位姜丸酱,一颦一笑都带着无懈可击的沉静淡然。

其实自第一次见面开始,纪原旻就感觉面前的人并不像看上去那样岁月静好,但多了些什么他又说不清楚。

直到第二次在桃林的时候,黎姜九躺在树上对自己说成交时不经意地斜斜一勾唇,他才好像看明白了些,这位不食人间烟火的博主,自带清冷静好气质的同时怎么好像还染上了那么点儿……匪气?

可是今天的黎姜九挂在唇畔浅浅的笑容里却不带任何毛刺棱角,清亮的眼眸里也没藏着促狭,这浅笑明明才更贴合那个隐于山野风轻云淡的姜丸酱,可纪原旻一时间竟然有些不适应。

片刻后,纪原旻轻轻抿了口茶瞥了眼舒妙。

舒妙立刻会意过来:"姜丸酱小姐,你看我们什么时候开始?我们小原明天还有拍摄,今天可不能太晚回去。"

黎姜九收起书看向一旁的祁牧,祁牧比了个手势:"我这边随时可以开始。"

黎姜九看向他们:"那就现在吧。"

祁牧悠悠地打了个哈欠向前走,忽然想到什么,转过身用所有人都能听

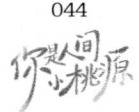

到的声音对林少艾说:"林丫头一会儿记得带上两包茶,难得拍个大明星,万一一会儿开拍前还要品一品茶,我们也要有所准备不是。记得不要拿花茶,要白茶。"

祁牧平日沉默寡言惯了,黎姜九还不知道他有这项硌硬人的本领。

深藏不露啊!黎姜九暗暗笑了起来。

祁牧抛下这两句颇有深意的话后双手插兜抬脚就往外走,眼见着舒妙脸色有些不大好,林少艾连忙上前打圆场:"嗨,我们祁哥吧就这样,一直都是拍小姜姐的,第一次来了像纪原旻这样的大明星,所以就……"

话还没说完,林少艾就觉得后颈被一双大手一提,而后头顶传来祁牧不耐烦的声音:"你怎么也学会磨叽了?还不去帮着拿东西?"

林少艾只能弱弱地应了声,而后缩了缩脖子从祁牧手里滑了下来,一溜烟跑到黎姜九身后,不服气地扮了个鬼脸这才进屋帮着拿东西。

纪原旻对祁牧的话倒是没放心上,他的注意力都在这次外拍上,在他的潜意识里能打造出黎姜九这样拥有千万粉丝博主的,其身后的团队应该远不止这两个人,而且此次外拍各种繁重的工具器材一堆,再怎么着就凭祁牧一个男人也拿不过去……

正想着,纪原旻微眯着的眼突然缓缓睁圆了。

只见一脸婴儿肥的小女生肩上斜挎了一个大工具包,脖子上挂着相机包,一只手拿着三脚架,另一只手还提了个鼓鼓囊囊的大袋子,最显眼的是背上还背了一个大竹筐。

满满一身行头却浑然不觉重的少女两眼放光地看着黎姜九:"小姜姐,今天拍完了正好去后山挖点竹笋吧?我好久没吃鲜笋肉丁馄饨了!或者再砍两根竹子做竹筒饭也行!"

原来是这样,纪原旻愣住片刻后知后觉地挑了挑眉,敢情这个毛都没长齐的小助理就抵得上两个男人!

先是傲娇暴躁的大白鹅,这会儿又来了个深藏不露的怪力少女。

呵,这个小小的院子,还真是卧虎藏龙。

因为这次主要是完成帮元修宣传桃源的蜂蜜这个任务,黎姜九和祁牧他们提前就商量好了,决定从与蜂蜜有关的美食甜品入手,这第一道就是桃胶蜂蜜雪莲子。

一行人来到山顶的桃林。

今天依旧是个好天气,和煦的阳光倾洒在整片林间,纪原旻身材颀长挺拔,只是往那干净明朗的画面里一站,便赏心悦目得很。

黎姜九一向知道祁牧的水平,虽然他是第一次见纪原旻,却很快就找到纪原旻的最完美角度,加上纪原旻一工作起来也是极其投入的。黎姜九趁着刚才他们休息的间隙去看了几眼,每一帧画面里的人景光线,祁牧都拿捏得很准。

毕竟是自己斥巨资请来的带货王,祁牧深谙自己心思,果然一点儿都没浪费这张绝世俊脸,能拍近景绝对不会拉远镜头,很好!黎姜九面上虽是不动声色,内心却是极其满意的。

而一心只装着小姜姐和美食的林少艾见黎姜九这儿没什么要帮忙的,便迫不及待地背着个筐子绕到别处先去挖笋了。

黎姜九站久了便有些乏,按照以往早就随意地找块石头盘个腿就坐下了。可今天不行,"温婉淑女"四个字可是林少艾临走前特意在她耳边叮嘱了又叮嘱的。

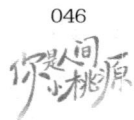

唉，真麻烦。黎姜九只能倚着大树继续站着。

"姜小姐。"黎姜九身旁走来一道人影，是舒妙。

黎姜九友好地笑笑，解释道："姜丸酱不是我本名，叫我姜九就好，黎姜九。"

"黎小姐。"舒妙很快改口，不过没喊她姜九，"黎小姐和小原之前认识吗？"

"并不认识，我们第一次见面正好是JL那次的采访。"

"噢，这样啊。"舒妙若有所思地拖长尾音，看着前方的纪原旻，"那我们家小原能答应与黎小姐合作，还真是挺出乎我意料的。"

舒妙收回目光："出于情面，你们之前并没有交集。小原还是第一次和网红合作，和黎小姐合作所得的酬劳大概还没有我们家小原随便一支小广告代言费的零头数多……"

"啊，抱歉，我刚刚的话没有其他意思。"舒妙像是忽然意识到什么，略带歉意地笑了笑，"只是这些年来作为离小原最近的人，我一直打理着小原的一切，无论是生活还是工作，我早已将他当成我的全部，任何事也都是将他的利益放在首位，所以刚刚说话略有不妥，希望黎小姐不要介意。"

黎姜九打量着这个一口一个我们家小原叫得自然又理所当然的年轻女孩，看起来好像还没有纪原旻年纪大。黎姜九不是傻子，刚刚的一番话听着礼貌客气，但分明话里头还有别的警示意味。

况且这次，纪原旻那个家伙在钱的方面开起口来可一点也不含糊！

所幸老黎给起钱来一向是够爽快，不过早已和花钱无度的大小姐说拜拜的黎姜九还是觉得肉疼，于是她一早就和祁牧交代清楚了，多剪些纪原旻的镜头进去，要让每一分钱都花得值当。

想到这儿，黎姜九笑笑："理解。"

舒妙瞟了一眼，继续开口："这也幸亏是在深山里，若是放在城市里拍视频，像小原这样就算裹得严严实实也会被一眼认出来的大明星，上午才拍中午就不知道会有多少通告八卦出来。

"噢，对，虽然说网红和明星还是有些不同的，但黎小姐你多注意注意也是有好处的，毕竟人气这东西可说不准，如今的时代什么不入流的人但凡碰上个好时机就能红，只可惜红得太快的往往也容易跌得最疼，况且一夜之间身败名裂的事情也不少。"

舒妙三番五次提醒自己只是个不入流的小网红博主，黎姜九就算再装傻也听得明明白白，她隐忍的目光渐渐意味深长起来，清亮的眼神直直迎上对方的视线，忽而勾唇一笑。

"的确，毕竟像纪原旻这个前人气王都要这么小心注意了，我这个年度人气王哪里还有不多加注意的道理？"

果然，当下舒妙的脸色有些难看。

幸好此时林少艾不在身边，不然见自己这般沉不住气，那使眼色的小眼睛怕是早就眨巴得翻白眼了。

"小姜姐！"身后突然冷不丁响起林少艾的声音，黎姜九竟然下意识地背后一凉。

得！黎姜九兀自挑挑眉，还真是不能念叨。

黎姜九转过身，只见林少艾小小的身子背着个大竹筐三步并作两步蹦跳着来到自己面前，利落地解下筐子，语调兴奋："看！前几天下了场雨，这些笋都超级大！"

此时纪原旻那边正好结束了，祁牧一边收着器材，一边走过来，也跟着探头看了眼："是挺新鲜。老规矩，我只擀面皮，其余你们来。"

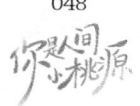

"我不只是要吃鲜笋肉丁小馄饨,再腌点酸笋以后做螺蛳粉吧?"林少艾说着瞥了眼舒妙和纪原旻,"正好收工了,你们要不要也一起……"

"不用。"

"算了。"

几乎是同时,舒妙和黎姜九两道声音齐刷刷地打断了林少艾的话。

其余人都看着她们,黎姜九不慌不忙地清了清嗓:"好了少艾,这才挖出来的竹笋离做成馅儿包成馄饨还要好些时间,你以为谁都像你一样闲得发慌,坐等吃……"

"我不忙,有的是时间。"一旁的纪原旻突然冷不丁冒出一句。

"小原!"舒妙见状也插进话,"你忘了晚上还要确认下明天的流程,况且明天的工作不轻松,还是回去早点休息……"

"确认事项你替我去就行了。"纪原旻懒懒道,"我不累,就是肚子饿了。"

纪原旻看着黎姜九:"而且拍了一个下午,你们这儿难道除了开拍前的一杯茶外,都不包顿饭的吗?"

纪原旻摸了摸鼻头,挑挑眉:"我也不挑,一碗小馄饨就够了。"


一直到傍晚,在厨房里切笋的黎姜九想想还是觉得来气,她忍不住偷偷地站在厨房门口朝外瞟了眼,只见祁牧正极其认真地擀着面皮,而罪魁祸首林少艾正专心致志地包着小馄饨,纪原旻则坐在院子里和姜点儿大眼瞪着小眼。

罢了罢了,那就再多装会儿淑女吧。黎姜九举着刀又走回案板前切着笋条。只要别再出什么岔子就行。

因为纪原旻的到来,林少艾还特地拿出了黎姜九酿的桂花酒,先和祁牧一人拿了只大碗倒上，正要给纪原旻倒酒的时候，祁牧伸手一挡，瞥了眼纪原旻："林丫头怎么不长记性呢，大明星哪能喝这自酿酒，去拿白茶来。"

纪原旻看了眼祁牧，将碗推过去示意倒上："不用，就喝这个。"

很快，热气腾腾的鲜笋肉丁小馄饨出锅了。这次黎姜九用的是鲜美鸡汤做底，刚一盛出来，林少艾就直喊好香，而祁牧虽然没说话，却也早已十分自觉地乖乖拿着勺坐在餐桌旁。

"哟！还真是来得早不如来得巧呢。"

院子里传来一道低沉男声，众人纷纷看去，只见门口站着个男人，身形清瘦，笑意沉沉。

元修？黎姜九脸色一黑，得，千算万算，该出岔子的还是命里有时终须有。

"元修大师？"林少艾眼前一亮，"吃过了没？来碗馄饨？"

"好，听小少艾的。"元修大大方方地眯眼一笑，而后径直走到黎姜九身旁的位置坐下。

"嗯？小姜九怎么一副不开心的样子？你应该多学习人家小祁牧，无论第几次见我，都是一副面无表情的样子。要是论心如止水，你们怕是没人比得过小祁牧。"

祁牧身躯一震，即使被喊过好多遍，但这两声"小祁牧"一出口还是让他头皮发麻。

元修不仅身份成谜，他的年龄至今也是个谜。黎姜九曾听老黎说过，元修好像比他还要长上好几岁，只不过不知道是不是因为元修常年生活在这与世隔绝的山上，加上吃的东西也讲究，笑眯眯的男人竟然看上去和二十来岁的他们面容状态别无二致，也就在平常谈话间，元修才会总端着个长者的架子小姜九、小少艾、小祁牧地喊着。

元修的目光扫到黎姜九对面的纪原旻，微微有些惊讶："哎？这位是……"

黎姜九看了眼："我来介绍下，纪原旻，现下最炙手可热的人气偶像。这是元修，我的……"

"小姜九的蓝颜知己。"元修笑眯眯地接过话，然后探过身子颇有意味地看着纪原旻，"我认得你。"

紧接着，元修冷不丁道："上次和宅男女神林柔柔传绯闻的是你吧？"

众人的手一抖，虽面上依旧若无其事地吃着东西，可实则皆不动声色地默默竖起了八卦的耳朵。

元修盯着纪原旻若有所思："唔，细细看来小原旻还真是长得不赖，这么一看倒是那林柔柔倒贴你了。所以，你们是真的在一起了？"

那次本就是个捕风捉影的报道，被拿来八卦很正常。可纪原旻还是头一次被一个男人八卦，而且更让他难以言喻的是那声脸不臊心不跳的"小原旻"。

元修笑得更深了："懂了懂了！小原旻害羞我就不问了。来，喝了咱们小姜九的酒，咱们就是一家人了。"

纪原旻一头雾水，懂什么了？

还有，谁和你是一家人？

这顿饭吃下来，最心神不宁的怕是黎姜九了。看似慢条斯理地夹着菜的她却一直提着口气，幸好有话痨精林少艾有一搭没一搭地打着岔，这顿饭才能有惊无险地接近尾声。她暗暗长吁口气，悬着的心总算平稳地放了下来。

正好林少艾叽叽歪歪讲了件趣事，黎姜九听着也不禁跟着弯了弯眉，顺道站起身给自己空杯里添了点儿酒。

黎姜九的手无意间越过元修时，男人这才注意到黎姜九面前小小的酒杯。

"今天怪了嘿，我们小姜九竟然没上大碗喝？"

黎姜九的笑容凝在嘴角，讪讪道："元修大师说笑了……"

"你管我叫什么？"元修不敢置信地掏了掏耳朵，"你别说，难得听你不喊我臭浑蛋，还真有点不适应。"

黎姜九太阳穴突突跳着，却还是强装镇定地轻轻弯唇，莞尔一笑。

谁知元修更慌张了："哎哎！别！你这么冲我笑，我怎么莫名有点心虚？你不是向来一笑都能看见后槽牙的吗？"

"元修！"眼见着越聊越黑，黎姜九连忙打住岔开话题，"刚刚就想问，今天你来是为什么事吗？"

"还能有什么事啊。"

"你忘了？那天早上在我那儿你累得气喘吁吁满头大汗，然后不是穿了我衣服走的吗？我今天特地来拿的。"

这番暧昧不清的话像平地丢了颗雷，轰的一声在众人耳边炸开。

这可比纪原旻的八卦还要让人震掉下巴。

可丝毫没察觉到异样的元修还十分自然地往黎姜九那儿挪近了些，不知死活地给这熊熊燃烧的八卦之火添了把柴。

"下回累了就和我说，我又不勉强你。还有，记得多穿点，着凉了我可是会心疼的。"

## 第四章
### 呵，这女人还真比他想象中更会爬树

鸦雀无声大概就是专门形容此刻的吧，黎姜九想。

"噗！"林少艾率先没沉得住气。

"咳！"祁牧紧随其后，向来最沉得住气的他竟也狠狠呛了口酒，咳了老半天。

纪原旻更是夸张，费力地睁着双水波潋滟的桃花眼在两人身上来回打量着，然后只听见"咚"的一声，就在众目睽睽之下……倒了？！

没想到我们人气小天王挨过了绯闻与八卦齐飞的娱乐圈，却晕倒在一个八竿子打不着的吃瓜现场？

众人皆大惊失色，林少艾甚至拿过手机要叫救护车，倒是元修不紧不慢地伸手向前一探，眉头一展："啧，没想到小原旻竟是一杯醉。"

元修看向黎姜九，似笑非笑："你啊你，自己今天太阳打西边出来非要装矜持，不能沾酒的人却给他上大碗，居心何在唷。"

黎姜九充耳不闻地探头打量了几眼纪原旻，在确定男人是真的喝趴了后，她一直绷着的神经总算放松了。

一瞬间，黎姜九像是活了过来，一把推开小酒杯，端过林少艾的碗喝了两大口，意犹未尽地舔了舔唇，这才不紧不慢地斜眼看向元修。

"臭浑蛋！你刚刚在那儿瞎造谁的谣？"黎姜九双臂抱胸往后一靠，"现在好了，把我好不容易给你找来代言蜂蜜的大腕儿给吓趴了，我不管，你一会儿送人家回去！"

尽管黎姜九对纪原旻是喝了自己的酒才醉趴下的这件事不承认，但好歹是出在自己地盘上的事，她还是披了件大衣，和背着纪原旻的元修一道出了门。

夜晚晴朗，一轮皎洁的圆月悬在夜空中，黎姜九和元修一前一后在山路上走着。

"我除了背过你外，还是头一次背别人。"元修笑眯眯道。

元修的个头和黎江一不相上下，但也许是平日里这山上山下地跑着，细细看来其实比老黎结实有力得多，背着同样长手长脚的纪原旻走在蜿蜒的路上，说着话竟然一点儿也不带喘的。

黎姜九没看他："哦？听起来这还是纪原旻的荣幸。"

"当然，但我能背小姜九，那绝对是我的荣幸。"元修笑得眉眼弯弯。

幸好元修没去当和尚，不然一定是最会耍嘴皮子的和尚。

黎姜九没理他，两人又走了一段路，突然元修喊住了她。

"小姜九。"

黎姜九纳闷儿地侧头，只见元修线条利落的侧脸隐在幢幢树影中，看不清表情。

"人活一世，总会被要求戴上各种面具，精美的、冷漠的、世故圆滑的、

· 054 ·

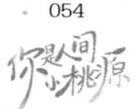

娇憨天真的。戴上这些面具的确可以获得想要的，但世间万物秩序平衡，这些都不是白给的，是交换。"

黎姜九神情一顿，装作听不懂，脚步没停继续朝前走："噢？你还对京剧脸谱有研究？"

"这些东西可和京剧脸谱不同，毕竟它们戴的时间久了，就摘不下来了。"元修没接招，"比如，小姜九你现在戴着的这个。"

说着，元修停住脚步，认真地蹙眉看着黎姜九："唔，让我仔细看看，哟！这个还是限量版装傻充愣的面具！看着还挺不错，不过小心哪天和你融为一体就麻烦了。"

黎姜九脸上闪过一丝不自然，看来这个臭浑蛋比谁都要门儿清！

虽然元修看破了一切，但黎姜九依旧头硬得很不愿承认，漫不经心道："我才没那工夫戴这面具戴那面具的。"

"哦？"元修煞有介事道，"这么说你刚才在饭桌上的矜持温柔不是装的？"

"当然。"

"你当真对小原旻动心了？"

得，还没正经上一分钟，元修又开始按捺不住嘴皮子痒痒了。黎姜九再一次坚信，元修这人分明天生来克自己的。

黎姜九没再说话，屏着最后悠悠珍贵的一口气和元修一起总算将纪原旻交到舒妙手里，然后头也不回地转身下山。

"哎，小姜九！我今天看你去年做的桃花酿就剩半坛了，现在桃花开得正旺，多准备些，不然又要等一年了！"

元修的声音悠长地从身后飘过来，黎姜九潇洒的背影猛地一顿，终于停下了脚步。

什么？之前明明不是还剩两整坛桃花酿的吗？

黎姜九回去后，使了点儿小手段毫不费力就找到了那位里应外合偷偷帮着元修的"小叛徒"——林少艾。

"老祁在剪片子弃权，姜点儿的那票我来代投，所以最后两票通过，一票作废。"

然后通过剩下两人一鹅公平公正的投票，来决定该如何小小惩戒下林少艾。

黎姜九摸着姜点儿的小脑袋，笑得人畜无害："那就这么愉快地决定了。小少艾半个月不许再碰酒，而且承包往后一个月的刷碗任务。"

纪原旻被送回去后做了一晚上的梦，梦里反反复复只有一个场景：黎姜九拿着一小坛酒坐在桃花灼灼的枝丫间，从头到尾只说着一句话：

"啧，没想到纪原旻竟是一杯醉。"

纪原旻不知道这是当时元修说的话，加上梦里的黎姜九被安上了一张生动至极的脸，本就偏长的眼尾巧妙地弯起来，像只得逞的狐狸，笑得肆意又张扬！

直到纪原旻醒来的时候，头还是昏昏沉沉的，满脑子只剩下那张清冷又狡黠的脸。

其实纪原旻很少碰酒，酒量差是一回事，但凡喝醉后多梦难安又是一回事。

果不其然，这天晚上纪原旻又被这堆乱七八糟的梦搅了一夜好眠。

其实，纪原旻纯粹只是想尝尝黎姜九的酿酒手艺是否有网友吹的那样神乎其神。只是没想到，那看似不起眼的桂花酿竟有如此大的后劲儿！

想想还是觉得有些丢脸，加上没睡好的缘故，一整个上午纪原旻工作的时候都显得有些心不在焉。

一旁的舒妙都看在眼里，她就知道昨天不该让纪原旻去。人气偶像喝得酩酊大醉被人背回来的，这要是被有心人看到了，还不知会写出什么一连串的娱乐八卦。

舒妙本就对和黎姜九的那个合作不赞同，加上昨天这一出，她更加认为应该让纪原旻早点断了合作。

中场休息，舒妙看着纪原旻走过来坐下，便立刻端去准备好的咖啡。

见今天纪原旻坐那儿竟难得地没闭目养神，舒妙便多瞥了一眼，这不瞥不要紧，一瞥目光猛然一沉。

纪原旻正目不转睛地看着的，不正是"一只姜丸酱"的微博主页？

而毫无察觉的纪原旻一边紧盯着屏幕，一边接过咖啡，头也没抬："辛苦了。"

此刻，他的注意力全在黎姜九昨晚发的一条微博上。

寥寥数字，配了张意境深远的风景图，拍的正是桃林的风景。

不过纪原旻的目光却盯着黎姜九配的那句颇有深意的诗上。

——众醒独醉堪一喟。

众醒？独醉？谁独醉？我吗？

纪原旻暗暗沉了沉眼眸，才短短一天不到，下面就已经有了近几十万的点赞。男人的脸色何止是臭极了，简直是臭到无以复加、难以言喻。

今天的拍摄地在山脚一处开阔的平原上，抬头就能看见黛青色的桃源山，以及从山顶蜿蜒贯流而下的清澈山泉，溪泉汇聚成的河流，环绕着这片桃源。天边大朵大朵的白云柔软又轻盈地浮在山尖上，随便怎么拍都是幅绝美好看的风景画。

纪原旻很快地拍好了一张照片并且构思了条同样意境的微博发了上去。

——半醒半醉半浮生。

自己粉的爱豆竟然千年难遇地文绉绉了起来,纪原旻的粉丝们纷纷很给面子地迅速评论、点赞、转发。男人看着消息栏里飞速上涨的数字,臭了好一会儿的脸色总算缓和了些,几不可察地微微扬了扬嘴角。

纪原旻莫名其妙糟糕的心情就这样莫名其妙又好了起来,重新将注意力放到了工作上。

现在镜头前正在拍的是和纪原旻搭档的一位同样有着超高人气的原创歌手和宋。纪原旻听过和宋的一些歌也听经纪人胡哥在自己耳边提过几次这个名字,胡哥说自己若是能像这个和宋一样,温柔爱笑又亲粉礼貌,他不知能少操多少心。

在一旁等待得有些无聊的纪原旻便索性打起精神坐直起来,看着监视屏幕里自己的搭档。

阳光爱笑?嗯?难道我总是哭丧着脸阴郁无常?

温柔礼貌?好像我平时也没有暴躁拽上天吧?

亲近粉丝,给粉丝送亲手做的小礼物?呵,我的粉丝向来才不在乎这些。

看着看着,纪原旻微微眯起了眼,他好像透过监视屏发现了旁人注意不到的东西。

画面中,暖人的微风拂过和宋身后那条一桥宽的河,对岸绿意盎然的矮树丛中一团雪白格外显眼!

那团一摇一摆的不明白色生物越看越像一只鹅就算了,问题是还贼像黎姜九的那只!

虽说天下的乌鸦一般黑,天下的大鹅一样白,但纪原旻那堪比女人的第六感告诉他,能把摇摆着的步伐走出如此耀武扬威的感觉,桃源这儿除了黎姜九的那只姜点儿大概找不出第二只了。

想到这儿,纪原旻不动声色地将目光从机器上移开,装作眺望风景的样子将河对岸每一处仔仔细细扫过。

嗯哼,纪原旻视线一顿,眯起眼锁定了那抹隐在葱郁树丛里的身影。

那个正优哉游哉坐在大柳树树荫下的人,不是黎姜九还能是谁?

不过,这纹丝不动的模样是在……入定?

昨天元修那一番颇有深意的话成功地带偏了纪原旻对他俩关系的定位,加上看见黎姜九在这光天化日之下坐在河边禅定,纪原旻更是猜测十有八九她是和元修学的。

纪原旻继续不动声色地盯着对岸的人,目光下移,这才注意到女生手上持着根细长竹竿模样的东西,他脑海里闪过一个猜想,这该不会是在……

钓鱼?!

与此同时,纪原旻视线中一动不动的人影突然晃了下,然后是一连串干脆利落地抖腕提竿,很快一抹银色从水面一跃而起,短短几秒钟,一条鱼就被黎姜九丢进一旁的桶中。

啧,纪原旻饶有兴味地加深了目光,还真看不出来,黎姜九竟然还爱好退休老人专属的活动?

今日的拍摄终于全部结束,远处桃源山顶也已经爬满了绯红色的晚霞,收敛了光芒的夕阳缓缓下沉,清澈的河面上洒了层不知疲倦地跳跃着的光点,细碎粼粼。

可纪原旻还是坐在那儿一动不动。

"人都走光了,还不走?"舒妙走过来。

纪原旻没看她而是依旧盯着远处,突然没头没脑冒出句:"十二条。"

"什么?"舒妙没听清。

"没什么。"纪原旻回过神来,懒懒地站起身抻了抻腰,而后披上外套朝外走去,"回去早些休息吧,我也累了。"

今天他着实要好好睡一觉,倒不是因为有多累。

纪原旻的视线有意无意扫过对岸也优哉悠哉收着渔线的某人,几不可察地勾起唇。

早睡早起的确很重要。

毕竟早起的人儿有鱼汤喝。


那到底有多早呢?

清晨的朝阳刚刚在天边露了个彤红的脸蛋,纪原旻就已经晃悠着来到了黎姜九的院子前。

纪原旻自己也有些吃惊,明明只是前天走过一次,还差点被带路的那只大白鹅丢在半道上,我们路痴小天王纪原旻这次竟然凭着模糊的记忆准确无误地找到了那座竹林环绕的院子。

呵!我看下回谁还喊我路痴!

纪原旻心情很好地扶了扶黑色的棒球帽,悠悠地走上前。

可还没三分钟,那刚冒出点儿头的好心情瞬间又晴转阴了。

因为门……竟然是锁着的!

帽檐下那双原本还微弯着的桃花眼下一秒一下子睁圆了,他后知后觉地想到个很严肃的问题——他们不会还没人起床?

说好的日出而作，日落而息呢？

纪原旻下意识地掏出手机，可愣了愣又悻悻放下。上次的合作事宜全是舒妙和林少艾联系沟通的，而他和黎姜九唯一的联系方式大概也只是——互关了微博。

难不成要他在微博里私信黎姜九？

天边堆积着的云雾在渐渐升起的朝阳里慢慢散开，明媚的晨光尽数洒向笼着层乳白色水雾的桃源山，直到薄雾散尽，山林里的每个角落都充盈着明亮轻盈的阳光。

一座城市日复一日的苏醒都是从人声鼎沸的早餐店开始的，一辆辆拥挤熙攘的公交车、地铁则带着刚运转起来的城市奔向前方。

但桃源不同，在这座远离城市喧嚣轰鸣的山林里，当蓬勃朝气的阳光驱散了前夜的最后一丝静谧黑暗，沉睡了一晚的山林才在清脆婉转的鸟鸣中缓缓醒来。

就如同以前的每个清晨一样，这片美得不似人间烟火的桃源山开始袅袅腾起世间最寻常鲜活的烟火气息。

当黎姜九抱着几枝带着露水的山花，拖着沾满泥土的老布鞋，带着后头寸步不离的跟屁虫的姜点儿从山上慢悠悠地回来时，隔着几米远便看见了戴着顶棒球帽倚在自家门口的纪原旻。

温柔又撩人的春风尽数吹向这片绿意盎然的大地，吹得桃源山遍地春暖花开，吹得黎姜九小院里满园关不住的春色争先恐后地跃跃而出。纪原旻就站在那儿，百无聊赖地抬头研究着那院墙之上肆意绽放的簇簇花团。

晨光熹微，花团锦簇之下的那张清俊无邪的侧脸着实赏心悦目得紧。

别说，一大早能看见好看的风景和好看的人的确有助于分泌多巴胺和内啡肽。

等眼睛和心情都愉悦够了，回过神来的黎姜九不禁纳闷儿地皱起了眉头，今天拍摄不是约的下午吗？这家伙怎么这么早？

"啧，麻烦。"黎姜九盯着不远处的人，边碎碎念了一句，边利落地吹掉了嘴里叼着的一根狗尾巴草，又顺带三下五除二掸干净了裤腿上的泥巴，然后放下出门前胡乱扎高的头发并迅速捋顺了。

黎姜九吸了口气，冲姜点儿挤出一个标准黛玉式颦笑，语调也放缓了几分。"好了，换女神黎姜九提前登场！"

林少艾和祁牧不像黎姜九每天有事没事都会早起逛一圈，如果不需要早起去拍摄素材的话，两个人能睡到直接起来吃午饭。

不过，今天林少艾却早早地就起了。而能让我们小太阳打西边出来的原因就两个字：饿了。

昨天黎姜九提着鱼竿出门，傍晚回来时又是收获颇丰。小火慢炖熬出来的鱼汤十分鲜美浓香，可就在林少艾起身去添个饭的工夫，鱼汤就被祁牧包圆了。

意犹未尽的林少艾直到今早醒来时还惦念着，总觉得肚子里空落落的。

于是，林少艾来到厨房打算随便泡个麦片充饥。

还没完全清醒过来的少女迷迷糊糊地去开麦片罐头，照例用勺子抵住罐头封口，手上一使劲儿，只听见一声清脆的"嘎嘣"响，她倏地清醒了过来，不敢置信地缓缓低头一瞧，完了！

小姜姐给她做的勺子又被她……弄断了！

黎姜九会一些木作，院子里还特地搭了个工具台，平日一空闲下来她就

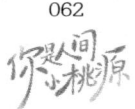

能坐那儿钻研上一整天。小到平日吃饭的勺筷，大到冬天晒太阳的桌椅，林少艾总觉得只要给黎姜九足够的木料，她能盖出栋小木屋也说不定。

可是对于黎姜九来说，迄今为止在木作方面遇到的最大的阻碍最头疼的问题——大概就是林少艾。

因为光木勺木筷，她就已经给林少艾做了不下五个。

坚硬耐用的木质餐具一旦到了怪力少女的手里，大概就百分百逃不过成为易耗品的命数。

林少艾呆愣愣地看着那在自己手里断成两半的第六个木勺，皱着眉头认真揣度着她是一会儿就去坦白，还是等喝完中午的鱼汤后再坦白呢？

毕竟，黎姜九很有可能会拿自己馋得不行的鱼汤来慰藉这把"英年早逝"的木勺。

正想着，院子里传来声响，林少艾一探头，便见转悠了一圈回来的黎姜九正抱着几枝新鲜的山花走进来。

"小少艾今天起得挺早嘛。"

林少艾瞥了眼正在那儿插花的黎姜九，咽了咽口水，而后慢吞吞地挪过去，片刻后仿佛下定了决心似的心一横眼一闭开了口："小姜姐，我……我要坦白一件事。"

"一大早的说起话来怎么这副视死如归的语气？"黎姜九听着有些好笑，"好吧，让我听听我们小少艾又闯什么祸了？"

黎姜九揶揄道："总不会是半个月前才给你做的勺子又断了吧？"

一切突然安静下来，空气里飘浮着一丝尴尬，林少艾艰难地嗫嚅了声："嗯……"

黎姜九的身子一僵，林少艾的心跟着微微颤了下，完了！这下鱼汤真没的喝了!

"小少艾啊小少艾。"黎姜九转过身,一脸无可奈何,"你还真是个小淘气。"

哎……啊?

"一会儿正好没事做,我就再给你做一个吧。"

等等,怎么和想象中不一样?

黎姜九插好了最后一枝花,弯起好看的眼尾,柔声细语道:"下次可不要再这么不小心了。"

啊?这……这就完了?

嘶,林少艾第一反应竟然不是窃喜,而只觉得背上莫名袭来几分令人毛骨悚然的凉意。

林少艾懵懂地点了点头,打算去院子里吹吹风清醒下,刚一个转身又是一惊,因为她看到客厅里不知何时坐着一个男人,看样子应该是刚刚一直都在。

原来是这样,林少艾在看清男人是谁后,上一秒还飘忽不定的心终于慢慢着陆了。

噢,原来是纪原旻,那个能让小姜姐一秒变温柔的男人。

林少艾顿时了然,只不过,他怎么一大早就来了?

十几分钟前,黎姜九也提出同样的问题,而纪原旻则是一副同样微愣的表情。

"什么?约的是下午吗?"

黎姜九知道纪原旻是个路痴,对他记错了时间这件事没太细究。毕竟上天把他所有的优点都放在那张脸上了,脑子不好使她就只能多谅解担待些了。

林少艾点头:"这样啊,既然提前来了那正好中午在这儿吃个饭,省得再来回跑了。"

林少艾的提议正中纪原旻下怀，但他也没立刻答应，而是煞有介事地认真考虑了会儿才不慌不忙地点了点头："也行。"

呵！还真是防天防地防不住林少艾！猝不及防的黎姜九现在只觉得后槽牙磨得直痒痒。

"那就麻烦了。"纪原旻转过头笑得礼貌。

"哪里。"黎姜九同样笑得如沐春风，"正好昨天钓了几条鱼，可以尝个鲜。"

是的，大女子能屈能伸，她忍！

一个上午，纪原旻打量了黎姜九的小菜园，欣赏了她的小花园，然后就搬了个板凳坐在黎姜九的工具台的一角，颇有兴致地看她打磨木勺。

勾画图线，挖勺修形，锯切打磨，最后上油，黎姜九做得心应手。

纪原旻之前在她Vlog中看过几个她做木制品的片段，原以为纯粹是哗众取宠的手段，没想到黎姜九还真有两把刷子。

良久，一个圆润精巧的小木勺就完成了，勺柄末端还刻了个小小的"艾"字。

林少艾就像第一次拿到木勺那般开心得眉飞色舞，偏过头向纪原旻炫耀着："好不好看？"

一旁的黎姜九不动声色地收拾着工具包，可也不经意地放缓了动作，等着纪原旻的回答。

"好看。"男人低沉的声音飘过来，黎姜九没抬头，垂下的眼尾却不由得染上几不可察的笑意。

"只不过就是有个问题。"纪原旻盯着那把木勺认真地蹙了蹙眉，末了开口，"有这闲工夫，为什么不直接上网买一把？"

说实话，那天黎姜九差点就要绷不住了。

一旁的林少艾小心脏都提到嗓子眼儿了,她眼见着黎姜九习惯性地挑了挑眉头,漆黑的眼眸中涌上几分危险的光。

不过在最后关头黎姜九终是忍下了,顺便挤出一丝不失礼貌的微笑。

"大概是吃饱了撑的吧。"

可这所有的云淡风轻,宽容大度都在纪原旻前脚刚走,便全消散了个干净!

黎姜九眯起眼看向林少艾,舔了舔唇:"下次除了工作外,谁要是再开口让纪原旻有事没事留下来吃个饭或者往家里带,接下来半年内的所有家务活儿全包了!"

黎姜九原是想吓唬吓唬林少艾的,可万万没想到第一个蹦出来打脸的人,竟是自己。

桃源这边的天气一向晴好,所以 Vlog 中一些雨天的场景常常是可遇不可求,今天难得老天赏脸下起了雨,祁牧连忙带着少艾上山去拍素材。

可两人刚走没多久,院子里便响起了敲门声。

黎姜九以为他们忘带了东西,可刚一开门她就后悔了。

门口站着的不是祁牧也不是林少艾,正是自己几日前才信誓旦旦地说除了工作外谁都不准接触的纪原旻。

纪原旻没有带伞,外面披的深色牛仔外套早已印上深浅不一的水渍,点点团团洇染开,细碎的额发也被雨水打湿了,雨珠从他清俊的眉骨处,顺着利落分明的轮廓一路滴下来。

山林里的雨带着特有的寒凉,黎姜九一抬眼便毫不费力地看见男人微微发白的唇。

"能在你这儿避会儿雨吗?"

纪原旻低头望过来的时候，眼眸带着几分潮湿的水雾，声音也沉了几分。

是不是因为难得出来一趟，所以这些平日里约束惯了的大明星有事没事儿都喜欢出来瞎转悠？

既然出来晃悠，那拜托你能不能关注下天气预报啊？

黎姜九瞥了眼有些可怜兮兮站在门口屋檐下的纪原旻，男人身材颀长，一小半肩膀露在外面，很快被沿着屋檐滴滴答答落下的雨水打湿了。她咬唇挣扎了好一会儿，还是侧了侧身。

"进来吧。"

黎姜九带他进了屋，拿了条干毛巾给他，又顺道煮了壶热茶。

袅袅白汽渐渐在空气中弥漫开来，纪原旻几不可察地耸了耸鼻，是白茶。

家里唯一的两把好伞被祁牧他们带出去了，黎姜九找了好一会儿才翻出把积灰多时的旧伞。

"这雨一时半会儿停不了，你不介意的话，我这儿还有把能凑合用的旧伞可以借你……"

"不用。"纪原旻看了眼窗外连绵不绝的细雨，抿了口热茶，"我可以等雨停。"

那岂不是意味着他还要在这儿待好一会儿？

黎姜九犯难地蹙起了眉。

纪原旻瞥了眼，懒懒道："其实你不用这样的。"

"嗯？"黎姜九愣住，哪样？

"一壶茶就够了，你不用这样绞尽脑汁再特意为我准备什么了。"

说完，纪原旻端起茶杯朝呆愣愣的女生微微颔首，还露出恰到好处的宽容体恤的笑容。

呵,黎姜九深深吸了口气。

为了避免自己又会冷不丁被纪原旻哪句话气到了,导致没绷住情绪而前功尽弃那就亏大了,于是黎姜九丢下句"你随意"便继续着刚才未完成的事情——临帖。

桃源山的日子漫长又清闲,曾经喜欢的追星看剧和八卦在这边一下子显得索然无味起来。

所幸的是,酿酒、钓鱼、木作这些足以用来填平这数不尽的闲散,但除了雨天。

雨天既出不了门也做不成任何事,刚来桃源山那会儿,一到雨天黎姜九能做的就只是百无聊赖地躺在摇椅上蒙头睡上一觉又一觉。

直到后来,黎姜九有次去元修那儿的时候,无意间看到他临的一幅行书。虽说元修这人平日里不着调惯了,但这临出来的字倒是遒劲工整、飘逸潇洒得着实好看。

于是自那次回来后,黎姜九便也开始心痒痒地学着慢慢临摹字帖。

渐渐地,现在一到下雨天,黎姜九便会哪儿也不去,认认真真地净手磨砚,心无旁骛地坐那儿静心临帖,往往坐在书桌前一整天也不觉得疲乏。

时间就这样缓慢了下来,当笔直小巧的狼毫毛笔不疾不徐地填满纸帖的时候,她那颗空白静寥的心里也慢慢填满了最为踏实炙热的愉悦。

一杯热茶下肚,纪原旻也渐渐回暖了些。他开始细细打量这个干净明亮的空间。黎姜九的书房简单得很,一面书架、一张书桌、一套沙发就是这里全部的家具了,二十来平方米的空间打眼看上去竟显得有些空旷。

黎姜九就坐在中间全神贯注地临帖,面前的书桌多半也是她自己动手做

的,边角一点也不平整滑润,带着天然的拙朴厚重气息。男人还注意到,桌子的一处角落还刻了个小小的"姜"字。

女生穿着件米白色及膝长裙,外面罩了件薄薄的针织开衫,及腰长发温顺地别在耳后,露出光洁的额头,美好的脸庞无妆也无瑕。

从纪原旻的角度看过去,黎姜九低垂着眉眼依旧是清冷好看的,鼻梁挺直,微抿着唇,正全神贯注地提笔运腕,一丝不苟地临摹着面前的字帖。

作为一间书房,黎姜九的这间书却少得很,只零零散散竖靠着两层书架,但墙上挂着的字帖作品倒是不少。而她此刻临写的正是王献之的《洛神赋十三行》,标准经典的小楷名帖。黎姜九写出来的虽远不及原帖那般清雅舒展,遒美多姿,但细品倒也有几分舒朗灵秀,顾盼有致。

窗外淅淅沥沥的雨声丝毫不影响屋内的人沉心专注地临帖,反而衬得屋内更加沉静安谧。连绵不绝的霖霖细雨润泽着大地万物,也悄无声息地浸润着人心。

静谧无声的雨天,若有似无的墨香,清雅极淡的热茶,这大概就是人人艳羡的岁月静好、现世安稳吧。

纪原旻的视线再次回到那张清淡无邪的侧脸上,目光意味深长起来。

酿酒钓鱼,木作临帖。

黎姜九,你还真是格外与众不同。

当黎姜九写完最后一个字,终于意犹未尽地放下笔,懒懒地站起身抻了抻腰,可手臂还悬在半空中未伸张开,目光却率先瞥到了房间里的异样。

嗯?纪原旻竟然还没走?

她是有多认真竟然完全忘了还有来这儿避雨的这号人?要是元修知道她已经达到如此潜心专注的程度,怕是欣慰至极。

黎姜九不动声色地缓缓收起了胳膊，极其自然地换成用手轻掩着嘴唇，不疾不徐地打了个自认是她这辈子最为优雅的哈欠。

黎姜九边打哈欠边眯着眼偷偷瞟了眼纪原旻，男人也正目光沉沉地盯着她，两人的视线在空中轻轻一撞，纪原旻没有回避，直坦坦的。

黎姜九莫名有些不自在，纪原旻慢条斯理地先开了口："一个下午不喝水也不走动，你还真是有耐性。"

纪原旻看着她："其实我一直很好奇，作为一个拥有千万粉丝的博主，你应该知道一场直播、走个活动得到的回馈，远比你用这些费力耗时的东西来讨好大众来得多。还是说现在这瞬息变化的时代，你们需要学点独特高雅的爱好才能站稳脚跟？"

良久，只听见黎姜九鼻子里轻轻地笑了声，像是不屑："讨好大众？原来这就是你理解的姜丸酱？"

黎姜九渐渐地收回笑，目光锐利又平静："我每天练几页字和我能吸引到多少万粉丝一点关系都没有。我想展现什么东西在大众面前，展现多少，也从来不是用来讨好大众的手段，更不是用来稳住脚跟的工具。

"在这个以分秒来计算更新换代的世界中，我姜丸酱就算占据到小小一角，有幸能让大众看到自己，但又能站得住个几十年？人生匆匆，不过尔尔，而这些千年前就存在的东西，才是真正在时间洪流中站稳了脚跟的。

"那纪原旻你呢？你凭着什么站在众人眼前？你认为你所说的回馈又能支撑你站稳多少年？"

纪原旻盯着那双清冷的眼眸，第一次看见那里头有他不了解的光亮在涌动，微小又坚定。

"小原！"沉默的氛围最终被一道女声打断。

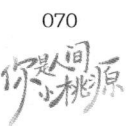

两人后知后觉地看向门口,是舒妙。

"小原?"舒妙收起伞径直走到纪原旻面前,目光直接掠过黎姜九,"我发了那么多条信息也不见你回,原来你在这里。"

舒妙微笑着:"你怎么也没和我说一声就出来了?而且我记得你今天好像没有和黎小姐的合作拍摄的工作吧?"

纪原旻这才发现手机不知何时没了电。

"出来转转正好碰上下大雨,你怎么找到这儿的?"

舒妙平视着纪原旻:"因为我是最了解你的人,你在哪儿我都能找到。"

"真是抱歉。"舒妙终于看向黎姜九,"我们家小原今天又打扰黎小姐了。"

舒妙和纪原旻撑着一把伞前脚刚走,后脚外出了一整天的林少艾和祁牧也回来了。

"小姜姐,我刚刚和祁哥看见纪原旻和他助理了!"林少艾人还没进屋,叽叽喳喳的声音率先飘了进来。

"嗯,他们才从我这儿走。"

"啊?他们今天来这儿是……"

"没什么事。"

"噢……"林少艾拖着长长的尾音,忽然语调又上扬起来,只见少女神秘兮兮地凑过头,"小姜姐,我发现了纪原旻的一个小秘密。"

黎姜九挑挑眉:"嗯哼?"

"纪原旻的小助理好像对纪原旻有点儿……嘿嘿,有点喜欢的意思。"

"嗯,是这样。"黎姜九没抬眼。

"啊?小姜姐你早就知道了?"

黎姜九依旧淡然地点了点头:"嗯,看出来了。从第一次见,就看出来她喜欢他了。"

　　舒妙喜欢纪原旻，一直都是。

　　可纪原旻从不关心这方面，舒妙觉得有些失落的同时又有些庆幸，她想到自己至少是离他最近的那个人便又得到了些安慰，陪伴是最长情的告白，总有一天他会明白的。于是舒妙将喜欢继续藏在心里。

　　可是最近一段日子，舒妙明显感觉到了纪原旻的细微不同——总是出神，总是心不在焉，以及总是无意在翻看黎姜九的微博。

　　舒妙隐隐有些慌了，在遇见黎姜九之后她曾经的那些心安统统不见了，而那些曾被她一直压在心底的喜欢也再次开始暗暗涌动，只在等待一个合适的机会说出口。

　　几日后，拍摄休息期间，舒妙照例为坐那儿的纪原旻端来杯咖啡，不经意道："来这儿这么久你还没好好转过吧？听说这山上有座桃源寺祈愿还愿还挺灵验，一会儿结束我们去转转？"

　　纪原旻闭目养神，懒懒道："今天有些累。"

　　"那明天去。"

　　"明天上午和黎姜九那边有要拍摄的工作……"

　　"那我们就下午去。"

　　纪原旻终于睁开眼瞥了瞥舒妙，而后又淡淡合上："再说吧。"

　　纪原旻现在没心思去什么寺庙里祈愿，此刻他脑海里装的都是黎姜九。

　　说准确点儿，应该是自那天后他的脑海里便都是那张清淡无邪的脸。

　　——那纪原旻你呢？你凭着什么站在众人眼前？你认为你所说的回馈又能支撑你站稳多少年？

女生的目光平静又锐利,声音清清冷冷的,却像是在他心里丢了一簇火苗,噼里啪啦地燃起了他从未有过的光亮。

自那日后的几次拍摄录制,纪原旻再也没遇见过黎姜九。两人同时出镜的镜头本就少,况且现阶段录制的还只是纪原旻的单人片段,所以他见得最多的便是祁牧和林少艾。

而黎姜九不是有事外出了就是上山找元修去了,就像故意不想见到他一样。

果然,今天也是如此。

纪原旻特意早早地就到了,给他开门的又是林少艾。

"不是约的十点吗?"林少艾一脸蒙,"祁哥还在睡觉呢,你怎么来这么早?"

纪原旻不经意地扫视一圈:"噢,所以你是第一个起来的?"

"我才没那么勤快呢,小姜姐早就起了。"林少艾给他倒了杯水。

纪原旻不动声色地继续道:"那她人呢?"

"她一早就出去给元修大师送鸭蛋了。"

见纪原旻一脸不解,林少艾一笑:"你不会不知道吧?"

"知道什么?"

"今天立夏啊!"

在纪原旻的脑海里,日历上被标注过的日子都是和工作相关的,而各种节日节气就像历史书上的古老记载,恰好翻到了才会看上几眼。就连最为隆重的春节,他的第一反应也只是考虑去参加哪个台的联欢晚会而已。

放眼如今社会,源远流长了几千年的节日时令比不过某个网购狂欢节日让人们趋之若鹜,沉淀凝聚了百世千代的民俗文化抵不上如今国家到底放几天假来得备受瞩目,有些东西正在被渐渐遗忘。

的确,时代发展需要摒弃一些东西作为代价,但我们却把最应该传承的东西弄丢了。


纪原旻硬是被林少艾塞了个装了大鸭蛋的五彩蛋兜和一条小巧的手绳。

"我不戴这些。"纪原旻嫌弃地看着手绳。

"这可是小姜姐编的立夏绳。"林少艾晃了晃手腕,"每个人都不一样的。你不知道吗,古代疰夏绳又叫长命缕,寓意消灾祈福,消暑祛病,以防疰夏。"

纪原旻头一次听说这些,从黎姜九的院子里出来后还时不时往手腕处打量几眼。

想着想着,纪原旻忽然开口问一旁的舒妙:"你知道今天是什么日子吗?"

"今天?"舒妙一愣,"今天六号,周三。"

嗯,纪原旻放下心来。

喏,不记得立夏这个日子的人可不止他一个。

纪原旻想着又低头瞥了眼手绳,简单的五色细绳灵巧地编成一条小巧的手绳,上面还挂了个小木牌,刻着小小的"原"字,带着几分朴拙气息。

从林少艾的木勺,到她自己那张古朴的桌子,再到现在送他的立夏绳,黎姜九好像还挺喜欢给每件手工品刻字。

想到这儿,纪原旻又瞥了眼那小巧工整的"原"字,眼里终于浮出一丝笑。

啧,到底是亲手做的,还是丑了点。

"小原。"舒妙的声音打断了纪原旻的思绪,"我们到了。"

纪原旻抬头,是桃源寺。

074

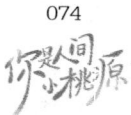

纪原旻突然想起什么,那个叫元修的,该不会就在这个寺庙里吧?

那今早林少艾说黎姜九一大早就来找元修了,那是不是也代表着她人在桃源寺?

的确,纪原旻猜得一点也没错,黎姜九此刻就在桃源寺……后面的小菜园里。

对于明明自己好心善意上来送点立夏的鸭蛋慰问下孤寡某人,却被无良的元修再次抓去当小苦力这事,黎姜九真的是气得恨不得把那一篮鸭蛋扔他脸上。

可是想想回去后又会和另一个能把自己气得冒青烟的纪原旻打照面,黎姜九苦苦思考了番,两害相较取其轻,还是暂时先待在元修这儿。

毕竟,在元修面前她是喜是怒都不用掩藏。

而纪原旻这个人,不仅要在他面前戴好那个温婉清冷的黎姜九面具,而且还要时时小心着男人冷不丁一开口就会让自己分分钟变回怼天怼地的黎姜九。

加上那次纪原旻那些话,黎姜九便觉得自己和他不是一条道上的,话不投机半句多,所以她这些天总是掐着时机和纪原旻完美错过,也算让自己清净些日子。

今天黎姜九很早就出来了,忙忙碌碌了一个上午,现下暖暖的太阳升到晴空正中央,她悠悠地打了个哈欠,竟有了倦意。

女生大剌剌地扫了眼菜园子里剩下一大半未干完的活儿,十分干脆地放下工具拍了拍手,而后照例选了棵粗壮结实的树爬了上去,靠在最舒服的那根枝丫上。

是的,困了就打盹儿。这就是黎姜九一直信奉的人生信条。

可还没等黎姜九踏踏实实地眯上一会儿,便听到有人说话的声音。

"看,这就是那棵很灵验的大桃树。"

得,树上的黎姜九无声地笑开,又一个认错了的。

桃源寺很好地应承了"桃源"这两个字,除了距离寺庙南边几公里外就是一大片桃林,寺庙里也错落有致地栽了好些桃树。

其中有两棵桃树年岁最为久远,一棵在前院,一棵在后庭。每每一到春天,无一不是一幅灼灼盛放的景象。平日里有游客前来最先看到的便是前院的那棵百年桃树,也不知是谁第一个在上面系上了红绳,渐渐地,上面系着的红绳便越来越多。

这里头有求美好姻缘的,祈家人平安的,愿人生顺当的,抬眼望去,树枝上那些随风飘曳的红绳满满当当的都是人们最诚切真挚的祈愿。

可桃源寺平日开放的有两个门,若是从偏门入了,那么顺着路走到底,看到的就是后院那棵桃树。

"听说,站在这棵树下虔诚地说出心愿,都能得到想要的结果。"

黎姜九:错了,应该是站在前院的那棵桃树下啊。

"我想说的这些话已经准备很久了,从很早很早以前就想告诉你了。"

黎姜九:让我猜猜,这准又是个求姻缘的。

"我想以另一个身份站在你身旁,不想只是你的助理了,小原。"

黎姜九:哈!被我说准了吧……等等!小原?纪原旻?

黎姜九终于睁开眼,看清了站在几米外桃树下的两人后,身子一个没稳住,差点一个跟头翻下去。

黎姜九很快调整好,眼尖的她一眼看见了纪原旻右手腕处的五彩绳。其实昨天她原本没打算给纪原旻做的,是因为恰好材料多了而林少艾那丫头念

076

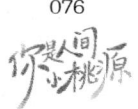

叨了句"要不给那大明星也做条",她这才顺手又多编了条。

自从来到了桃源,黎姜九好久没看见痴情小助理大胆表白人气大明星这种电视剧里才有的玛丽苏戏码了。难得见一回,还是现场直播,她不禁默默屏住了呼吸,津津有味地关注着下一秒的剧情发展。

按照黎姜九看剧的经验,一般玛丽苏剧情里男女主不会一到表白环节就能顺水成舟在一起,唔,总要来点儿意外推动下剧情才能更有看头。

"抱歉,我是不是打扰二位了?"突然,一道不合时宜的声音响起。

看,意外来了吧。

在看清到底是哪个不解风情的木头后,坐在树上的黎姜九嘴角上一秒还挂着的"哈,自己还真是个先知"的小得意就一下子消失得无影无踪,一丝隐隐的不妙感悄然爬上心头。

那木头是元修。

纪原旻也认出元修,而元修也是一脸惊喜:"小原旻怎么到我这儿来了?嗨,都说了上回背你回去只是举手之劳而已。男人嘛,谁不会醉一两回呢,不用特意放心上。"

元修完全忽略了纪原旻此时渐臭渐黑的表情,自顾自地问道:"你们在这儿干吗呢?对了,你们看到小姜九了吗?"

元修伸头看向空荡荡的菜园:"哎?奇怪,刚刚这儿就你们两人?"

黎姜九缓缓地拉过面前的树枝挡在自己前面,心里默念:看不见我,看不见我……

"臭丫头该不会又去偷懒了吧?"身为专业"小九偷懒我来揪,不揪出来不罢休"的元修,熟门熟路地一一看过黎姜九平时偷懒的地方。

石凳子上?没有。

草丛里？没有。

葡萄架下面？没有。

树上的黎姜九渐渐松了口气，可还没过一秒钟，就听见树下有人大声地喊她。

"哟，原来你今天换地儿了？跑树上去了？"

黎姜九猜中了开头却没猜到结局，敢情这部玛丽苏剧推动剧情发展的最大看头是自己。

于是在众目睽睽之下，黎姜九保持着微笑从树上缓缓下来。

原来刚才她一直都在，舒妙的表情有些复杂难堪。

而纪原旻也目光沉沉地看着黎姜九，呵，这女人还真比他想象中更会爬树。

四人八目相对，气氛一时有些尴尬。

"吁，你们不觉得今天有些热吗？"黎姜九拉了拉衣领，"还是树上好啊，风大吹着凉快，凉快好打盹儿。"

临时编造的理由太拙劣了，众人的目光还是牢牢黏在黎姜九身上。

黎姜九故作镇定地清了清嗓，突然转头冲纪原旻一抬下巴："你——还没回答她刚刚的问题。"

纪原旻这才发现黎姜九不知何时退后几步和舒妙站在一侧，双臂抱胸眉头紧蹙地审视着自己。

一旁的元修不知道黎姜九这是弄的哪出，刚想开口给她找个台阶下，却被黎姜九一抬手堵住了。

黎姜九盯着纪原旻："像舒妙这样体贴温柔、认真负责、万事都以你为重的女孩在你身边心甘情愿地默默为你付出，你喝醉了站在门口等你回来，你没带伞冒着大雨前来接你，你以为你之后还能在哪儿遇见这么个适合你的女孩?

"虽然感情这种事情是说不准的,但是缘分出现了可一定要牢牢抓住,'莫待无花空折枝'你没听过吗?"

黎姜九头头是道的分析果然把众人听得一愣一愣的,尤其是元修。

哟,看不出来这丫头竟还有当媒婆的潜质?

"好了,话我就点到为止,给你们留点空间独处,希望你们不要让我失望。"

黎姜九此刻像极了那种专门引导开解别人迷茫人生的大师,口若悬河直到挥一挥衣袖低调退场的时候。

"啊,再多说一句。"黎姜九没走几步又折返回来,"下回来记得走正门。因为真正挂满姻缘绳的桃树是前庭那棵。"

黎姜九和元修走后,树下又只剩下舒妙和纪原旻两人。

舒妙紧抿着唇,一抬眼见纪原旻正认真地望着自己。

"你刚刚说的那番话你已经准备很久了,在很早很早以前就想告诉我?"纪原旻目光沉了沉。

"你说从今天开始,不再想当我助理了?"

舒妙看着他,认真地点点头。

"为什么?"纪原旻深情的眼中突然装满了明晃晃的疑惑,"你为什么要辞职?"

# 第五章
## 原来是小姜姐和纪原旻有心电感应

原谅纪原旻从上山开始心里就老是冒出那张清冷的脸，惹得他一直心不在焉的。直到刚刚那张脸的主人出现了，他才总算记起来舒妙之前说了些什么。

嗯，虽然只记起来一部分。

"纪原旻。"舒妙深吸一口气，眼眸认真一字一顿道，"我不想只是当你的助理了，因为我想争取个与你更亲密的身份，一个独一无二的身份。我喜欢你，纪原旻。"

纪原旻脸上闪过一丝不自然，舒妙对他的关心他不是不知道，只不过他一直以为她是自己最得力的助理，所以才会如此。

空气一下子沉默了。

"舒妙，你应该知道我最讨厌绯闻缠身，况且以我现在的身份，谈恋爱这件事可不像买个东西那么容易。我要时刻注意言行举止，避免任何引起媒体和粉丝关注的事情发生……"

"是吗，小原？"舒妙突然笑了起来，"你也知道自己是公众人物，一言一行都备受关注，可是现在的你能做到的有多少？

"你知不知道，自从你答应了黎姜九那个什么合作开始，你一空下来就往那儿跑，避个雨还要去那儿。幸好这儿是人烟稀少的山里，要是放在城市中，你早就天天上热搜了！

"还有自从来到这桃源，以前一个月才发两条微博的你这段日子就发了五条，而且其中四条拍的景色都是和那个黎姜九发的几乎一模一样！你知不知道网上现在有人已经开始造谣你们俩的事了？要不是后来我把这事压下来，怕是关于你的绯闻已经大街小巷都传遍了！

"小原，你以前不是这样子的。"舒妙目光紧盯着他，"是因为黎姜九吗？你拒绝我是因为黎姜九吗？"她直视着他，目光灼灼，"小原，你喜欢她？"

虽然舒妙最后这句话轻飘飘的，却一字一字地砸在纪原旻心头。

我喜欢她？黎姜九？怎么可能？

不说他和黎姜九因为那次微博年度晚会而结下梁子，单是两家粉丝因为一个"菊粉"的头衔就争夺得如火如荼。

况且，他之所以屡屡接近黎姜九是有目的的，是为了在《人物》杂志的年度封面竞争中挤掉她这个对他来说最强大的竞争对象。

对，这才是自己接近黎姜九的理由。

纪原旻没有点头，可是舒妙也没听到他的否定。

舒妙深深看了眼纪原旻，忍住了眼里的雾气，转身就朝山下走去。

她明白了，黎姜九于他而言，早已不只是合作者那么简单了。

舒妙回到民宿的房间待了一个下午都没出门，直到夜色渐深，门口传来敲门声。

"小妙,这是后天要用的东西,你记得收好了带到片场去。"是一个干练利落的女子。

"还有你们后天最好八点就能到,明天记得让小原早点休息,不要再到处瞎逛,尤其像今天这个点儿了还没个人影,会影响之后工作的。"

舒妙突然睁大了眼:"曾姐,你是说小原到现在还没回来?"

曾姐也不由得略有些惊讶:"你是他助理你不知道?你不应该都跟他待着的吗?"

"噢,对!"舒妙瞬间换上笑脸,"他和我说晚饭吃得有点饱出去散步的,你看我刚睡醒都忘了。"

曾姐瞥了眼:"那你还是早些让他回来,天气预报说今晚会下雨。"

"知道了,谢谢曾姐!"

曾姐刚离开,舒妙就立刻给纪原旻打电话,可一连打了十几个都接不通。

她太阳穴突突跳着,隐隐有个不太好的猜想。

舒妙拿了件外套就往外走,可刚出民宿大门女生便堪堪停住了脚,上山的路漆黑又长远,而且月黑风高的,她根本不知道该往哪儿走。

天边刮起了一阵风,树叶从山上一路卷到山脚,远处似乎早已酝酿着一场大雨。舒妙看着前方咬了咬牙,转了个身朝山下跑去。

舒妙找到黎姜九的时候,对方正坐在院子里和姜点儿人言鹅语地聊着天。

喘着气的舒妙一下子直冲到黎姜九面前,把毫无防备的姜点儿吓得蹿出去老远。

向来"人不犯我我也犯人,人若犯我我必犯人"的姜点儿刚想张开翅膀回头报仇,却发现先前还在院子里的人一下子都走了。

082

人呢？空荡荡的院子只留下它一只懵懂的鹅。

整座桃源山上下山只有两条主路，四人兵分两路，祁牧带着舒妙从一边上去，而黎姜九和林少艾则从另一边走。

快要入夏了，天气也反复无常得厉害。下午才下过一场雨，现在山顶又堆着黑沉的乌云，似乎还有场更大的雨在后面等着。黎姜九和林少艾两人才上山没几步，一阵狂风突然刮起，毫无防备的两人被结结实实迎面吹了一嘴的灰。

黎姜九皱着眉擦了擦嘴角，随后拉紧了身上的薄外套，在心里狠狠地把纪原旻骂了个狗血淋头。

光今天一天，又是打断了她中午惬意的偷懒打盹儿，又是搅和了晚饭后和姜点儿的休闲娱乐时光。

没想到这家伙比元修那个臭浑蛋还要浑蛋！

黎姜九嘴上虽然嫌弃着，但还是加快了步伐。

桃源山也不算小，深崖暗沟也挺多，上次纪原旻迷路在桃林遇到她纯粹是幸运，那这次呢？

"吧嗒！"

一滴雨落到树叶上，很快，积蓄了多时的雨水倾盆而下。

黎姜九和林少艾两人挤在一把伞下，把上山这条路他有可能去的地方都找了个遍，可还是一个人影都没见着。

"小姜姐，这么大个男人会认不得这山路上的指示牌？我们哼哧哼哧地冒雨上山找人，万一人家只是去哪儿看风景忘了时间而已，现在说不定早已回去了。"

林少艾很不开心,刚才她的饭后小甜点还没吃完就被拉出来找人。

黎姜九看了眼时间:"应该是没有,如果人回来了祁牧那里应该会有消息的。而且啊,"她愤愤地叹了口气,"纪原旻这人就是个路痴。"

上次就迷路,这次也是。

"是吗?我怎么觉得不是。"林少艾不以为意道,"我看他倒是已经去过桃源好多地方了嘛。"

"这你都清楚?"黎姜九揶揄道,"看不出来我们小少艾和老祁待久了竟也学到些狗仔的本事了。"

"才不是呢!"林少艾连忙叉腰为自己辩解,"我可是光明磊落品行端正的好青年,我是看到了人家发的微博好不好?"

林少艾说着一一列举出纪原旻最近发的在桃源工作的微博,说着说着突然觉得哪里有点不对劲:"哎,小姜姐,纪原旻怎么拍照发博的地点、景色和你发的那么像啊?"

说着,林少艾仔细地回想了下:"简直一模一样!"

林少艾突然间明白了什么,一脸八卦地笑:"天哪!我知道了!原来和祁哥学了本事的是你!你在偷窥纪原旻?"

发现了大秘密的林少艾激动得一跺脚,当下溅了两人一裤腿冰凉的雨水。

"你长没长脑子啊?"黎姜九毫不犹豫地赏了林少艾几个栗暴,又好气又好笑,"我嫌他烦还来不及,还每天没事做跑去偷窥他?况且,我还是刚才听你说我才知道好吗。"

黎姜九平时除了必要地发博更新外很少关注网络上的那些话题。

可突然间,她脑海里闪过一丝猜测,扫视了一圈:"我们从这边走。"

林少艾有些纳闷儿,现在她们走的这条路是通往桃源山东边的苍云亭。

084

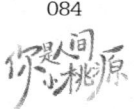

每次日出前后或者雨后天晴时，苍云亭无疑是桃源这片赏云海的最佳地点。她记得没错的话，黎姜九今早去找元修时就发了条桃源山日出时波澜壮阔的云海照片。

不过，她们这大晚上又去干吗？赏乌云？

远远地，当苍云亭的亭尖刚出现在两人视野中时，她们便一眼看到了亭中的人影。

黎姜九眯了眯眼，心里的石头总算落了地。

"真是纪原旻？"林少艾不敢置信地看着黎姜九。

黎姜九也确定了之前的猜测，这些日子纪原旻是故意和自己发同款微博，只为暗自和自己较量人气热度。

"小姜姐，我刚刚错了，你俩微博相似才不是你偷窥他。"

不容易啊，林少艾这个傻丫头终于明白过来了。

"原来是小姜姐和纪原旻有心电感应！"

黎姜九刚扯起的嘴角差点没绷住，看来自己身边这一个个的人才都不容小觑。

不仅噎死人的功力是一流娴熟，而且还人外有人，山外有山。

黎姜九和林少艾赶到亭内时，发现纪原旻一动不动地坐在那儿。

看样子是在……睡觉？

黎姜九自愧不如，这可比她喜欢在树上睡觉高雅多了。

可渐渐地，黎姜九发现了一点不对劲。

"纪原旻？纪原旻！"

她连喊了两声。

男人这才终于昏沉沉地醒来,那双桃花眼极其费力地半睁开来,视线在她俩身上停了好一会儿:"黎……姜九?你是来给我送伞的吗?"

纪原旻的确是不记得下山的路,可是他这次聪明了些,他去桃源寺里找了个小和尚仔细地询问了,还特地借了张纸将下山路线记了下来。

当然,他还顺便记下了苍云亭的位置。

谁让他在看到黎姜九早上发的那条微博后,他那该死的胜负欲又在隐隐作祟了呢。

纪原旻花了大半天,按着记下来的路线最后还真的奇迹般地找到了位于山东边的苍云亭,顿时他的心情就如同这万丈云海,格外开阔舒朗!

不过,这人啊不能嘚瑟,一嘚瑟准没好事儿!

果然,上一秒还沉浸在"看不出来自己还真是个认路小天才"的扬扬得意中,下一秒纪原旻就一个没拿稳,正拍着照的手机因为自己手一抖滑了下去。

幸好这边树木石头多,纪原旻的手机好巧不巧卡在了下面的石缝中。

纪原旻小心地打量着,探过脚去够,又是一个不留神,脚下的石块突然松动整个人猝不及防磕了下去。

最后摔坏了的手机是捡了回来,可付出的代价却是崴伤了脚。

纪原旻缓了好一会儿才站起身,试了试还能走。一瘸一拐下山虽然形象丑了些,但这山里人少应该碰不到什么人。

情况还不算最糟,他面不改色地自我安慰着,可当他手往口袋里摸的时候,那强撑的乐观表情才真正瞬间消失得无影无踪。

字条呢?那记了下山路线的字条呢?

纪原旻把衣服里里外外翻了好几遍,终于接受了这个比摔坏手机崴伤脚

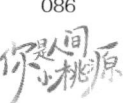

还残酷的消息。

于是纪原旻费力地凭着一丁点的路线图记忆一瘸一拐地摸索着下山:"是先朝南走……看到一片树林,然后朝、朝右拐?对!右拐一直走……"

可天将降大任于斯人也,必先苦其心志——还没等纪原旻走出个百八十米,阴晴无常的桃源山就又很快下起了雨,什么都没带的纪原旻毫无意外地被淋成了落汤鸡。

劳其筋骨——雨越下越大,越下越猛,纪原旻只得先打转回到亭子避雨。且他原路返回的时候有些心急,在快到苍云亭的时候没注意到脚下的台阶一个趔趄再次光荣地……摔了!

饿其体肤——纪原旻伤上加伤,这下连走个半米都钻心地疼。可现在比疼痛更明显的是开始咕咕叫个不停的胃,他全身上下就只有一颗鸭蛋,还是早上林少艾硬塞给他的那颗。

对于老天一下子给足了的全套考验,纪原旻最后不负众望地……没有做到"动心忍性,曾益其所不能",而是等着等着就睡过去了。

此刻纪原旻身上的衣服湿嗒嗒地贴着,脸色发白得厉害,在黎姜九伸手探向他额头的时候,男人竟还有力气一把握住,目光灼灼地盯着她看。

"你是来接我的?那为什么没接到你的电话?"

纪原旻的手机早已碎裂黑屏,可他还执拗地冲黎姜九晃着。

黎姜九摇摇头,男人额头烫得很,果然烧得有点糊涂。

黎姜九没回他,而是把伞给了林少艾。苍云亭离桃源寺不远,黎姜九让林少艾上去找元修帮忙。

林少艾撑着伞匆匆走了,黎姜九一回头正对上纪原旻沉甸甸的目光。

"你。"纪原旻蹙着眉头看着她,完美复刻了中午时黎姜九在桃源寺面对自己的神态和语气，斜斜一抬下巴，"还没回答我的问题。"

黎姜九也不禁一愣，恍神的片刻另一只手也被纪原旻拉去。温凉柔软的触感太让人贪恋，纪原旻攥得紧紧的，可黎姜九只觉得他滚烫的手心灼热得厉害。

"是是是，我是来接你这个大明星的！"黎姜九试图挣脱。

"骗人！"纪原旻突然笑了，"明明这几天你都在故意避开我。怎么，我长得丑吗？

"像我这样玉树临风、人见人爱、炙手可热的偶像，你以为你以后还能在哪儿遇到这么个优秀优质的男人？'莫待无花空折枝'你没听说过吗？"

纪原旻再一次完美复制粘贴了黎姜九的话。

"还是说，你觉得我只是个空有其表、只会取悦大众的所谓的偶像？"

纪原旻的声音突然沉了几分，盯着她的眼睛盛着几分自嘲的光亮："所以你其实看不起我吧？因为你淡泊名利、岁月静好、不食人间烟火，所以觉得我们这种在名利圈娱乐圈摸爬滚打的人都带着惹人嫌的铜臭味儿？

"黎姜九，我说得对吧？"

黎姜九眼眸一顿，突然有一瞬，她觉得面前的人其实比她还能洞察人的心思。

见黎姜九一言不发，纪原旻皱起了眉："不回答？还是不想和我说话？"

男人的手劲儿着实大得很，黎姜九被攥得生疼。

可纪原旻像没有察觉似的，加大力气把她往自己这边又拽了拽，墨黑的瞳仁盛着看不清的情绪："让一只蠢鹅来接我，给把破伞就要赶我走，你就这么不想见到我？那你为什么还要找我来合作？黎姜九，明明从一开始就是你先来招惹我的！"

黎姜九终于忍不住了，腾地起身挣脱开，朝着纪原旻脑门毫不客气就是一巴掌。

"你给我安分点！"

纪原旻冷不丁被吓了一跳，本就迷蒙的脑袋又结结实实地挨了一记，他被敲得有些蒙。黎姜九揉了揉手腕，没好气地瞥了眼，彻底放弃了那套伪装多日的温婉文静的做派。

"你的话一点也不错，像你这种脾气又臭脸又臭的合作对象啊，我这辈子都不想再碰上了！等合作一结束，你该在哪个圈子待着就待哪儿去，我要是再和你有交集我就找不着对象！"

黎姜九把终身大事都压上了，纪原旻果然被女生的气势震得一双眼睛眨巴了又眨巴，久久没有反应过来。

黎姜九索性独自走到亭子另一头吹风透气，没再管他。

安静了好一会儿，心里还堵着气的黎姜九突然觉得衣角处轻轻地被人拽了拽。

一低头看见不知何时纪原旻悄悄挪坐了过来，男人抬头看着她，眼中竟装着明晃晃的小委屈。

"黎姜九。"纪原旻可怜兮兮地开口。

黎姜九以为他要道歉，却听到他问自己："你不觉得冷吗？"

山顶风大，加上淋了雨发了烧，黎姜九这才发现纪原旻的嘴唇早已没了血色。她瞥了眼气哼哼地低骂了句，还是没有真的对他弃之不顾。

黎姜九利落地把纪原旻身上湿透的外套脱了下来，换上自己干爽的薄外衫。

纪原旻人高马大，穿着女士外套显得有些滑稽，可男人却明显不再冷到发抖了。

纪原旻安分了不少,黎姜九和他并排坐着,突然觉得肩头一沉。

"黎姜九。"纪原旻垂着头靠着女生的肩窝,"我可以改的。"

男人的声音有些低沉:"脾气臭我可以改的,脸臭我也可以笑的,名利圈娱乐圈我以后也可以少待着。"

亭外的雨渐渐地止住了,风声也渐渐停歇,周围仿佛一下子空旷安静下来。黎姜九听见纪原旻的声音在耳边轻了又轻。

"黎姜九啊,你能不能别那么明显地讨厌我?"

纪原旻沉沉睡过去了,可他最后的话却在黎姜九心上小小地挠了下。

元修和林少艾赶到的时候,黎姜九还一直维持着这个姿势。元修一边将昏昏沉沉的纪原旻背起来,一边奇怪地打量了两眼黎姜九。

"小姜九这是被山风吹傻了?怎么一副脸僵了的表情?"

黎姜九一抬眼便恢复了以往的神情,活动了下僵硬的身体:"你坐风口吹这么久一动不动试试?"

"我已经告诉了舒妙,她在山下等着。"黎姜九目光沉沉地看了眼双眸紧闭着的纪原旻,漆黑的夜里看不清她脸上的表情。

"他该回去了。"


纪原旻醒来的时候先见到的是经纪人胡哥的脸。

胡哥四十来岁,到如今正好入这行二十年,带红的明星偶像能撑起娱乐圈半边天,他精明干练又待人和善,在圈内向来颇受好评。

胡哥不姓胡,只因留了标志性的络腮胡子而被后辈们叫一声胡哥。

"醒了?"胡哥笑眯眯道。

纪原旻轻轻一动还是觉得浑身疼得厉害，他打量了下四周，发现自己躺在病房里，舒妙坐在胡哥后面，正表情平静地替他剥橙子。

"我这是回来了？"纪原旻有些吃力地扶了扶脑袋。

"对啊，我们小原回来了，带着一身伤和给我的满满惊喜回来了！"胡哥依旧是笑眯眯的。

可纪原旻和舒妙清楚，胡哥的和善一向是面上的，他能笑眯眯地说出最犀利的话训你半天不皱下眉头。

"小原快来跟我讲讲，你是怎么做到别的明星偶像什么事没有，你却能一只脚骨裂一只脚崴伤的？噢对，还有高烧38.9℃！"

"是我的疏忽。"身后的舒妙开口，"我没有照顾好他。"

纪原旻瞥了眼舒妙，懒懒道："不关她的事，是我自己弄的。"

"看看，咱们小原可真是偶像界的好榜样！所有的伤痛都自己扛，只不过下回还这样的话，小原要记得先考虑下后果哟。毕竟咱们小原可不是一般人。"

胡哥直直地盯着纪原旻，眼角的笑意更浓，说出口的话也更意味深长。

"小原现在脑子还好用的话应该记得我从很久之前就告诉过你，你获得你想要的东西代价就是必须活在大众眼前，一步都离不开的那种。"

胡哥走了，偌大的病房只有纪原旻和舒妙两个人。

舒妙依旧在低头剥橙子，没有看纪原旻："新手机在你左边柜子的抽屉里，医生说起码要躺两个月，这次的事情压了下来，但目前工作全部停掉，胡哥的意思。"

"还有，之前我说的话你就当我是在放屁，你最讨厌绯闻我知道，所以我不会给你添任何麻烦。"

舒妙将剥好的橙子递给纪原旻,而后很快收拾好东西朝外走:"没什么事的话我就先出去了,你好好休息,有任何事情叫我。"

舒妙轻轻带上门出去了。

躺在床上的男人缓了好一会儿,意识逐渐清明起来,慢慢地捋顺了一些事情。

片刻后,纪原旻翻出新手机,打开后他下意识做的第一件事就是去看黎姜九的微博。

安安静静,没有更新。

纪原旻闭上眼,那张清冷的脸一下子跳进脑海。

那天晚上有些片段他记不太清了,可有些话却一直在脑海里回响。

"小原旻这次受伤,你们的合作要推延吗?"

"不用,老祁说虽然还有一部分没拍好,但之前的素材也够多了,我和他可以不用再继续合作了。"

"确定吗?"

"确定。"

黎姜九的声音轻飘飘的,却一字一字地砸在了纪原旻的心上:"毕竟我和他不是一路人,网红哪能和明星站一起啊?"

纪原旻翻了个身,突然感觉手腕处有东西硌着自己,是手绳上坠着的小木牌。

纪原旻又换了个姿势,可无论他怎么躺都觉得不舒服。

因为不知从何时起,那个小小的"原"字硌着了他的心。

是的,他们站不到一起。

是他站不到她身边。

黎姜九最新的一期 Vlog 一经发布，果然又是稳坐了一天的热搜第一。

这支视频之所以能有如此高的热度，记录了桃源山美不胜收的阳春之景是其一，介绍了令人垂涎欲滴的几道和蜂蜜有关的甜点茶饮是其二，而人气天王纪原旻的加入合作则是其三。

人气博主和顶流偶像的首次合作果然赚足了话题，不仅两家粉丝开始和和气气地互称同友，而且也让之前两人因为发博内容太相似而传出的绯闻不攻自破。

纪原旻天天都打着石膏躺在病床上，从前的他有事没事就喜欢闭目养神，而现在他觉得他能做的事情就只有闭目养神了。

那条热搜出现的时候，百无聊赖的纪原旻自然一早就看见了。

对于自己低调卧底了那么久不仅一点有价值的东西都没打探到，到头来还白白为他人做了嫁衣，纪原旻抑郁了整整两天。

到了第三天的时候，纪原旻终于想到该如何挽回自己该死的胜负欲了。

纪原旻虽然平时臭美臭屁些，却不像其他的小鲜肉隔段时间就发个自拍之类的。因为他觉得这完全没必要，毕竟自己的帅早已是众所周知的事情了。

而这次，哪儿也去不了的纪原旻为了正常营业，终于对自己的俊脸下手了——破天荒地发了自拍！还是九张！

没啥自拍经验的纪原旻挑的角度可以说是惨不忍睹，但那些谜之角度的照片还是掩盖不住男人咄咄逼人的帅气，成功引起不小骚动。

纪原旻看着右下角不断跳动的消息，不易觉察地扬起嘴角，还顺便感慨了下自己这挡都挡不住的该死魅力。

在这条微博被越来越多人看到时，微博下有条评论也逐渐被顶了上来，一直顶到热评第一，纪原旻也注意到了。

——哥哥照片里的背景怎么那么像在医院啊？不是前几天还和姜丸酱录制了视频的吗？天哪！哥哥该不是哪里受伤生病了吧？心疼心疼！

而随后一拨小道消息紧跟着蹭起了热度。据某知情人透露，纪原旻正在参与拍摄的一个公益电影，他的镜头也遭到了大量修减，时长整整比原定的缩减了近一半，原因则是纪原旻因不可抗力因素无法参与接下来的拍摄！加上最近接连两场他本该出席的晚会活动他均未现身，便更为这份猜测增添了一丝可信度。

甚至一些纪原旻的狂热粉丝不知从哪儿找到所谓的证据图，来势汹汹地跑到黎姜九的微博下，质问纪原旻是不是因为在她那荒山野岭的时候受的伤，让她给大众一个解释！

渐渐地，这个因为几张自拍引起的话题吸引了一大拨网友的关注，而姜丸酱对那些真真假假的证据照片保持沉默的行为，让越来越多纪原旻的狂热粉丝喊出"请姜丸酱给纪原旻道歉"的口号。

如今庞大的网络时代就像一片汪洋大海，上面满是随风而起的浪潮。但凡有一个人挑起了风向，那么很快，这些只会随波逐流的浪花便前赴后继地紧跟其后。

这场被冠上正义名号的讨伐，不用付出代价就能人人参与，每个人只要轻轻动动手指头就可以有决定行刑的权利。

于是，这些汇聚起来的滔天巨浪，轻而易举地吞噬了一个又一个生命。

其实纪原旻这次住院的事情胡哥一早就压了下来，毕竟怕会带来负面话题。原想着在医院里安安静静过俩月就没事了，可没想到纪原旻就待在这小小几十平方米的空间哪儿也没去还能给他捅出个大娄子来。

胡哥气得络腮胡子都要歪了："别的偶像发自拍是正常营业，你这是什么？

九张自拍再配上'外面的阳光还暖吗'是个什么意思？怕粉丝不知道你住院的事儿？怕他们不去查查你为什么会在一个破亭子里摔了手机崴了脚，淋了大雨还发了烧？

"小原啊小原，我怎么觉得你去了趟桃源就把脑子丢那儿没带回来了呢？"胡哥恨铁不成钢地狠狠叹了口气。

胡哥缓了整整十几分钟火气才下去些。

"不过话又说回来，现在真正站在风口浪尖上的不是我们。"胡哥的表情意味难明。

"火都要烧到屁股了，那个姜丸酱的团队还真沉得住气。"

沉得住气？怎么可能？

林少艾才没有这么佛系，只是奈何她跟着的这位实在太过云淡风轻了。

谁能想到网络上被讨论得热火朝天的事件女主角，现在竟然心平气和地坐在那儿做一个小木钟？

黎姜九一个上午坐在工具台前就没挪过地儿。

"小姜姐！你看看这些人！到处评论'请姜丸酱给纪原旻道歉'！真是太气人了！"

黎姜九正在埋头专注着手里的事情，心不在焉地应了声："嗯。"

"明明是我们把人找到救了回来，他们还不知好歹地说什么纪原旻是因为你而受的伤！"

黎姜九依旧没抬头："嗯。"

"还有这些一看就是假得不能再假的证据照，那个纪原旻也不出来解释澄清下！他这是忘恩负义！"

"嗯。"黎姜九淡淡道。

"小姜姐！"林少艾一把拉过小板凳，气鼓鼓的，像只小山雀，"你就一点儿也不生气？好歹我们和纪原旻还合作过，他们怎么就这样置之不理，最起码帮我们说两句话吧！"

黎姜九终于停住了手里的动作，抬起头冲林少艾眨眨眼，答非所问："你猜我手里的这座小钟已经挨了多少刀了？"

"这我怎么知道？"林少艾没好气道。

黎姜九吐了吐舌头："其实我也不知道。"

"小姜姐！"林少艾差点没忍住朝她翻个白眼。

黎姜九笑了笑："但总有上千刀了，你看这些木头挨过了这些就成了作品，而那些挨不住刀刻的最后只能叫废料。所以你生那么大气干吗？现在的我正走在努力变圆满完美的路上，难不成你认为我还是块废料？"

林少艾又一次被黎姜九的歪理给噎住了。

"好了，你就照样吃吃喝喝玩玩乐乐，等再过段时间这些都会平复下来的。毕竟纪原旻以后不会再和我们有什么交集了。"

"小姜九。"元修不知何时下了山站在门口，刚刚黎姜九和林少艾的对话都一字不落地听全了，"咱们有些话可先别说得太早。"

黎姜九瞥了他一眼："怎么，你还嫌这边的蜂蜜卖得不够紧俏？"

这次黎姜九的视频一经发布，在网络上引起许多关注的同时，也真的带动了桃源山这边蜂蜜的销路，不说能带着蜂农发家致富吧，最起码一扫之前的惨淡现状。

"蜂蜜自然是不用再操心了，连我们住持大师看到了这些也在夸你呢。他老人家认为小姜九你啊，年纪轻轻就上得颁奖晚会，下能酿酒插秧，能干又低调，善良又热心，可真是桃源这片的小福星。"

元修的这番行云流水的彩虹屁吹得是眼睛都不眨一下，黎姜九听着听着右眼皮却不安分地跳了跳。

果然，下一秒元修话锋一转："只可惜啊，桃源这片虽清静但也太与世隔绝了些，游客香火什么的虽也是日日不断，但和那些大热的景区相比还是差上一大截。

"今年七夕的时候桃源镇会举办一个七夕庙会，旨在让更多人能认识到桃源的美，所以说想在那之前发一支宣传片。不知小姜九对这种宣扬中华节日民俗，推广地域文化风情可感兴趣啊？

"当然，你若觉得以你一己之力有些吃力，咱们还可以像上次一样找些大众喜爱的人合作不是？"元修笑眯眯地看着黎姜九，面不改色心不跳地终于带出了真正的目的。

"比如，小原旻就很不错。"

黎姜九算是听出来了，敢情元修话里的马屁之意还不在她，而是纪原旻？

"不错你个大头鬼！"黎姜九竖起眉毛，一点也不带犹豫的，"臭浑蛋，我告诉你啊，没戏！我是不会再把纪原旻请来合作的，要请你自己找人去！"

"真的不再考虑下吗？

"小姜九？

"小姜姜？

"女王陛下……"

"滚！"

黎姜九是铁了心不会再和纪原旻合作了，加上现在网上铺天盖地的这些讨伐她的评论，她又怎么能冒着粉丝之大不韪，让这位牙齿咬到舌头都能让粉丝们心疼半天的金贵小天王再来桃源受苦受累呢？

即便黎姜九心胸宽广能对那些恶意的声音置若罔闻,但不代表她没心没肺明知道这会招黑还非要凑过去被骂一通。

从今往后啊,她和纪原旻还是井水不犯河水为好。

黎姜九这条井水是想得透透彻彻的了,可纪原旻这边面上虽看着波澜不惊,但男人的心里早就被搅得迟迟不得平复。

随着网络上的呼声越来越大,终于有一天,纪原旻忍不住发了条澄清的微博。

——听说我最近难得放个假就"被"住院了?

短短一句话再配上一张纪原旻在健身房运动的照片,虽然那张照片是他以前的存图,但果然很好地叫那些造谣者乖乖闭上了嘴。

而对于纪原旻的澄清,黎姜九这边还是一点动静也没有。

林少艾看到了那条微博大呼小叫起来:"小姜姐!纪原旻终于发博澄清啦!"

"嗯。"

元修立刻见缝插针道:"小姜九,那你要不再考虑下和小原旻的下次合作?"

"滚。"

这次纪原旻的擅自澄清并没和胡哥提前商量过,但胡哥竟也没计较,只是直直地盯着纪原旻,似笑非笑地夸上一句:"看来去了趟桃源我们小原成熟了不少啊。"

胡哥笑得微妙,纪原旻以前对这些东西向来都是撒手不管的,全权交由背后的舒妙他们来解决。可最近,纪原旻却频频越过舒妙自拿主意,擅自和

098

姜丸酱的合作是第一次，主动替姜丸酱澄清解释是第二次。

胡哥隐隐察觉到什么，纪原旻最近频频不按套路出牌好像都和这位姜丸酱有莫名的联系。

等等，好像也不全是，这小子上回那个莫名其妙发的自拍九连张是怎么回事？

好不容易琢磨出点儿思绪的胡哥又迷茫了。

而纪原旻根本没注意到胡哥沉思的表情，他的注意力全在手机上，网上现在随处都是在讨论此次话题的声音，可是里面却没有他想看到的那个。

纪原旻悻悻地逛了一圈后关上手机，抬头盯着天花板出神。

毕竟是自己替某人解了围，一句感谢应该会有的吧。

可是第一天，没动静。

第二天，没动静。

第三天，依旧没动静。

……

纪原旻等了一个星期，然而手机依旧是静悄悄的，黎姜九连个泡儿都没冒。

该不会是受恶评打击太大了，关闭了微博所以没看到？

要不，问一下？

纪原旻捧着个手机纠结犹豫了整整两天，才因为"一不小心拨错了电话"联系了黎姜九。

"哪位？"电话那头的人却是林少艾。

纪原旻拿出既然打错了那就顺便问下吧的态度，绕了九曲十八弯终于把想问的话问了出来。

林少艾正在电话那头津津有味地吃着东西，吸溜声贼响亮，比她含含糊糊的说话声还要清晰。

可纪原旻还是一字不落地听清了林少艾说的话。

"小姜姐没受什么影响啊，她现在？噢，和祁哥出去拍素材了。"

什么叫咸吃萝卜淡操心？纪原旻到头来才发现自己就是那个非要多管闲事、没事儿瞎操心的"淡"！

"嘿，大明星，没想到你还挺有人情味儿。"电话那头的林少艾还没挂断电话，想到什么说什么，"还以为合作结束了你和小姜姐以后就各走各的路呢……"

林少艾不经大脑的话一下子点醒了纪原旻，自从他的人生轨迹和黎姜九有了交集后，好像就在不知不觉中偏离了原本的轨道。

而那个让他偏离正轨的某人却早已安然无事地回到了自己的路上。

不行，纪原旻要找回原本的生活，他要将黎姜九踢出自己脑海。

现如今的社会中，庞大复杂的网络通信就像一座桥梁，人与人之间的联系变得极度便捷高效，但同时一旦要了断起来也格外简单利落。

仅靠一根冰冷的网线来维系着人与人之间的关系，看似跨越了很远的距离，实则平添了更厚的隔障，不需要经过时间消磨就脆弱得岌岌可危。可能前一天还聊得火热的知己第二天就变回隔着小小屏幕的陌路人。

纪原旻很快设置好了手机，屏蔽了网络上一切关于黎姜九的消息。

那条坠着"原"字的手绳也在当天被男人半点也不拖泥带水地收了起来。

为了让这套行动更加完美无缺，纪原旻甚至在每天睁眼醒来做的第一件事，就是默默提醒自己一遍：谁再想黎姜九谁就是猪。

可纪原旻不知道，每日一句"千万不要想她"才是这世上牢牢记住另一个人的神奇秘密咒语。

100

于是纪原旻每天都在自欺欺人的道路上越走越远，当男人认为那张清淡无邪的脸终于被清理出脑海的时候，那一点点腾空了的大脑却又开始莫名其妙想冒出其他的东西来。

　　光影幢幢的桃林，连绵潮湿的雨天，奶白鲜香的鱼汤，清淡袅袅的热茶……

　　其实每一幅画面里都站着个人，只是纪原旻假装看不见。

　　欺瞒他人只要蒙眼，欺骗自己则是要藏心。

　　可是有些东西是藏不住的，只要风轻轻一吹，那一层又一层包裹着秘密的薄膜便会倏地剥落散尽，让你看清一切自欺欺人都是徒劳。

　　所以当纪原旻看到手机里躺着条黎姜九发来的消息时，只两秒，他就体会到了什么叫所有努力一朝回到了解放前。

　　是的，那张好不容易丢掉的脸又明晃晃地回来了！

　　纪原旻甚至可以清楚地想象到那人清冷极淡的眉眼，平静如水地望着自己。

　　"下周正好来桐城，上次的事还没当面谢谢你，如果方便的话可以给个地址吗？"

## 第六章
不想当卧底的合作者不是个好爱豆

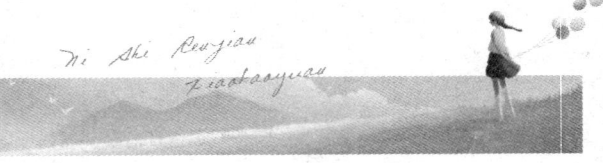

纪原旻深思熟虑了整整一天才发去自己的位置。

他好歹也是个一举一动都备受瞩目的偶像,怎么能任她想找到就找到、想问什么就答什么。

而此时的信息这端,林少艾看着纪原旻发来的位置,小眉毛蹙成了一团:"元修大师,我们这样好像不太好吧?要不还是跟小姜姐说下?"

作为黎姜九的小助理,林少艾也有"一只姜丸酱"的账号权限。

元修一脸笑眯眯地看着林少艾:"这是给小姜九一个惊喜,小少艾会替我保密的吧?"

林少艾默默想起之前自己刷的那半个月的碗,犹豫道:"可是……"

"当然了,在这之前——"元修颇有意味地盯着对话框上的名字,自动忽略了林少艾犯难的表情,"我要先给小原旻一个小惊喜。"

纪原旻的脚已经养得差不多了，本来两天后就能出院，可男人却让舒妙硬是去多办了一周住院。

胡哥也挺纳闷儿，以为是哪里没恢复好，一问得到的答案却是医院的山药骨头汤挺不错的，想多补两天再出院。

可在接下来的日子里纪原旻的饭量并不见变大，倒是白天发呆的时间变长了不少——男人总是动不动就盯着日历或时钟发呆。

这天，舒妙正在和纪原旻交代一些工作事宜，男人边听着边有一下没一下地瞟着日历，突然冷不丁插进句话："今天端午了啊？"

舒妙抬头，正对上纪原旻望过来的目光。

"端午节是不是要吃粽子来着？这附近有卖的吗？我好像好久没尝过粽子了，好歹今天过节呢。"

舒妙想不通纪原旻怎么会突然心血来潮想过端午吃粽子，只能待处理完手上的事后出门去替他买。

可舒妙前脚刚走没一会儿，房门又开了。

"这么快就买到粽子了？是我要的蛋黄肉馅儿……"纪原旻应声抬头，未说完的话在他看清门口站着的人的时候瞬间没了声音。

"小原旻可真是和我心有灵犀啊。"元修站在门口，笑眯眯地冲纪原旻示意了下手上鼓囊囊的袋子，"竟然知道我给你带了粽子，而且还猜到是蛋黄肉粽。"

黎姜九到了下午才发现厨房里包好的新鲜粽子少了整整两大袋，而且还都是蛋黄肉馅儿的！

"以前那臭浑蛋不是一到端午向来吃不了几个粽子的吗？这次怎么一下

子给我悄摸儿拿走了这么多?而且还全是肉的?"黎姜九气哼哼地叉着腰,"不行,我要上山找他算账去!"

林少艾尽尽地瞥了眼:"元修大师他……他现在大概不在桃源寺。"

"咋?拐着我的粽子潜逃了?"

"好像是上次说的什么庙会,元修大师下山去找合作宣传推广的团队去了。"

此时纪原旻的病房中俨然一派谈判的局面,胡哥坐在床这边,元修坐在床那头,而我们的男主角纪原旻则神色自若地坐在中央的病床上,边听着他们的对话,边不慌不忙吃着一个粽子。

"文化推广宣传片?桃源?"胡哥脸上依旧挂着笑,说出来的话却意味不明,"我们家小原还真是和这个叫桃源的地方有缘。

"之前定在桃源的公益微电影,机会珍贵难得,可临到最后却因为意外少了近一半的镜头。上回小原又自作主张和那个什么博主合作,最后除了获得网上那么点儿无关痛痒的话题度外,就是躺在医院养了近两个月的伤。

"屡次三番出这样的事,这桃源的风景再秀美也怕是和我们小原不合。这回若是接了下来,不知道又会有什么幺蛾子出来。"

胡哥移开目光看向纪原旻:"小原,你说呢?"

话题重新回到纪原旻身上,可明面人都听懂了,胡哥在刚刚的一番话里已经清楚地表了态。

元修也不急,淡淡地将视线落到纪原旻身上,等他的回答。

纪原旻顶着众人的目光,不慌不忙地吃完最后一口粽子,接过舒妙倒来的一杯水,吹了吹上面的热气慢慢抿了两口,这才懒懒地抬眼:"粽子挺新鲜,

104

口味也不错。"

元修一笑："当然，包这粽子的人手艺自然是顶好的。"

纪原旻听出他话里是在指谁却没接话，转头问舒妙："我是什么时候能出院来着？"

"后天。"

"哦，这么快了。"纪原旻懒散地抻了抻胳膊，"既然现在所有工作都往后推延了，那么索性就再往后推迟一些吧。"

纪原旻看向胡哥："胡哥，出院后我想再休息一段时间，没人打扰的那种。一年到头天天像个风车一样转，难得有个能偷懒的机会可不能浪费了。这期间工作上的事您看着办，没什么重要的能推就推掉吧。"

看见纪原旻和自己站一边，胡哥总算笑得和颜悦色起来："当然可以，小原就先好好休养休养，不用这么快投入到工作中，毕竟下半年的行程可是有你忙的。"

见正主都发了话，元修也就不再多费口舌，十分知趣地站起了身，有些惋惜道："看来我和小原旻只能有缘再见了。"

临走前，元修留了个联系方式给纪原旻，纪原旻懒懒一抬眼："这是什么？"

"别误会。"只见元修冲他努努嘴，"我只是看那粽子挺合小原旻胃口的，你以后若是还想吃尽管联系我。毕竟认识一场，合作成不了，寄两包粽子的情谊还是有的。"

元修笑得微妙："再说了，可不是哪儿都有这么让人垂涎欲滴的粽子的。"

元修最后那句话倒是引起了胡哥的注意，元修前脚刚走胡哥就按捺不住好奇地剥了个粽子尝尝，果然不赖，米粒香糯软黏，香肠风味十足。

"小妙也来尝个。"胡哥冲一旁的舒妙招招手。

舒妙笑着摆手说自己不饿，不动声色地又将视线绕回纪原旻身上。

男人脸上早已没了先前那副漫不经心的表情，他目光沉沉地盯着窗外，像是在出神又像在沉思着什么。

纪原旻出院的那天，胡哥因为公司有事没时间过来，吩咐了舒妙和另一个小助理把纪原旻从医院送回去。

当纪原旻口罩遮面、墨镜齐全地安全到达他住的公寓后，便让舒妙他们先回去。

回到家的纪原旻头也不回地进屋，迅速利落地收拾出一些简单的衣物。

纪原旻又想起什么东西，可任他从衣服口袋找到从医院带回来的行李，却怎么也找不到。

该不是落在病房了？

纪原旻来到客厅，却突然发现舒妙坐在自己的沙发上还没走。

"你怎么还在这儿？"纪原旻纳闷儿地看了眼，"这段时间你就不用跟着我了，趁这机会你们正好也可以休息休息。"

纪原旻没有停下手上的动作，舒妙一言不发地看着他，突然喊住他："小原，你是在找这个吗？"

纪原旻应声回头，看见舒妙手上拿着的正是自己刚刚在找的东西——那条坠着"原"字小木牌的手绳。

舒妙直直地盯着男人，突然笑开："小原你之前不是要把这东西丢掉吗？怎么现在又在找它？"

106

"之前误扔的,原来在你这儿。"

纪原旻正要伸手去拿,舒妙却灵巧一闪避开了:"误扔?"

舒妙眼里的笑意更甚:"你说,黎姜九要是知道她送你的东西被你误扔了,会不会很难过?哦,对,她应该不会知道了,毕竟你们之间的合作已经结束了。"

两人的视线在空中一撞,纪原旻面沉似水:"你想说什么?"

"也没什么。"舒妙直坦坦地看着纪原旻,"就是想问问,你这次又要去桃源干什么?是因为那个见人就笑的臭和尚,还是既送你手绳又给你包粽子的黎姜九?"

原来舒妙早已猜到了一切,分毫不差。

纪原旻知道,胡哥从不会招闲人进来,他以前没心没肺不觉得身边那些来来往往的人有多聪慧机敏。直到现在,他才发现跟着他当了这么久助理的舒妙,才是最会察言观色、八面玲珑的那位。

纪原旻定定地站在那儿,良久后缓缓开口:"是为我自己。

"你应该知道《人物》杂志对每期访谈嘉宾的选择向来都是慎重的,不是文艺界的泰斗就是政经界的名人。这一次 JL 会将橄榄枝抛向时尚娱乐圈,甚至网红博主,这不仅是他们的首次尝试,更是我们的机会。而且我肯定,黎姜九的目标和我一样,绝不止做一期的访谈嘉宾而已。

"作为我最有竞争力的对手,与其说我在意她,倒不如说我在意的一直是她和我不相上下的人气。所以不管'姜丸酱'这个名号下是张姜九还是林姜九,我都会如此。

"我的目标很简单,只要让大众看到她伪装的皮囊下真实的一面,只要能让她退出《人物》年度封面的竞争。"

纪原旻一字一顿:"合作只是幌子,接近她找出能提出条件的筹码才是真正目的。"

"噢,小原这是要做卧底?"舒妙目光灼灼,"你就不怕我将这一切告诉胡哥吗?"

"你随意,我无所谓。"纪原旻目光清亮却又像隐着层看不清的情绪,"一旦找到我要的东西,我就会回来。"

纪原旻这句话既是说给舒妙听的,也是在提醒着自己。

舒妙离开了,纪原旻盯着手心躺着的手绳,而后拨出了一个电话。

只"嘟"了一声,对方就接通了。

"嗨,小原旻,等你的电话可真有点辛苦哦。"隔着电话,纪原旻还是清清楚楚地听见了元修话里的笑意。

纪原旻似乎明白了什么:"你还在桐市?"

"嗯哼,难得出来趟可不得多转转再回去。"

纪原旻了然:"你早就料定我最后会答应,所以故意留了电话给我?"

元修并未正面回答,而是饶有兴致道:"小原旻这小脑袋瓜就猜到了这些?"

"这次参与拍摄宣传片的是不是还有黎姜九?"

元修在电话那头终于朗声笑了起来:"小原旻的这些小疑惑我都能解答,就这最后一个问题,得把你带回了桃源才知道答案。"


黎姜九觉得很久都没见到元修了。

可林少艾告诉她,其实元修才出门一周时间未到。

林少艾像是发现了大八卦:"哟呵小姜姐!你知道这叫什么吗?这就是'一日不见如隔三秋',我就知道元修大师在你心里地位不一般!"

可刚从自己追的CP上好不容易嗑到点糖的林少艾还没尝够甜头,下一秒就结结实实挨了一记栗暴。

"废话!对于不声不响拿走你那么多蛋黄肉粽的家伙,你能做到心如止水、水波不惊?"黎姜九斜了眼林少艾。

"也是奇怪,那些赤豆、红枣的他怎么就一个都没拿混,正好个个都挑了蛋黄肉馅儿!哼,那臭浑蛋要是不交代清楚我那两大袋粽子的去向,别怪我不客气!"

林少艾后脖子一凉,默默地哆嗦了下,立马岔开话题:"小姜姐,我听元修大师说他这回下山,好像还要给你准备惊喜来着。"

"惊喜?只要别给我惊吓我就谢天谢地了!"


黎姜九从来不知道自己的嘴竟然还开过光。

第二天傍晚,这位让黎姜九茶饭不思的人终于出现在她面前。

而且一同带来的还有他所谓的"惊喜",还是俩!

"小姜九有个好消息告诉你,你上回让我自己去找小原旻,我真给你带回来了!人一会儿就上来!

"还有,这次小原旻的合作费我已经联系到人来承担了,快猜猜是谁?

"没错,就是能把你宠上天的江一啊!"

黎姜九呆呆反应了好一会儿才弄明白了发生了什么事。

这个臭浑蛋竟然把自己好不容易送走的麻烦精又给悄无声息地请了回来?最后还忽悠了老黎出了钱?

黎姜九的脸臭极了,"砰"的一声毫不客气地将元修关在了门外。

"小姜九,你怎么了?"

"快开开门，我已经看到小原旻朝这儿走来了！"

"他已经在上坡了，还有一分钟。"

"真的快开门吧！小原旻还有三十秒到达！"

"小姜九！小姜姜！女王殿下！"

"哗"的一声，在纪原旻站在这座竹林环绕的小院前的瞬间，大门开了。

关门前还是张无敌臭脸的黎姜九，此时嘴角挂着的浅笑差点没把元修的眼睛闪瞎。

这何止是换了副表情，简直就是换了个人。

"来了？一路上累了吧，快进来喝点茶。"黎姜九面带微笑，表情自然得不能再自然。

"真的好久不见啊。"

最后一句是对纪原旻说的。

是的，黎姜九终究是舍不得自家那蠢哥哥花的这一大笔钱，还是答应替元修拍这支宣传片，她侧了侧身，让他们进了屋。

祁牧和林少艾还没起床，整个院子里除了黎姜九就只剩姜点儿一个活物，见有生人进来，这位尽职尽责的护院管家立刻支棱起翅膀噔噔噔地冲过来。

嗯，左边这个是经常喜欢撸我脑袋的家伙，安全！

嗯？右边这个，怎么感觉很像之前那次扰我好梦的家伙？

那次桃林惊魂对姜点儿来说绝对是它鹅生中的奇耻大辱，从来只有它吓人追人的份儿，还是头一次有人敢吓唬它！

而且向来睚眦必报的姜点儿那回还被黎姜九给拦了下来，虽然此后这个家伙也来过几回，但姜点儿总没找到机会下嘴报仇！

110

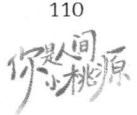

以为换了个行头我就不认得你了？姜点儿以为这一次终于让它逮着机会，可还没等它悄悄地绕到那家伙脚边，就听见头顶传来声音。

"这边走。"

姜点儿眼睁睁地看着黎姜九带着纪原旻朝里走去。

十几分钟前，元修正热心地替纪原旻考虑了接下来的日子的住处。

"我记得没错的话，小姜九这儿的三楼应该是有空房间的……"

黎姜九一下子就猜到了元修的意图，开口打断："抱歉，那个房间有人了。"

用老黎的钱请合作者，最后还让人家睡老黎的房间？

呵，这臭浑蛋的胆儿可是越来越肥了，不知道的还以为是老黎宠的呢！

元修似乎也想起来了，若有所思地"唔"了声便不作声了。

"那阁楼的那间应该是空的吧？"

"咳！"黎姜九努力咽下一口涌上的老血，保持着微笑，"元修大师的记性可真是好呢！"

"只不……"黎姜九眨了眨眼，面露难色，"那个房间是我小时候住的，现在怕是早已积了许多灰，加上房间小，现下夏天也热了起来，怎么也不能让我们刚恢复了伤势的大明星住吧。我倒是觉得山顶的桃源寺是个好住处，客房安静空气新鲜，视野开阔风景又好，无论哪个方面可都比我这小阁楼好多了。"

元修回头看向纪原旻询问他的意见："那小原旻……"

一直沉默着的纪原旻终于懒懒地抬起眼，看向黎姜九身后的房子。

"你这阁楼是忒破了些。"他紧接着话锋悠悠一转，"但我不介意。"

纪原旻把目光重新绕回黎姜九身上，沉甸甸的，有些令人捉摸不透："住山上多麻烦。毕竟往后一段时间,我们是得天天见面的关系。"

元修离开后,黎姜九带着纪原旻进了屋。

"一楼是客厅和厨房,东边的那一间是书房,你上次来过了应该有印象的。

"二楼和三楼各有两间房间,祁牧和少艾住二楼,我在三楼,最上面是阁楼以及露台,除了阁楼外,每层都有卫生间。"

纪原旻之前虽然来过两次,但从未进到最里面。出人意料,房子不仅里面很大,而且和他想象中的样子十分不一样。

花纹繁复的大理石地砖,低调却很有质感的落地窗帘,有年岁有韵味的陈设摆件,一点也不像是纪原旻想象中山野里的破旧农家小木屋,倒更像是有钱人家修的私家别墅。

两人一前一后上了楼梯,木质的楼梯偶尔发出"咯吱"一声,整个空间阴凉又安谧。

黎姜九来到了阁楼,拉开窗帘,推开窗户,久违的光亮和新鲜空气大团大团涌了进来,使这小小的空间终于亮堂些。

纪原旻扫视一圈,蹙了蹙眉,这房间好像不仅仅只是面积小点的问题吧?

淡粉的窗帘,玫瑰粉的墙纸,金粉的台灯,桃粉的地毯,纪原旻感觉自己像是误入了某个迪士尼公主的房间。

当然,如果忽略那快要溢出来的娇嫩少女色,一张松软的单人床,小巧舒适的沙发外加一盏柔和的落地灯,没有多余杂乱的物件,只是简简单单的几样摆在这小小的空间里,细细看来倒也觉得挺和谐。

"这房间空很久了,陈设都没动过,孩童气了些,别介意。一会儿我让少艾来收拾下,还有这边的电路接触不太好,因为之前一直没人住就没管,

112

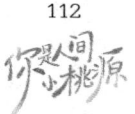

如果你住的时候有什么问题随时可以告诉祁牧,他会来处理的。

"这外面的露台风景挺不错的,你平时没有拍摄无聊的话可以出去坐坐,只是要记得外出离开时关上门和窗。

"还有这阁楼的门框修的时候就偏矮,你每次出门的时候要注意着点。"

黎姜九说了半天都没听到人回应,回头一看才发现纪原旻倚着门并没有进来。

纪原旻的视线落在她身上,目光沉沉的,像是在认真地听她刚刚说的一堆话,又好像只是在心无旁骛地看着她。

纪原旻今天穿了套极简单低调的黑色卫衣和运动裤,比起他平日上杂志出广告的各种花哨服装,这一身色彩虽不出挑,搭配也很随意,倒是更衬得他沉稳内敛。

纪原旻个高身材比例又好,黎姜九记不得是谁说过,他是那种披个麻袋都很好看的人。

说到底这还得归功于男人那张脸,网上天天有一大票小迷妹对着纪原旻的各种照片生图犯花痴,还称其是清俊禁欲系的第一男神!

纪原旻的禁欲冷峻只是因为他不常笑,但这并不代表他不会笑,相反,他一旦微弯着眉眼笑起来,怕是更会让那帮小粉丝疯狂。

因为那眼里盛着十分的笑意,定有九分是不正经。

比如现在。

纪原旻嘴角勾着似有若无的笑,那双桃花眼明晃晃地望过来,不咸不淡地来了句:"谢谢。"

"谢什么?"黎姜九莫名其妙。

纪原旻淡淡道:"谢谢你的关心,还有上回的事。"

纪原旻不经意道:"听舒妙说,那晚是你们找到我的?"

那个晚上?黎姜九蓦地想起那天晚上自己一时气上脑门儿脱口而出的那番话。

——像你这种脾气又臭脸又臭的合作对象啊,我这辈子都不想再碰上了!

以及,对着他脑门儿那一个冲动又响亮的……巴掌。

黎姜九不动声色地揣摩着男人的表情。

见纪原旻一脸淡然,黎姜九默默松了口气。

"客气了,上次你不还出面间接帮我澄清了网络上传的那些谣言吗,算是扯平了。"

"嗯,扯平了。"纪原旻垂下眼意味不明地重复了一遍,而后一低头跨了进来。黎姜九正打算出去,前路一下子被堵了个结实,小小的空间瞬间拥挤起来。

可纪原旻并没打算侧身让步,而是抬脚径直朝女生方向走去,黎姜九还没反应过来就被纪原旻逼得步步后退,直到"咚"一声撞到了背后的衣柜,她这才发现两人已脚尖抵脚尖,无路可退。

狭小逼仄的空间,陌生危险的气息。黎姜九有点蒙,这……这是什么操作?

黎姜九的大脑下意识地调动出小时候学的防身术,甚至在短短的时间内在脑子里过了好几遍。

黎姜九死死盯着纪原旻的一举一动,突然,男人的身影倏地靠近,视线中的长臂一伸越过自己的头顶,陌生清冽的气息就这样不由分说地笼罩了下来。

来了!黎姜九背靠着柜子暗暗握紧了拳头,这是要逼她动手了吗?

"嗒!"背后的柜子有重物放下的声音,待黎姜九反应过来,纪原旻已

经退回几步开外，保持着先前的礼貌距离。

原来纪原旻只是放下他的行李包。

"既然先前的都扯平了。"面前伸出一只骨节分明的手，黎姜九抬眼正对上纪原旻盛着笑意的目光。

"那祝我们这次合作愉快。"


"愉快？你觉得在合作对象是纪原旻的前提下，我能笑脸相迎地保持愉快？"黎姜九一拍桌子，"做梦！"

"嘘嘘！小姜姐你轻点儿！"林少艾急得连忙在一旁挥手，压着嗓子，"大晚上的别让人家听到了。"

纪原旻来了才短短两周，黎姜九已经不知道将"世界如此美妙，我可不能暴躁"这两句在心里默念了多少遍。

现在连发牢骚也只能挑个夜深人静的时候躲在厨房里压着嗓子进行。

"第三天，拍摄完了不回去好好待着，非要跟去看我钓鱼，可他那是看吗？你见过哪个二十来岁的大男孩打水漂？还是一个下午兴致不减的那种？我的鱼全都被他吓跑了！

"第七天下雨，不用出去拍摄放他一天假还能在家把我的砚台摔碎了！眼睁睁地看着姜点儿的白毛被染得黑一块灰一块！我那块上好的砚啊！

"还有！是谁瞎传偶像们都是要管理身材，注意饮食的？我看纪原旻这人分明吃我们这儿的饭吃得挺香的吗！尤其是那熬的鱼汤能喝上两大碗！再这样吃下去，应该让元修算上那家伙的伙食费！

"男人一般吃得多能理解，但一个大男人洗澡能磨磨叽叽地待一个小时才出来这是什么操作！山里的水不要钱啊！

"噢,对,还有这几天,但凡出个门防晒霜、墨镜、遮阳伞的也就不提了,但你喷个什么香水啊?又不是请你来走秀,香水代言人了不起啊?昨天老祁和我去拍镇子南边的蜂农,就知道不该让他跟去,把自己整得香喷喷的就他一个人被蜜蜂蜇了!还给我蜇在了脸上!正脸你懂吗!"

黎姜九说得口干舌燥,拿起林少艾推来的水杯咕嘟咕嘟一口全喝尽了。

林少艾一边剥橙子,一边瞟了眼黎姜九:"所以,小姜姐你这是在心疼纪原旻?"

"心疼他个鬼!"黎姜九跷起腿,"我这是在心疼银子!要不是他那张脸是他全身上下最值钱的地方,我才懒得管呢!"

林少艾递了瓣橙子给黎姜九,调皮地眨了眨眼:"所以说,温柔如水的小姜姐和彪悍汉子的小姜姐之间只差一个纪原旻?而且是随时切换,一秒都不带咔的。"

黎姜九还在气头上,却还是忍不住被逗笑了,气哼哼道:"那是,若我以后拿了小金人,定要好好谢谢元修那家伙。等这几个月一过,我就可以跟纪原旻光明正大地说拜拜了您嘞……您、你还好吗?是哪里又不舒服了吗?"

见黎姜九从愤愤然的语气一秒切换成轻柔温婉的女声,林少艾兴奋得直点头:"哈,对!就这样!一秒切换!"

然而,黎姜九没接她的话。

"小姜姐?"林少艾觉得奇怪。

林少艾觉得哪里有些不对劲,但又说不出哪里不对劲。

"你们在讲什么角色切换?游戏吗?"突然身后冷不丁传来道男声。

林少艾猛地回头,只见一个身影端着个水杯站在厨房门口。

那人左额处明晃晃地鼓着个红肿的大包。

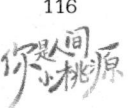

气氛一时间安静了下来,林少艾心虚地瞟了眼黎姜九,她不知道纪原旻刚刚听见了多少她们说的话。

纪原旻顶着两人沉甸甸的视线,若无其事地走了进来,倒了杯水。

"阁楼的灯好像坏了,我怎么按都不亮。"

"我这就去叫祁哥去看看怎么回事!"林少艾机灵地瞅准时机先行溜了。

黎姜九慢了半拍,眼睁睁地看着林少艾丢下自己溜之大吉。黎姜九边在心里把林少艾骂了好几遍,边默默洗净手里的水杯放好,瞟了眼男人。

"哎,不知道他们能不能修得好,我也去看看。"

可当黎姜九经过纪原旻身边时,他拉住了她。

"黎姜九。"纪原旻指了指脸上的大包,"我房间没有镜子,帮我涂个药再走吧。"

房间没镜子去卫生间啊!而且一层一个卫生间不够你照镜子?

"卫生间太暗了,涂起来实在不方便,所以才来找你的。"

纪原旻就像听到了她刚刚心底的话似的,让她凭空惊出一层薄汗。

黎姜九面不改色地拿起药膏:"不客气。"

纪原旻在黎姜九面前坐了下来,乖顺地撩起额发方便她涂药。男人才洗过澡,头发还未干透,半干半湿地随意乱着,却清俊不减,慵懒更甚。

黎姜九用棉签蘸了些许药膏,微微俯身低头替他上药。

两人距离极近,近到黎姜九只要轻轻耸耸鼻尖,就能毫不费力地嗅到男人衣领处蹿上来的幽微气息。

黎姜九不易察觉地舒展了眉头,终于不再是那招蜂引蝶的各式香水,现在的纪原旻身上是清清淡淡的沐浴香氛气息,干净又好闻。

黎姜九的视线不偏不倚地落在面前的那张脸上,不得不承认,上天在造纪原旻的时候的确是存了私心的。无论从哪个角度看，男人都是赏心悦目的，眉眼深邃，轮廓俊朗，白净的脸庞带着与生俱来的清俊冷淡气质。

不过，最叫人挪不开眼的却是那鸦羽似的睫毛下那双潋滟着水色的桃花眼。

黎姜九来桃源前没少跟老黎出去过，见过的男人中凡是好看的眉眼多半偏俊朗英气，长着双桃花眼的男人更是罕见。

桃花眼长在女人脸上，是平添了柔媚，但一个大男人要是眼若桃花，若碰巧还长得白净清秀，那怎么看都会偏阴柔些。

可纪原旻不同，即使生了双桃花眼也丝毫不减其清冷禁欲感，黎姜九想这多半归于他不爱笑。

有些人不笑的时候就已倾倒众生，一旦勾起眼角笑起来，那大概就是勾人心魂，还是打死不放的那种。

啧，这世界就是这么不公平。

不知是不是第一次给人上药的缘故，黎姜九竟莫名地有些紧张，加上周围静谧得出奇，她觉得后背渐渐爬上一股说不出的热意。

黎姜九表面越是强装镇定，可胸腔内那颗心脏却愈加不安分地躁动起来，她甚至都能清楚地听见自己的心跳声。

该死，黎姜九极快地瞟了眼纪原旻，第一次心虚了起来。

趁黎姜九分心之际，纪原旻突然一把握住了面前的手："黎姜九。"

黎姜九一惊，猝不及防地撞上男人的视线，一瞬间四目相对。

完了，黎姜九艰难地咽了咽口水，心跳更加剧烈起来。

他该不会也听到了？

"疼，能不能轻点？"清冽的气息蹿入鼻尖。

118

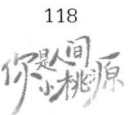

"抱歉。"黎姜九暗暗松了口气，立刻放缓了手上的动作。

周围再次安静下来，可涂药工作却进行得更加费力。

"你……"黎姜九盯着眼前那个红肿的大包，终于忍不住了，"能不能不要再动了？"

黎姜九听见纪原旻几不可闻地笑了声，紧接着男人颇有意味的声音悠悠飘来。

"好像是你的手在抖吧？"

黎姜九一低头正撞进那双漆黑的瞳仁，纪原旻得寸进尺地弯起眉眼，巧妙地勾眼一笑。

"喂，你手心都出汗了。"一双桃花眼笑得人畜无害。

黎姜九呆呆地望着近在咫尺的俊脸，完了完了！

有没有人啊！这……这男人开始在勾人魂了！


黎姜九就是黎姜九，皮糙肉厚不怵丑。

只两秒，她就靠着理智把自己已经飘出了半窍的魂儿一把给拉了回来。

"有什么不正常的。"她垂下眼继续给纪原旻上药，语气平静，"毕竟第一次面对像你这样靠脸吃饭的大明星，紧张正常。

"况且像我这种下手没轻没重还老是抖的，你这漂亮脸蛋毁我手里了我可担待不起。"

黎姜九迅速地解决完剩下的部分，将药膏往纪原旻手里一塞："这几天你就不用外拍了，等那被蜇的地方消下去了再说吧。一会儿他们修好了灯，你就早点休息吧。"

黎姜九说完就头也不回地离开了。

纪原旻坐在那儿没动,目送着面前的背影离开,直到黎姜九走出厨房一个转弯上了楼看不见了,他这才不紧不慢地拿出手机。

屏幕一亮,手机界面上是一张照片,是他刚刚拍到的黎姜九——女生正撸起袖子大大咧咧地仰头喝水。

朝左滑动,是拎着姜点儿教训的黎姜九。

再朝左滑动,是叉着腰用手指戳林少艾脑袋的黎姜九。

事实证明,纪原旻不仅仅能当好一个人气偶像,更有当卧底的潜力,尤其是对于狗仔偷拍这项技能,他惊奇地发现自己竟然可以无师自通。

纪原旻当初的直觉是正确的,黎姜九根本就是个戴着清冷女神面具的不羁女汉子!

什么温婉娴静、岁月安好,都是假象!

到底是一本杂志的封面重要,还是自己在大众面前辛苦维持那么久的女神形象重要?纪原旻相信黎姜九是个聪明的人,会做出正确的选择。

纪原旻心情很好地吹了个口哨,收起了手机掏出一面小镜子,对着厨房里的灯光将额头上那个大包仔仔细细上上下下地打量了好几眼,向来从不担心自己的脸的男人头一次有些担忧地蹙起了眉头。

唉,也不知会不会留疤。

由于黎姜九交代过这几天纪原旻不用跟着他们外出拍摄,所以一心只怀着"不跟他们一起怎么偷拍黎姜九"小心思的纪原旻开始还有些忧心忡忡,甚至还在暗暗思忖着该如何悄无声息地偷偷跟在他们后面不被发现。

可第二天一早,纪原旻就发现自己完全多虑了。

黎姜九不在,林少艾说她一大清早就出桃源了。

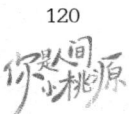

"小姜姐吩咐过了,她外出的这几天拍摄的进度先停一停,我和祁哥正好一会儿出去把先前拍的一部分里还缺的素材给补齐。你呢,就什么也不用想好好休息就成。"

林少艾正收拾着祁牧一会儿要用的器械包,突然像是想起什么:"噢对!有一件事得拜托你,就是这个小家伙。"

纪原旻右眼皮一抖,果不其然林少艾指了指院子里的那团白色:"小姜点儿很好照顾的,水和新鲜菜叶子我都备好了,唯一麻烦点儿的就是每天要带它去山脚的河边转悠一圈透透气。"

林少艾咧嘴一笑:"小姜姐说,正好你闲着也无聊,趁这个机会正好外出散散心看看这边的风景,挺好。"

挺好?纪原旻瞥了眼院子里的大白鹅,十二分怀疑地蹙起了眉。

"黎姜九要外出很久?"纪原旻若无其事地一问。

"不好说。"林少艾摇头,"多的话一周,少的话两三天。"

"她经常这样?"

"算是偶尔吧,人啊,总要抽些时间回家看看的。"

纪原旻一挑眉:"原来她不是桃源这儿的?"

"当然不是啊,不过具体的她也没和我说过,像小姜姐这样既能不受大城市的诱惑,又能耐住这山野间寂静的女孩子真的是很厉害!对吧,祁哥?"

祁牧正低头忙着整理今日外拍的日程,无暇思考:"嗯,你说得对。"

"所以啊,我以后的目标就是想做个像小姜姐这样的人,不被俗世困住,淡泊一切名利!"林少艾收拾完最后一步,拍了拍手,"好了祁哥,我们出发吧。"

背着摄影包的林少艾走之前还不忘回头提醒下纪原旻:"姜点儿就拜托你啦,有事手机联系!"

说是让他好好休息,但纪原旻怎么都觉得自己被贬为了一个看家守院的遛鹅工。

和遛狗不同的是,遛鹅可不是个轻松的差事,尤其还摊上姜点儿这样脾气暴躁的大白鹅。不求它随叫随到,也不求它会乖乖听话地跟着自己走,纪原旻只是希望它别动不动就追狗吓鸟,一回头就没个鹅影儿了,可事实却是纪原旻每天都在找鹅的路上越走越远。

在纪原旻遛鹅的第三天,终于忍不住默默打开了手机输入一行字:关于鹅的十八种做法。

这一天临近傍晚,姜点儿又一次赖在池塘里不肯跟纪原旻回去,纪原旻愣是用根细长的竹竿才将它从水里赶了上来,果不其然,这样做的后果就是悲摧地被姜点儿抖了一身水。

纪原旻气哼哼地跟在后面:"你主人都不要你了还这么狂,小心我哪天把你给炖了!"

"呷呷呷!"面前的姜点儿仿佛听懂似的停住脚丫子。

"喂!"纪原旻下意识地往后退了两步,"你、你别以为我不会做菜啊!我告诉你!我最爱吃红烧鹅了!"

"呷呷!"

"说的就是你!"

"呷!"

"喂!"

等一人一鹅总算一追一赶地快晃悠到家的时候,纪原旻一抬眼就看见一个人影站在门口,长裙摇曳。

呵,总算回来了。纪原旻几不可察地勾了勾眼尾。

122

"怎么，"纪原旻懒懒地走近，"回自己家还忘了带钥匙吗？"

面前的人一怔，应声回头："小原？"

纪原旻眼光一暗，是舒妙。

"你额头上这是怎么了？"舒妙脸色一惊。

"没事，被蜇了下而已。"纪原旻下意识地避开了舒妙伸过来的手，语气一如既往，"你怎么来了？是胡哥知道了吗？"

舒妙有些尴尬地放下手，眼里闪过一丝暗光，声音也跟着沉了几分："不是，胡哥最近在忙公司的一些事，他还不知道。"

舒妙从包里拿出几个文件："这是需要你本人签字的一些东西，我怕等你回来的话时间太久了胡哥会察觉到，我正好闲着没事所以就跑了一趟。"

纪原旻点头，带着舒妙进了屋。祁牧和林少艾还没回来，纪原旻很快浏览了那些文件并且一一签上了字。

正好这时林少艾给纪原旻发了信息，让他先把泡好米的电饭煲插上电。

"我去插个电。"纪原旻放下手机走进厨房。

片刻后纪原旻端了杯水出来，放在舒妙面前。

"刚刚又有新消息。"舒妙晃了晃男人的手机。

手机屏幕亮着，是林少艾和祁牧回来时正好经过镇子上的水果摊，问他吃什么水果。

纪原旻很快回复完放下手机，看见舒妙坐在旁边看着自己。

"我之前还在担心这次你毕竟是一个人来。"舒妙笑了，"但没想到小原你还挺适应这边的生活。"

纪原旻懒懒地抬眼："习惯就好。"

舒妙捧着水杯抿了口："你计划什么时候回来？"

"再过段时间吧。"纪原旻坐着没动。

"过段时间是什么时候?"

纪原旻眸色一顿,瞥了眼舒妙:"尽快。"

天色还未暗下来,纪原旻送舒妙离开,舒妙走到门口突然转过头:"小原,你说过这次来桃源,只要找到你想要的东西就会回来。"

"不然?"

"所以你到现在都还没找到,是吗?"

纪原旻沉默了两秒,抬了抬眼:"她处处都太注意谨慎,所以还需要时间。"

舒妙直直地看着男人:"小原,你知道你一说谎就耳朵红吗?"

纪原旻下意识地伸手摸了摸耳垂,是凉的。

"逗你呢。"舒妙突然笑了,"耳朵白净着呢。"

舒妙最后眼带笑意地看了纪原旻一眼。

"那我等你回来。"

# 第七章
## 一碗醉虾引发的挟持

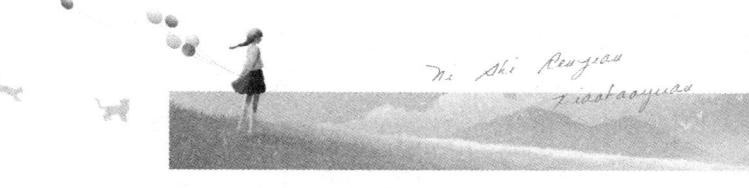

在水果摊前,林少艾纠结了二十几分钟还没决定到底买哪个好,最后还是祁牧出马,两分钟不到便一手拎着个小凤梨一手拉着林少艾走出了水果摊。

吃完晚饭,祁牧钻回房间继续忙他的剪辑工作,而纪原旻也早早地冲了个澡回了房间。就剩下林少艾坐在院子的摇椅上,拿着根签子慢悠悠地吃着切好块的凤梨。

夏夜、晚风、音乐,简直不要太惬意。林少艾插着耳机,终于瞟见了阁楼里的灯一暗,立马关了音乐,精神起来。

林少艾随后拨出一个号码,只响了一声电话便接通了。

"喂,小姜姐。"林少艾压着嗓子。

"对,放心好了,现在就我一个人在院子里。"

"今天也一切正常,嗯,我看到他脑袋上的包已经差不多都消了。对,他今天应该也是除了遛姜点儿哪儿也没有去。"

"小姜姐你什么时候回来?我怕你再不回来,纪原旻就要把你的姜点儿给炖了。没有!我每天忙得很呢,怎么有时间想你!没有!我才不是想你做的饭嘞!我做的番茄鸡蛋也不赖的好嘛,就是好像因为天太热所以他们都吃得才不多。"

"OK,你放心,我会继续帮你观察的,你那儿怎么这么吵?在外面有事啊,那我就不说了,嗯,你也早点休息,等你回来哦!"

挂了电话,黎姜九耳边便传来一声笑。

"怎么,那个成天跟你屁股后面的小丫头想你了?"灯光昏暗的清吧角落,一个面容姣好的女子笑意盈盈地看着黎姜九。

"可不是嘛,"黎姜九好笑地垂下眼,"还非嘴硬不肯承认。"

"什么时候回去?"对面的女子不紧不慢地抿了口杯中的酒。

"就这两天吧。"

黎姜九刚去桃源那会儿并没有一下子就适应那儿的生活,所以每隔段时间便会偷偷溜回桐城,并美其名曰度假。

是的,曾经的千金大小姐在车水马龙的地方待腻了会去风清水美的桃源度假,而现在的黎姜九则是会偶尔从寂寞冷清的桃源跑到城市里来喘两口繁华气。

当然,黎姜九每次回来从不告诉爷爷或者黎江一,她只会偷偷联系一个人——裴南虞。

黎姜九和裴南虞可以说是穿一条裙子长大的姐妹,当初黎姜九跑去桃源的时候,裴南虞还一口咬定她待不了两个月便会回去,甚至裴南虞还大大方方地拿出自己的新恋情打赌,看看两者哪个撑的时间更长。

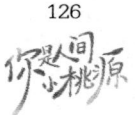

可一转眼，两年的时间都过去了，裴南虞的男朋友换了好几个，而黎姜九还好好地待在桃源，能吃能睡，活蹦乱跳的。

除了偶尔黎姜九会像这次一样，不打声招呼地跑回来，然后拉着她去喝酒。

"不过小九，你这次回来的时间是有些长了啊。"裴南虞佯装不满地勾了勾如水的眼眸，"我可是损失了认识帅哥的时间来陪你，这份恩情你可得给我记牢了！"

"得了老裴，你招惹过的帅哥还少吗？"黎姜九瞥了她一眼。

裴南虞一瞪眼："你叫我什么？"

裴南虞是个名副其实的大美人，一向听不得黎姜九用这么糙的称呼叫自己。

"好好好，我们冷艳妩媚的裴大小姐，请问拜倒在您石榴裙下的男人没有两只手，也有一只手了吧？"

裴南虞的眉眼终于有了点笑意，细白的指尖指了指周围时不时向她们投来暧昧目光的客人："谈恋爱嘛，开心最重要，其次重要的向来是质量，而不在数量。两只手数不过来的男人永远抵不上一个质量上乘的这个道理，你不懂。"

裴南虞忽而狡黠一眨眼："比如——你住的山头上那个笑眯眯的男人就不错。"

黎姜九面不改色道："他可是个臭浑蛋。"

"那个面瘫不爱笑的呢？"

"你那个歌手前男友的绯闻就是他挖出来的。"

"那你哥有女朋友了吗？"

"这你得问那个浑蛋。"

裴南虞有些泄气，但下一秒又想到什么，勾了勾唇："那现在正在你家住的那位呢？"

"哪位？"黎姜九装听不懂。

"还有哪位，外界所知道的纪原旻可是正在度假休闲，而你却把这么一位个儿高身材好、颜值绝人气旺的男人藏在自家的山头，怎么，金屋藏娇？"

黎姜九忍不住白了裴南虞一眼，裴南虞却当作没看到，细长的手指敲了敲桌面。

"别人见了纪原旻是兴奋难眠，你呢？放着和这么位优质的单身青年朝夕相处、同吃同住的机会不好好珍惜，这次还出来待这么久不敢回去？难不成怕他吃了你啊？"

"什么叫不敢回去？"黎姜九瞬间皱起了眉头，声音也拔高了几分，"我现在就改签，明天就回！"

裴南虞不说话了，只是意味深长地看着黎姜九，沉甸甸的目光让人捉摸不透。

"你不信我？"

"信，怎么不信。"裴南虞不紧不慢地给自己杯中添了点酒，悠悠地轻抿了口，而后目光才重新回到黎姜九身上。

"我只是在想啊，我们小九这回真怕是要栽跟头了。"裴南虞话里透笑。

"放屁！"黎姜九一拍桌子。

"你耳朵红了。"

"那是喝酒喝的！"

"这么激动干吗？"

"我一向这么大大咧咧！"

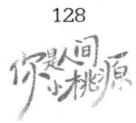

"纪原旻就真的这么讨人厌吗?"

"对!"

"很讨厌很讨厌?"

"是!"

"你其实动了那么一丁点心吧?"

"没错!"

气氛蓦地安静了下来,黎姜九脸上终于浮出两团淡淡的红晕。

"裴南虞!你套我话?"

"别跑!今天你付钱!"

这边还在继续当着苦兮兮的遛鹅工的纪原旻觉得这日子是越来越无趣了,因为不能外拍只能每天看着林少艾和祁牧往外跑,又因为上次迷路又崴脚的教训不敢一个人出去乱转悠,想刷手机吧,山里的信号又十分不稳定,想打发时间呢,院子里只有一只鹅和你大眼瞪小眼。

纪原旻不像黎姜九,空闲的时候能钓鱼、做木作,又或是练上半天字。以前纪原旻行程满满当当不觉得什么,只是最近突然闲下来,他才发现自己唯一消磨时光的活动大概就只有睡觉。

今天,当纪原旻照旧百无聊赖地躺在窗边的摇椅上闭目养神的时候,听见院子里传来叩门声。

纪原旻去开门,刚一打开就瞧见一张笑眯眯的脸。

"小原旻,想我没?"

还没等纪原旻反应过来,元修就一手拎着满满当当的东西直接走了进来。

"今天下山正好碰到小少艾他们了,知道你可怜兮兮的一个人被丢在家饿肚子,我从外面回来正好也没吃东西,就打包了些吃的来陪你。"

纪原旻这才发现手机里躺着条信息,林少艾说他们今天中午赶不回来了。

元修正把东西一样一样地往外拿:"这是镇东头老李家开的小饭馆炒的蔬菜,新鲜又大份,河虾河鱼也做得很不错。

"还有这些鸭翅卤鹅,都是在这边很有名的那家卤菜店买的,你肯定没尝过吧,我就知道小姜九没过买给你吃,不是我吹,包你到时候吃了还想吃!

"噢,还有这些橘子,都是果园的张老头儿硬塞给我的,回来的路上我尝了个,挺甜!特地给你带过来尝尝。"

纪原旻眼看着元修很快将大大小小的菜摆满桌子,麻利儿地又拿出碗筷,撸起袖子夹了块卤鹅,十分自然地招呼他:"还愣着干吗,坐啊!"

纪原旻站着没动,只是神色复杂地盯着元修夹着的肉。元修一下子就明白过来了,无奈地摇摇头,得,又是一个小迷糊。

"谁说住寺庙剃光头的就一定是和尚了?"元修大大咧咧地咬了一大块肉,"我就是个酒肉口中留,佛偈也追求的俗人。"

元修三下五除二就吃完这块卤鹅,顺带给纪原旻也夹了块:"这世间美食千千万,就是为了这块卤鹅,我也万万不能出家啊!"

事实证明,只要有元修在的场合就没有聊不起来的话题。

从询问最近拍摄进度到哪儿了,到山脚处的张嫂家前两天喜得一个八斤三两的大孙子。

元修越聊越起劲儿,而那边的纪原旻只顾着低头吃菜,却越听越困。

"这几天你应该也闷坏了吧。放心,明天就好了,小姜九今天回桃源。"

纪原旻终于抬起眼:"今天回?你怎么知道?"

"我怎么不知道?"元修觉得好笑,"我是她什么人,是千里送白鹅的人。

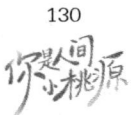

喏，看到没，姜点儿就是我送给她的。"

"你……和她关系不一般？"纪原旻不动声色道。

"何止是不一般？"元修抿了口酒，咂摸两下嘴，"我都见过她家里人了，你说这算哪般？"

一提到黎姜九，元修就打开了话匣子："小姜九别看人瘦不挑食，但她顶喜欢吃那些最难剥的东西，水果里的橙子啊，零嘴里的栗子、菱角、核桃这些。而且你不知道，小姜九睡觉还会讲梦话。"

元修记得黎姜九小时候曾和黎江一来桃源寺宿过几回，回回都要吃一碗桃胶或者甜羹才肯睡，回回在睡着后稀里糊涂说一堆梦话，惹得在一旁的黎江一和元修常常熬着不睡觉偷听她说梦话。

而纪原旻不知道他们这层关系，仅仅理解了元修所说的字面意思。

他竟然知道黎姜九睡觉的样子？纪原旻觉得脑袋越来越沉了。

元修这边还毫无察觉地讲着黎姜九的趣事，又给自己倒杯酒，下意识地要给纪原旻杯里也添点儿，突然想起纪原旻上回喝了一碗桂花酿就醉得不省人事，堪堪收回了手："差点儿忘了，小原旻喝不得这个。"

元修又拿出一罐啤酒："这个能来点儿不？"

"啤酒也不行。"纪原旻有些费力地摇头，"我只要是酒精，就会醉。"

元修一怔："只要是酒精你就醉？"

纪原旻茫然地盯着元修突然震惊的表情不明所以，渐渐地，眼前的元修变成了两个元修，而那两个元修都表情呆滞地指了指自己面前堆积起来的虾壳。

纪原旻只觉得眼皮愈加沉重，在最后合上之际他听清了元修说的话：

"忘了说，你刚刚吃的那一堆……是醉虾。"

纪原旻万万没想到,此前他被一杯桂花酿放倒就算了,毕竟是自酿酒,后劲儿大些能理解。

可是,头一次吃了一盆醉虾给吃醉了是什么鬼?

这大概不只是他短短二十七年人生中的奇遇,这应该能跻入人类历史上的罕见事例了。

纪原旻是被黎姜九喊醒的。

男人眼皮沉沉地环顾了下四周,元修已经离开了,而自己不知什么时候躺在了躺椅上,身上还盖着块毯子。

"清醒了?"

纪原旻一抬眼便看见黎姜九站在一旁:"你什么时候回来的?"

"刚刚。"黎姜九说话言简意赅,语气好像和平时不太一样。

不止如此,她今天的表情也好像有点冷淡,甚至冷漠。

纪原旻看见黎姜九的行李箱还立在脚旁,她穿着件米白色的衬衫,版型优良的牛仔裤配双马丁靴,精致的小牛皮包还斜挎在肩上,应该是刚回来还没来得及放下。

"清醒了就回答我一个问题。"黎姜九往身后的桌子一靠,双臂抱胸,盯着纪原旻,"姜点儿呢?"

"它不在院子里待着吗?"纪原旻扶了扶脖子。

"不在。我问过少艾了,他们今天出去并没有带上姜点儿。所以这一整天和姜点儿待在一起的人只有你,那么姜点儿现在在哪里?"

纪原旻大脑还未正常运转起来,他正在努力地捋着黎姜九刚刚的一番话。

"那我换个问题,你今天一个人吃的什么?"

"就吃了虾、肉……"纪原旻一时有些记不清，抬头看向厨房，可之前满满一桌的东西已经被元修收拾得干干净净，就连碗筷也洗了。

"我来提醒一下你？"黎姜九直直地看着纪原旻，"鹅肉？"

"对，鹅肉。"纪原旻终于记起了，"还挺肥的一只鹅。"

"呵，挺肥的？"黎姜九清冷冷的眸子不带一丝笑意。

"姜点儿是我养了两年的鹅，能不肥？"

纪原旻怔了片刻，终于理解了黎姜九话里的意思。

黎姜九语气冷淡："味道怎么样？香吗？"

"咚！"黎姜九一拳砸在纪原旻身侧的椅背上，男人还坐在躺椅上，黎姜九双臂撑在他头侧，话里眼里尽是一触即发的情绪。

"纪原旻，在我的地盘上动我的东西。"黎姜九暗暗磨了磨牙，"谁给你的胆子？"

此时黎姜九再也顾不上什么温婉娴静，她能忍住将俩拳头砸在男人身后的椅背而不是他脸上，就已经是极大的忍耐了。

"不好好当你众人追捧的偶像明星，跑我这偏僻山野来胡作非为，纪原旻，你今天要是不把事情给我交代清楚了，你就别想从桃源走出去！"

"小姜姐！"黎姜九话音刚落，就听见院子里祁牧他们回来的声音，林少艾人还没进来声音先传了进来。

"我们回来了！刚刚正好在山脚碰到了元修大师，他正带着姜点儿在池塘边转悠呢，所以我们就顺路把姜点儿……"林少艾前脚刚跨进屋子，就瞧见眼前这火药味和暧昧同处一幕的画面。

"……给带回来了。"

果然，林少艾身后很快探出一个小脑袋，乌溜溜的小眼睛和林少艾一样打量着屋内两人的奇怪姿势。

一瞬间，四人一鹅各怀心思。

黎姜九：这么说，厨房里剩下的半碗鹅肉不是姜点儿？

纪原旻：来了来了，她终于露出真面目了！

林少艾：小姜姐不是跟元修大师……怎么又和纪原旻？

祁牧：啧，我当是什么呢，时间宝贵，我先回去剪片子了。

姜点儿：呷！呷呷呷！

片刻后，林少艾清了清嗓，率先打破了这凝固的氛围。

"二位有啥误会我们还是坐下来好好说？"

林少艾觍着笑脸上前将黎姜九拉了回来，面不改色地咬着牙用仅她俩能听得见的声音迅速在黎姜九耳边问了句："搞什么啊小姜姐，一回来就椅咚？你不会真对纪原旻有意思吧？"

黎姜九和林少艾对视了一眼，神情复杂。事情的反转来得太快，原以为自己小心翼翼戴了这么久的伪装面具终于能借着这个机会一把撕掉再好好出口气，可现实却是她搞错了？

黎姜九太阳穴突突跳着，她现在急需冷静下。

纪原旻倒是比黎姜九从容淡定得多，他从躺椅上站起来不慌不忙地整了整褶皱的衣服，懒懒地瞥了眼黎姜九："介意我打个电话吗？"

纪原旻说着便掏出手机："对于我刚刚受到了恐吓威胁这件事，我觉得需要联系我的助理。"

林少艾见状连忙上前挡下纪原旻的手机。

纪原旻知道林少艾个头小力气大，只不过他第一次知道这小丫头片子力气这么大——明明比自己还矮上两头，竟然轻轻松松一手摁下自己的手腕，还不由分说地一把又将自己按回椅子上去。

"哎哎！这事情哪有那么严重？刚才肯定是误会，是误会就能解开，有事好好聊，不要动手！不要动手！"

纪原旻一脸蒙地看着面前钳制住自己的少女，他就奇怪了，到底是谁在动手？

林少艾趁纪原旻不备一把拿过他的手机，手忙脚乱地挂了正待接通的电话："再说了咱们小姜姐这么温柔，我……我的个天！"

林少艾的声音突然拔高了好几个度，一脸震惊地盯着纪原旻的手机，上一秒还伶牙俐齿的女孩下一秒竟语无伦次起来。

"你、你竟、竟然……"

纪原旻瞬间反应过来林少艾看到了什么，而还坐在那儿冷静的黎姜九也被林少艾这一嗓子给喊回了神，起身上前查看。纪原旻眼疾手快地长手一伸一下子抢回了手机，可为时已晚。

林少艾嗷呜一嗓子吼道："你……你暗……暗恋我们小姜……小姜姐？"

林少艾脸上是明晃晃的震惊，而黎姜九则是震怒脸。

虽然手机里的照片一闪而过，但黎姜九还是一眼就认出了，上面那个刚洗完澡薄衫微湿坐在沙发上吃葡萄的人不是自己还是谁？

纪原旻悄悄拍了那么多张黎姜九的照片，鬼知道刚刚林少艾为什么偏偏无意点开了这张。

纪原旻发誓，他当时只看见了黎姜九披头散发赤着脚盘腿坐得不羁懒散。至于黎姜九当时穿着的是薄薄的睡裙还是浴袍，他根本就没在意。

"暗恋我？"黎姜九似笑非笑。

"谁暗恋你！"纪原旻脱口而出。

"噢，不是暗恋。"黎姜九故作沉思，那双眼睛却直直盯着纪原旻，"那你说，在如今的社会上一个男人对一个女生并没有喜欢的意思，却偷拍她的这种行为应该怎么解释合理？而且还是她刚洗完澡出来的照片？"

纪原旻脸上一白，紧抿着唇没说话，而一旁的林少艾抢过话："我知道！变态行为！"

"那遇到变态该怎么办呢？"

"报警！"林少艾再次抢答，"好好把他揍一顿！"

纪原旻见面前的两人一个摸出手机，一个开始解扣子捋袖子，当下觉得情况不妙，既然死扛是扛不住了，索性破罐子破摔！

纪原旻挑明了目的："你有本事就去说，如果你想让大众知道'一只姜丸酱'这个不食人间烟火的女神还有两副面孔的话。啧，完美女神和不羁女汉子，你转换得挺熟练的。"

纪原旻亮出手机里黎姜九的所有照片，林少艾当下脸色一惊。

"所以这不是暗恋，我也不是变态。"纪原旻终于找回了点底气，"是威胁。"

空气安静了几秒，黎姜九突然轻笑了声："没想到人气偶像纪原旻竟是个睚眦必报的人。怎么，是因为那一次抢了你的人气大奖，所以一直耿耿于怀？"

纪原旻不屑道："那个小奖我拿了两年都拿腻了。我在意的是今后你会不会继续挡着我的路。"

"比如？"黎姜九挑眉。

"比如今年的《人物》杂志年度封面。"纪原旻终于说出了最终目的，"其

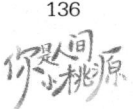

实很简单,你退出《人物》杂志的年度封面竞争,我处理掉这些照片,以后你还是那个众人眼里不食人间烟火的清冷女神,什么也不会变。

"当然了,你如果不满足于现在的人气,我不介意你凭着这些黑料再火一把。"

纪原旻点到为止,一下子抖出底牌,他手心竟出了层薄汗。

只见黎姜九听完后,一歪头:"说完了?那我的答案是两个字,做梦!"

纪原旻脸色一僵。

黎姜九丝毫没有回避他的视线,目光盛气凌人地盯着他,不紧不慢:"纪原旻你听好了,《人物》杂志的年度封面,我黎姜九争定了!"

"你就不怕我放出这些照片,让大众看清他们的清冷女神都是假的?"

黎姜九笑着轻哼了声:"大明星,你知不知道有句话叫'一荣俱荣,一损俱损'?尤其是这年头,谁还没几张黑图?"

黎姜九叫来祁牧,祁牧把自己一直随身带着的相机递给黎姜九。

纪原旻当下右眼皮一跳,果然下一秒就看见黎姜九不紧不慢地翻开里面的图库。

"喏,这是你之前被我家姜点儿追着的画面,别说还挺有喜感的。"

"哎,你上回走田间小路摔了跤还记得不?"

"啧,你看你这次被蜜蜂蜇得那么大个包,不拍张照多浪费这张俊脸啊!"

黎姜九看得津津有味:"我老是听人说人气偶像纪原旻,头可断血可流,偶像包袱却万万不能掉,我觉得他们对你这是偏见,你这不挺接地气的嘛,摔跤出糗一个也不落。"

黎姜九弯着眼:"正好我听说这段时间你对外声称自己是在'度假'来着。要不,我们把这些发网上证明下?"

原来还忧心忡忡地想着"完了,小姜姐被人抓住把柄了"的林少艾,瞬间兴奋了起来,有些小骄傲地叉起腰来了句:"就是!要比偷拍的功夫,你能比得过我祁哥?"

一旁的祁牧瞥了眼一脸小得意的林少艾,头上飞过一群乌鸦。

纪原旻脸色臭极了,语气沉得可怕:"你早就留了一手?"

"不敢当。"黎姜九手指有一搭没一搭地敲着桌子,"你是混娱乐圈的人,要论谁藏得深,你说二没人敢称一。"

纪原旻紧抿着唇突然站起身朝外走去,可还没走两步,身后黎姜九的声音就紧跟着悠悠传来:"你信不信,要是你现在敢离开,明天你就上头条。"

纪原旻停下来转过身,面沉似水:"你想怎样?"

"简单得很,留下来拍摄完剩下的部分,我就放你回去。"黎姜九皮笑肉不笑地弯了弯眉,"这些照片嘛,我会一直留着当个念想的,万一哪天在网上看到自己的黑照了,我也能拉个人陪我不是?

"至于《人物》的年度封面,就看我们各自的本事了。"


这个夜晚注定有人无眠。

纪原旻躺在那张粉嫩嫩的床上,盯着粉嫩嫩的天花板,怎么也睡不着。

按计划明明是他摊牌威胁黎姜九的,怎么一下子就被摆了一道反转了局势呢?

现下好了,不仅被她死死捏住了把柄,还被威胁要拍完剩下的部分才能离开?

古人云,贫贱不能移,威武不能屈。他纪原旻面对这个露出真面目的匪里匪气的女汉子,更是要反抗斗争!

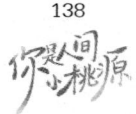

于是，纪原旻选择了从古至今屡试不爽的办法——绝食。

"小姜姐。"林少艾从楼上下来，略微有些担忧道，"他还是在房间里不出来。这已经第三天了，再这样下去我担心会出事情，万一被他粉丝知道了，那简直就是满身的嘴也说不清了。"

和林少艾愁得都要掉头发截然不同，这两天是黎姜九这段日子来过得最舒服自在的两天。

自从和纪原旻摊牌后，黎姜九总算丢掉了那套假矜持，不用细声软语地说话，可以无所顾忌地大笑，她只觉得浑身神清气爽。

今天下午，黎姜九悠悠地钓了半天的鱼，傍晚回来的时候还带回来了一筐新鲜的田螺，放水养了两个时辰排干净泥沙，她就开始上锅放油切辣椒，足足炒了整整一大盘，鲜香麻辣，味道飘出去好远。

初夏时节，一扎啤酒配上辣炒田螺，祁牧和黎姜九吃得满头大汗，根本无暇顾及林少艾的碎碎念。

黎姜九直到面前的螺壳已经堆成了小山，这才意犹未尽地停住嘴。

一大杯啤酒沁心凉，黎姜九咕嘟咕嘟就是两大口。

"少艾啊，你知不知道操心越多老得越快！"

林少艾啤酒都没喝几口，她根本没心思吃饭。

"可那么个大活人两天了不吃不喝的，身体再好也会亏下去。"

黎姜九懒懒地瞥了眼："放心好了，他饿不死的。况且厨房那么多吃的，你还担心喂不饱一只耗子？"

"耗子？"林少艾愣住。

"你不知道吗？"黎姜九开始掰手指，"才三天时间，厨房里少了五根香蕉、三个苹果、四包坚果、三个水煮蛋、六根火腿肠，噢，还有三包咖啡。所以小少艾你还是好好吃饭吧,我看这只大耗子可比你懂人是铁饭是钢的道理。"

此时,纪原旻正在房间里颇为艰难地啃着根香蕉。不知怎的,这几天他总觉得吃进去的东西都索然无味,胃依旧感觉空落落的,丝毫没有任何填饱的愉悦感。

算了,今晚看看有没有泡面之类的吧。

终于等到楼下都没动静了,纪原旻这才悄无声息地开了房门,轻手轻脚地下了楼。

纪原旻没开灯,但凭借前两晚的记忆男人竟已能熟门熟路地绕到厨房里,并准确无误地找到存放水果零食方便食品的柜子。

男人窸窸窣窣开始摸黑探索着。

突然间,只听见"啪"的一声,头顶暖黄色的灯冷不丁亮了起来,男人猛然一惊松了手,一只圆滚滚的大橙子应声落地悠悠向前滚去,最终停在了几步外的某人脚边。

黎姜九站在门口,穿着一身棉麻长裙,目光平静地看着他。

纪原旻掩饰住眼底的小慌乱,故作淡定地瞥了眼:"下来倒杯水懒得开灯,抱歉,不小心碰掉了你的橙子。"

黎姜九蹲下来捡起那个橙子径直走了过来,只是漫不经心地抬头望了他一眼没说话。

就像当纪原旻这个人不存在似的,黎姜九自顾自地打开冰箱,拿出一把挂面,一把小青菜,然后拿出一口小锅。

纪原旻看着黎姜九放水洗菜,大概猜到她要做什么了。他靠在几步外的桌子旁,双臂抱胸:"我不吃,你煮面也没用。"

黎姜九没回头:"又不是给你准备的,是我饿了。"

纪原旻这才想起来上回元修好像说过,黎姜九看着人瘦,夜宵零嘴是少不了的。

所以,自己只是正好撞上了人家的夜宵时间?

但纪原旻没有立即离开,他站在那儿看着黎姜九熟练地烧水煮面,切菜下锅。

不过,怎么那么香?纪原旻下意识地耸了耸鼻,这味道……是鱼汤面!

纪原旻抬眼一看,黎姜九果然是用中午熬好的鱼汤做底,素瓷汤碗里盛着奶白色的鱼汤,一把细面,几根青菜,普普通通,简单得不能再简单的几样食材,却在这静谧的夜晚莫名勾起他胃里最深处的食欲。

纪原旻的目光紧跟着黎姜九,见她转身又从锅里盛了一碗鱼汤面。

这不会是?

果然下一秒,黎姜九捧着那碗腾着浓郁鲜香的鱼汤面站在那儿:"我好像煮多了。"

纪原旻很有骨气地站着没动:"不好意思,我不饿。"

话音未落,他的肚子就十分没有出息地"咕嘟"响了声。

一瞬间,本就安静的空间又弥漫上几分尴尬的气息,可黎姜九像是没听见。

"好吧。"黎姜九也不勉强他,只是放下了那碗鱼汤面自顾自地坐下来开始吃自己那份。

"咕嘟!"纪原旻的肚子又叫了声。

纪原旻恨铁不成钢地暗自收了收腹,陶渊明能做到不为五斗米折腰,他纪原旻也能做到不因一碗面妥……

"咕嘟!"

……妥协!

纪原旻心里念得越多,他的胃也抗议得越响亮。

"喂。"终于,黎姜九不能再装作听不见了,抬眼望着纪原旻,"你知道有骨气和有脑子是两码事吗?我要是你,我才不会和粮食过不去,我会选择吃完了这碗面明天再继续我的坚持。况且,这鱼汤面冷了就不好吃了。"

一边是黎姜九句句在理的话,一边是热气渐消的鱼汤面,向来纠结犹豫的纪原旻这次只思考了两秒,便做出了决定——

他拿起筷子坐了下来。

是的,浪费粮食罪大于天。

一勺温热鲜美的鱼汤下肚,纪原旻沉寂了三天的胃终于得到了极大的慰藉,所有的味觉感官像是一瞬间都找了回来,空落落的胃一下子填满了热腾腾的食物。

有的时候,越是寻常本真的食物,越是能腾起滚烫又鲜活的气息。比如现在,什么山珍海味、珍馐佳肴都没有一碗普通简单的汤面来得熨帖人心。

初夏的夜晚,一锅鱼汤面,两副碗筷,两个人。

偶有几缕清风拂来,舒服得很。

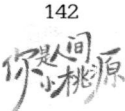

## 第八章
一个人气爱豆，既要上得T台走秀，又要下得荷塘挖藕

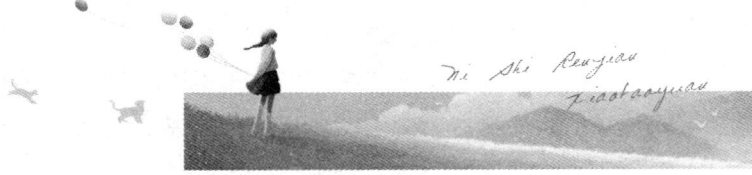

林少艾不知道黎姜九用了什么办法，第二天一大早她就看见几天没下来的纪原旻端端正正地坐在餐桌旁。

一碗白粥、一个咸鸭蛋和一小碟萝卜丝，他正在慢条斯理地吃着早饭。

林少艾的脑门儿突然被人弹了下，黎姜九正走进厨房："少艾你今天不用跟我去了，一会儿老祁要出门，你陪他一起。"

"祁哥一个人可以的，倒是小姜姐你一个人去帮元修大师的忙，来不及吧？"

"我一个人自然是不行。"黎姜九瞥了眼坐在那儿不紧不慢喝着粥的某人，一抬下巴，"所以，一会儿他跟我走。"

"纪原旻？"

"我？"

一瞬间，林少艾和纪原旻都怔住了。

"赋闲在家这么些日子,正好带你出去活动活动。"黎姜九表情自然得不能再自然。

然而,两个小时后,纪原旻终于体会出她说的那句话真正的意思。

——白吃我这么久的饭,是时候带你出去干点活儿了。

于是,纪原旻就这样毫无防备地从一个遛鹅工彻底沦为了小苦力。

早上出门时,纪原旻还是一副棒球帽配遮阳墨镜的街拍休闲运动的打扮,而等他傍晚回来的时候,则是卷着裤脚、额发湿透,短袖、胳膊甚至脸上都蹭了脏兮兮的泥点,俨然一副农户家的傻儿子的模样。

"喂。"纪原旻转过身踢飞了路边的一颗小石头,想想还是觉得不爽,"你今天为什么非要喊我出来?"

身后的黎姜九懒懒一抬眼:"明天你不愿意出来也行,就继续替我遛姜点儿吧。"

遛鹅工和小苦力?纪原旻想想还是认了怂,他选择当小苦力。

纪原旻闷闷道:"那你也没告诉我今天是去插秧。"

"我记得没错的话,我好像提醒过你不要穿这条裤子,鞋子也最好换一双旧的吧?"黎姜九淡淡地斜了眼纪原旻,"可你当时是怎么说来着的?噢,你说你是个偶像,要时时注意形象。所以——"她眯了眯眼,"你觉得你现在的形象如何?"

黎姜九晃悠悠地走在后面,她也不比纪原旻好多少,鬓发汗津津地贴在脸上,裤腿一只高一只低的,因为离家不远,她干脆脱下了鞋全提在一只手上,而另一只手还颇有闲情地抱着几束山花。

纪原旻算是发现了自从上次摊牌后,摒弃了那套假女神做派的黎姜九是彻底回归了她女汉子的身份,言谈举止中不再遮掩伪装自己,哪怕一丁点。

比如，从前的黎姜九会穿着一身文艺长裙坐那儿慢慢吃草莓，如今则是老布鞋配奶奶裤，嘴里叼根狗尾巴草背着手巡视菜园，远远地看背影还以为是哪家的地主婆。

又比如之前黎姜九往往是长发披肩或仔细绾个好看的复古发髻，而如今大多数时候都是随手在头顶绕个丸子头简单了事。

再比如，女神黎姜九说话微笑都是温柔细语的，而现在的糙汉子黎姜九仗着他的把柄在手，说起话来伶牙俐齿了不说，就连笑容也渐渐变了味儿，尤其是懒懒拽拽地眯眼笑起来的样子，妥妥的奸诈狡猾的女土匪一个！

一步错，步步错，纪原旻算是体会到了什么叫逃也逃不走、躲也躲不掉，叫天天不应，叫地地不灵。

今天插秧，明天除草，后天摘果，大后天捞鱼……黎姜九丝毫没因为他是纪原旻而怜香惜玉，短短几天就让一个昔日行走在时尚圈最前端的人气宠儿，变成了如今双脚踩在乡间散发着新鲜泥土气息的田地上的苦兮兮的小跟班。

某一次两人偶遇了元修，元修惊叹连连地捏了捏纪原旻的胳膊："小原旻总算是开窍了，现下什么小鲜肉欧巴都比不过穿衣显瘦脱衣有肉的小麦肤色的男神来得吃香，加油啊，我看好你哟！"

对于纪原旻发生着肉眼可见的变化，黎姜九是不动声色地看在眼里，尽管男人做起事情来远不如黎姜九来得得心应手，甚至还没有林少艾熟练，她还是照样天天领着纪原旻出去。

纪原旻很不情愿，同样不开心的还有林少艾。

尤其在得知今天黎姜九去荷塘又要带上纪原旻而不带自己的时候，林少艾十二分惆怅地看着纪原旻他们出门的背影，小嘴噘得都能挂油壶了："祁哥，你说我是失宠了吗？"

祁牧照旧懒得思考，含糊地应了句："嗯，你说得对。"

林少艾和姜点儿蔫蔫地趴在窗前。

"一定是纪原旻那家伙天天顶着自己那张脸在小姜姐面前转悠，所以小姜姐才听不见我们这些'旧人'哭的！哼！气人！姜点儿，你说呢？"

姜点儿："呷呷呷呷！"

此时，走在黎姜九身边的这位"新欢"并没有心思笑逐颜开，因为他不知道今天黎姜九又要带他去"体验"什么农活儿。

"喂。"黎姜九走在前面转过身，倒着朝前走，"忘了问你，你'吃藕'不？今天我们没其他的事情，就是挖点藕回来。"

哦，原来不是丑，是藕。

黎姜九说的荷塘不远，经过上回的那个稻田拐个弯就到了。

正值夏季，碧绿的莲叶头挨着头铺满了整个荷塘，亭亭玉立的荷花也争先恐后地开着，微风一吹，莲波涌起，满目尽是绿色。

这么大的荷塘？

纪原旻看着黎姜九："这不会也是你的吧？"

这些天，从稻田到鱼塘，再到果园，再到现在的荷塘，累得腰酸背痛的纪原旻心里反反复复都冒着同一个问题：怎么哪儿都有她的份儿？

"喂，我说，你不会承包了这个山头吧？"纪原旻揶揄道。

黎姜九瞥了眼纪原旻："我承包？你瞎想什么呢？"

纪原旻刚想挑眉，就听见黎姜九语气淡淡道："这片地是我爷爷的，我顶多就是个看山头的。"

啥？纪原旻还没完全理解这句话的意思，黎姜九就已经开始弯腰卷裤腿了。

146

"桃源这边和大城市不一样,都市社会里的'我们',热情亲切的表面下是划分了清清楚楚的界限。而桃源这儿的田地虽然划分到了各户,一旦农忙的时候田地里站着的都是'我们'。你守着一方小院子,却能拥有整个桃源的春夏秋冬,不觉得很幸运吗?"

黎姜九将背上的竹篓放在岸边,缓缓地摸着下了池塘,回头一看纪原旻还站在岸上不知在想什么。

"喂!你还愣着干吗,太阳下山前还要不要回去了?"

远处的黎姜九扯起了嗓子,纪原旻只能先暂时把疑惑放一旁,乖乖地跟着下水了。

荷塘不是很深,下面全是淤泥,纪原旻个子高,水面也只刚到他的腰处。纪原旻第一次挖藕,顺着藕节往下探了半天才终于摸到目标,可没想到这还是个力气活儿,既要小心着不能把藕扯断,又要费力地将其从淤泥中挖出来。费了好大劲儿,纪原旻总算是成功挖出了一节藕。

这一小节藕已经让纪原旻在微微喘气了,他直起腰缓了缓,回头看向黎姜九。她正半弯着腰,手在水下探着,而她周围已经有好些白胖的藕被提出了水面。

纪原旻默默扫了几眼,呵,看不出来动作还挺快。

于是男人那该死的胜负欲又冒了出来,撸了撸袖子,不甘落后地紧跟其后。

不知过了多久,纪原旻听见身后动静,一回头便看见黎姜九抱着藕朝他这儿走来。

"差不多够了,上岸回……"

水中淤泥深陷,乱根错杂。突然,黎姜九一个没留神,像是被什么绊住,身影猛然一晃,眼看着趔趔趄趄就要倒下来,一旁的纪原旻眼疾手快地长手一捞,一把扶住了她。黎姜九人是站住了,但怀里的藕没抱稳,一下子全掉进水里，溅了两人一身泥。

"我自己可以！"黎姜九一下子拨开纪原旻托住自己的手掌，捞起藕就要朝前走，语气难得有些慌乱。

好端端地生什么气？纪原旻就这样不明所以地被丢在原地，可当他堪堪收回手的时候才猛然发觉，等等！刚刚他在水下一把托住的软软部位……好像是她的腰？

完了，她不会以为自己是在吃她豆腐吧？毕竟上回自己还差点被她误认为是偷拍的变态。

等纪原旻上岸后，黎姜九已经利落地换下了半身防水裤，还将挖的藕都装进了竹篓，她面无表情地背起竹篓就往前走。

"喂。"纪原旻在她身后喊了声。

"喂？"纪原旻又喊了声，黎姜九权当听不见。

"喂！"纪原旻坚持不懈地喊了第三声，黎姜九依旧没停下脚步。

"喂，你鞋忘穿了！"

黎姜九停了下来，憋着一股气转身走了过来，一言不发地提起鞋就继续朝前走。

纪原旻又在她身后喊道："喂。"

"喂什么喂！我没名字的吗？"黎姜九转过身吼道，"有话快说！"

"黎姜九。"纪原旻乖乖地叫了她的名字，指了指天，"下雨了。"


在纪原旻心里，夏天的桃源天气大概和黎姜九的脾气一样，最是让人捉摸不透，常常是山顶在下雨，而山脚却放晴。

眼见着刚才还艳阳高照的天，忽然不知从哪儿飘来一大朵云，豆大的雨

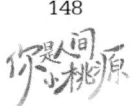

点毫无预兆地开始从天而降,几分钟后,大雨倾盆而下。

此时,黎姜九和纪原旻正一人举着一片荷叶躲在池塘旁的一棵大树下避雨,急促的雨珠汇聚成雨线顺着荷叶边缘往下落,砸在坑坑洼洼的泥地上,很快积聚起大小不一的水洼。

田野间雨声渐大,而树下的两人却沉默无言。

黎姜九现在感觉很不舒服,刚才虽然没摔进池塘,但上衣还是不可避免地湿了一大片,此刻正黏黏腻腻地贴在身上,她现在只想快点回去冲个澡换身干爽的衣服。

若现在下的是小雨,黎姜九早顶着这片荷叶一鼓作气地跑回去了。可无奈,这场雨来势汹汹,雨点密集又急促地砸在头顶的荷叶上,噼里啪啦地响,丝毫不给人喘气儿的机会。

要是带把伞出来就好了。

想到这儿,黎姜九暗暗地撇了撇嘴,之前晴天遮阳伞不离身的某人,现在一到雨天就掉链子,喊!

而一旁的纪原旻毫无预兆地打了个喷嚏,他揉了揉鼻子继续漫无目的地盯着前方发着呆。

第一次来桃源就崴了脚,第二次来桃源差点被当成变态,现在好心扶一把她被当作吃豆腐,难得出来挖个藕还被大雨困住回不去。

怎么感觉来到了桃源后,自己就好像再也不是那个顺风顺水的纪原旻了。

纪原旻有些颓丧地出着神,面前突然伸过一只白净的手,手里躺着一颗大番茄。

"要不要吃?"黎姜九的声音从旁边传来。

纪原旻暂时从颓丧的情绪中出来,有些愣:"你哪里来的番茄?"

"出来的时候从院子里摘的。"黎姜九递给纪原旻,又从竹篓里拿出一颗,"之前还担心没来得及吃就结束回去了,现在好了,估计吃完了这些番茄,这场大雨还停不了。"

雨水顺着荷叶往下淌,黎姜九就着雨水将番茄洗了洗,甩了甩水渍,直接就咬了一大口。

到底是自己种的,清甜爽口,黎姜九吃完了一颗后又从竹篓里摸出一颗来,直到第二颗也快吃完了,她这才瞥到身旁的纪原旻一直捧着那颗大番茄动也不动。

黎姜九懒懒道:"放心,没下毒,要真吃出什么毛病,我这不还陪着你呢!"

纪原旻像是终于下定了决心,先前泡在池塘里劳作那么久,夏天又闷热,他现在能一口气喝下一瓢水不眨眼。

"你说的,吃坏了肚子你可得陪着我!"

话音刚落,纪原旻就学着黎姜九直接用雨水洗了洗番茄,一口咬下去,清甜沁爽的凉意立刻从舌尖一路蹿到心底,还没半分钟,纪原旻就解决了那颗大番茄。

"还有吗?"纪原旻舔了舔唇。

黎姜九勾起眼尾,指了指背后的竹篓:"喏,自己挑。"

一场大雨,两片荷叶,几颗番茄,依旧是没什么话说的两个人。

远处的雨景青绿盎然,纪原旻第一次觉得夏天好像真的来了。

黎姜九带出来的几颗番茄很快只剩下了几根梗,两人这才意犹未尽地停住了嘴。

"我以前也吃番茄,但好像都没你这个好吃。"纪原旻好奇,"新品种?"

其实不只是番茄,之前的笋丁鲜肉小馄饨、鱼汤面,就连白粥配咸鸭蛋,

150

他吃着也觉得比以前尝过的更有滋味。

黎姜九挑了挑眉,半开玩笑道:"得到人气带货王的称赞,我这番茄怕是会卖到脱销。"

"其实番茄没有什么不同,只不过千人千味罢了。你信吗,同样的食物,囫囵吞枣的人就是尝不出真正的味道。"

黎姜九随手摘下树根旁的一根狗尾巴草,垂下头绕着玩:"现代的人啊,别说好好做一顿饭了,就是能坐下来认真吃饭的都没几个。

"他们很忙,时间很宝贵,食物在他们眼里只剩下了填饱肚子的唯一价值,所以他们越来越敷衍一日三餐,随意应付,甚至妥协。"

黎姜九的目光又重新落在前方,那里是田野,是满目的绿色,是正在汲取生机拼命生长的一切。

"人人都羡慕我过着不食人间烟火的慢生活,呵,明明都是从老天那里讨得一样的人生,那些走马观花的人自然走得更快些。

"你看啊,花果从抽枝吐芽到成熟盛放要挨过无尽的风霜雨雪,稻米从生根发芽到孕穗开花要经历漫长的一个春秋。所以三分钟买不到一束花,半小时也做不成一顿饭。很早以前老天就在告诉我们这个道理,在三四月做的事,八九月自有答案。"

任外面的雨灰蒙蒙地落,黎姜九的瞳仁中却是一片纯澈清明:"平整土地,观候知节,向来不只是农民的职责,这该是每个年轻人的职责。"

雨水哗啦啦地砸在地上,黎姜九的每句话却掷地有声地砸在纪原旻的心上,地上的小水洼被落下的雨打破又重聚,明晃晃盛着两张年轻的脸。

纪原旻再次看见了黎姜九眼里的那簇光亮,微小却坚定。

不知过了多久，灰蒙蒙的天渐渐亮了起来，黎姜九抬头，伸出手探了探："雨停了，回家吧。"

尽管黎姜九和纪原旻的两片荷叶都快被大雨打弯了，可还是很好地避免了二人被淋成落汤鸡。

满池塘的荷叶经过刚才的大雨净洗，碧绿得仿若焕然一新。黎姜九盯着那满塘翠绿，若有所思了几秒抛下竹篓跑开。

"等我会儿，我去摘两片荷叶带回去。"

黎姜九跑得太快，纪原旻反应过来时只来得及看见她的背影。

"雨都停了，你还要荷叶干吗？"纪原旻站在原地喊道。

"今晚吃叫花鸡啊！"远处的人没回头。

黎姜九小心翼翼地站在岸边，探过半截身子去够离得最近的那几片荷叶，费了好些劲儿总算摘了下来，正打算转身离开时又堪堪止住了脚步，视线落在近处那几朵亭亭而立的荷花上。

嗯？那几朵荷花倒是挺清雅，拿来配元修上次送的素淡青花瓷瓶刚刚好。

可黎姜九只顾着伸手够荷花，没注意才下过雨的岸边泥土软烂湿滑，只听见"扑通"一声，她一下子栽进了池塘。

此刻，好不容易摘到手的荷叶正在水面上打着转儿，黎姜九整个人欲哭无泪——没被先前的大雨淋湿，现在倒好，因为贪心摘几朵荷花彻底成了落汤鸡。

"你是不摔一跤不痛快是吗？"突然面前落下一道阴影，黎姜九抬眼，是纪原旻，他微微喘着气，眼里竟有几分紧张。

十几秒前，纪原旻刚背起那盛着满满藕的竹篓就听见荷塘那边传来一声扑通响，下意识地抬眼看去，先前黎姜九站着的地方此时空无一人，只剩下岸边几朵荷花在轻晃。

纪原旻内心咯噔一响,一下子冲到岸边,只见荷塘的水面涟漪荡开,里面站着个人,扶着片结实硕大的荷叶,浑身滴滴答答地滴着水。

纪原旻深吸了口气蹲下身,尽量压住微乱的声音,低头看向她:"怎么,水里凉快不想上岸了?"

"纪原旻。"黎姜九微微蹙了下眉头,自摊牌后就一直拽酷匪的女生难得露出一丝小委屈——

"我脚崴了。"

一会儿后,纪原旻后面背着黎姜九,前面挂着竹篓,里面装着白胖的藕,竹篓边上斜斜地插着几片碧绿的荷叶和半开的荷花。纪原旻手上还提着黎姜九的鞋,就这样晃悠悠地走在回去的田间小路上。

纪原旻虽然平时傲娇臭屁些,但该绅士的地方还是一个不落。把黎姜九从池塘里捞上来后,纪原旻将自己那还算干爽的衬衫披在了她身上,长手长脚的男人还顺便替她重新摘回了她心心念念的荷叶荷花。

黎姜九第一次心里涌上几分感激,此时她正乖乖地趴在纪原旻背上,双手安分地环在他颈间,她瞥了眼只穿了一件纯棉背心的男人,视线最终落在那个沉甸甸的竹篓上。

"喂,重不重?"

"有点。"

"那要不还是我来背着?"

"哦,你是指藕?"

"不然呢?"黎姜九眨了眨眼,一下子反应过来,"你刚刚是说我重?"

黎姜九的感激之情荡然无存,竖起脑袋气哼哼道:"是,头回背像我这么重的人可得注意点儿路,可别再脚下一滑了。这回一摔就是俩!"

"敢情我在你眼里就是连路都走不好的人?"纪原旻不满。

"不敢不敢。"黎姜九悠悠道,"毕竟你可是能把脚崴出骨裂的人。"

纪原旻不甘示弱:"彼此彼此,像你这样能在同一个地方摔两次的人我见得也不多。"

两人一来一往,谁也不让谁。

黎姜九轻哼了声,便不再说话。

下午采藕颇费了些力气,现下安静下来,黎姜九便有些困了。

黎姜九安静地趴在纪原旻肩头,抬眼盯着那半张侧脸,眉目清俊,高鼻薄唇,和那些网络上油头粉面的小鲜肉不同,纪原旻的赏心悦目是浑然天成,越看越顺眼。

黎姜九看过杂志上的纪原旻,男人是天生的衣架子,全然掌控得住任何夸张的造型和大胆的配色,甚至比起前卫惹眼的服装,在大众脑海中挥之不去的却是那张禁欲清俊的脸。

但奇怪的是,黎姜九竟觉得此时的纪原旻更顺眼些。

哪怕他以前精致到每根发丝的发型早已成了乱糟糟的一团,哪怕他冷白的肤色已经晒成小麦色,哪怕曾经大牌潮品傍身的他现在只穿着件背心、挂着竹篓。这个几个月前只会出现在各大时尚杂志封面的清贵男人,现在竟就这样脏兮兮汗津津地不顾形象地走在山野田间,想想还是觉得有些不真实。

但黎姜九却认为,将那些光环、包袱、人气隔绝在桃源之外的纪原旻,此刻双脚踩在泥土上的纪原旻,就是比走在红毯上的、活在镜头前的纪原旻更好看。

"你不说话就是为了专心偷窥我?"男人突然开口道。

154

黎姜九一怔，很快收回视线："我才没有，你少臭屁了。"

"要看就大大方方地看。"纪原旻不易察觉地勾起眼尾，"我又不收你钱。"

黎姜九虽然脚不行了，手还是很利索的，直接给了纪原旻一个栗暴。

"好好走你的路！"

夏天雨过天晴的傍晚最为舒服，林间树下都洋溢着特有的清新翠绿，大雨冲走了一天的闷热，留下的每一缕晚风都是舒爽惬意的。清风从池塘那头拂来，吹得荷叶簌簌而动，吹得荷香阵阵袭来，深深吸一口气，从头顶到脚趾都是清爽的。

而此时天边的万丈霞光却更叫人挪不开眼，敛去了逼人光芒的太阳缓缓西沉，周围簇拥着深浅不一的云霞，绯红的、深粉的、亮橘的、明黄的、淡紫的，全都渐渐融在背后这片深蓝色的天幕中。

纪原旻被远处的晚霞吸引住了目光，停了下来往上托了托黎姜九，而后腾出一只手掏出手机。

黎姜九注意到了，懒懒地抬起头。

"你又要拍照片发博啊？"

"傻了？你调的是自拍模式。"

"喂！你拍到我了！"

"你和晚霞自拍，带上我干吗？"

"存着也不行！删掉！"

"你敢发出去试试！"

"说谁有暴力倾向呢？"

"要你管我以后找不找得到对象？！"

"纪原旻！"

## 第九章

那个活在众人眼前,万众瞩目的纪原旻终是回来了

纪原旻早上醒来的时候,那道粉嫩嫩的窗帘才透出几缕微微熹光。

这段时间天天一大清早就被黎姜九拎起来,纪原旻尽管嘴上不情不愿,身体却早已诚实地接纳了这个生物钟。

哪怕今天黎姜九并没有来喊他,哪怕他看了眼手机才七点不到,但是已经睡不着了。他翻了个身,换了件黑T恤下了楼。

昨天,纪原旻和黎姜九因为突如其来的大雨回去晚了些,而她非要做的那道荷叶叫花鸡又着实折腾了好久才端上桌,他只记得昨天那顿晚饭开吃的时候,一轮弯月早已爬上夜空了,白亮亮地在头顶挂着。

纪原旻下了楼,客厅的落地窗帘还没拉开,影影绰绰的光线被隔在外面,二三楼的卧室静悄悄的,没任何动静,整栋房子好似空无一人,安静又阴凉。

纪原旻环顾一周,看来自己是头一个起来的。

太阳还未完全升起来,晨风凉爽,迎面吹来时甚至还有些冷。纪原旻又

回去拿了件薄夹克,可刚出客厅,便停住了脚步。

他看见院子里坐着个人。

黎姜九披着件衬衫,头上顶着个乱蓬蓬的丸子,身旁放了张矮板凳,那只崴了的脚高抬着。这个姿势看着有点滑稽,但丝毫不影响她趴在那张大工具台前专注地伏案工作。

黎姜九听见身后有脚步声,忙着手上的东西没回头:"今天怎么起这么早?我早饭还没做,你今天冲麦片吗?帮我也冲一杯,正好饿了。"

不一会儿,一杯热气腾腾的香浓麦片上了桌。黎姜九的注意力还在手上的那个半成品上,心不在焉地端起杯子抿了一大口:"少艾,你正好来看看,我怎么觉得这次做得有点丑?"

黎姜九面前已经摆了一把木勺、一副筷子。

身后的人走近,安静了片刻后开口:"这是给我做的?"

黎姜九一惊,猛然回头,背后站着的人哪里是林少艾,分明是纪原旻。

"嗯。"黎姜九含混不清地应了声,而后装作若无其事的样子转过去,继续着手里的东西,"脚崴了出不了门,闲着无聊,随便做点东西打发时间。"

纪原旻一言不发,拿起勺子,轻轻摩挲着勺柄刻着的那个小小的"原"字,那双桃花眼微妙地弯了弯。

"说实话,是没那么精致。不过,看在你起个大早给我做这套餐具这么辛苦的份上,我就只能将就收下了。"

纪原旻故作烦恼地蹙着眉头:"毕竟,女孩子的示好怎么可以拒绝呢?"

将就?纪原旻哪是将就?

中午,纪原旻故意拿着新筷子在林少艾面前晃晃,到了晚饭时间,他又特意拿着刻着他名字的勺子在祁牧眼前转转。

晚饭后，黎姜九去厨房倒水的时候看见纪原旻还在院子里，搬了个小板凳背对着黎姜九坐着，对着面前的姜点儿碎碎念。

晚风尤其善解人意地将纪原旻说的话断断续续吹来：

"小不点儿，知道这是什么字吗？"

"原，这刻的是'原'，纪原旻的'原'……"

"你吃东西不用这些肯定没见过，羡慕吧……"

黎姜九猛地呛了一大口水，完了完了，到底是道德的沦丧还是人性的扭曲？这个嘚瑟的男人竟然连一只鹅也不放过！

黎姜九不像纪原旻上次崴到骨裂那么严重，她在家抬着腿静养了几日，便已经可以一蹦一跳地下地走了。

所幸前段时间把纪原旻拉去当苦力做了不少事情，这段时间农事告一段落，黎姜九才得以空闲在家，一边养着腿，一边睡睡觉练练字。

而祁牧和林少艾却闲不下来，距离七夕节还剩下一个月不到，元修要的那支宣传片还没赶出来。

于是这段时间，本就不拘小节的祁牧变得更加不修边幅了，白天顶着骄阳外出拍上大半天，晚上回来吃完饭就钻进房间继续剪辑，快齐肩的头发被扎了起来，瘦削的下巴才刮净胡子没多久，那小胡楂又密密麻麻地冒了出来，颇有几分春风吹又生的架势。

现在的祁牧只要双手插兜往外一站，一双眼半睁不睁、厌世冷漠，妥妥就是一个搞行为艺术的大龄青年。

这天一大清早，黎姜九照例早早地起床下了楼，一进厨房就看见了祁牧。

祁牧正哈欠连天地站在那儿泡麦片，听到门口有声响，他朝黎姜九的方

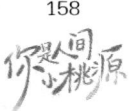

向望了眼，懒懒道："早。"

"你今天怎么起这么早？"黎姜九走过来和他并排站着，同样拿了包麦片。

"最后一天了，熬过明天就不用这样了。"祁牧搅了搅麦片，转过身靠着柜台。

"我已经按你的意思重新剪了，原定的两人镜头都换成那个家伙一个人的了。"

黎姜九低头吹了吹杯口腾起的热气："辛苦。"

两人静默了片刻，祁牧缓缓开口："为什么不愿和那家伙同框？从头到尾你又没露脸。"

"没必要。"黎姜九端着杯子转过身，"元修要的宣传效果，纪原旻一个人足够了，我又何必再挤进去凑热闹？况且他的出现、与我们的合作本就是个意外，今年是我和老爷子打赌的最后一年，不必要的人就不要给自己添麻烦了。"

安静了片刻。

"你还真是和黎江一那家伙一样。"祁牧挑了挑眉，"知道自己要什么，知道自己的方向在哪儿，冷静又果断，永远走在自己要走的路上。"

祁牧低头抿了一大口，笑了："说实话，我刚刚还以为你是怕那些嘴碎的人传绯闻呢，毕竟顶流偶像和人气博主，这个八卦组合的确还挺能赚些噱头的。"

"扑哧！"黎姜九终于不再冷着张脸，"老祁啊老祁，你这职业嗅觉还真是一如既往地灵敏。"

"过奖。"祁牧头一仰吃尽了剩下的麦片，朝外走去，"我一会儿带那家伙去补拍几个镜头。今天一过，他与我们的合作就算结束了。"

"今晚十二点前记得查收成片。"

黎姜九在家休息的这些天,被迫当了一段时间小跟班的纪原旻原以为自己终于能喘口气,可没想到他还得天天跟着林少艾、祁牧他们往外跑。

一个是半天憋不出一句话,一个则是叽叽喳喳说个不停,一直到今天拍摄结束三人回去的时候,纪原旻还在十二分头痛地揉着太阳穴。

傍晚,炎热的天难得凉风习习,纪原旻跟着他们刚踏进院子就发现好像哪里不太一样。

纪原旻耸耸鼻子,空气里竟飘着一股浓浓的食物辛香,令人垂涎。

待他们走进去才发现,黎姜九竟然在院子里摆上了火锅!

一口鸳鸯锅摆在正中央,奶白鲜香的鱼汤锅底和麻辣油亮的红汤牛油已经煮得咕嘟沸腾了,毛肚、牛肉、鸭肠、酥肉、豆皮等配菜大盘小碟地摆了一圈,桌上还摆上了两大扎啤酒和五副碗筷,元修也在。

"你们回来得正好!"元修笑盈盈地冲他们招手,"再晚点儿我可能就要忍不住先涮菜了。"

最兴奋的是林少艾,洗了手顾不上擦干就跑了过来。

"天哪!今天是什么好日子?"林少艾接过元修替她倒的一大杯啤酒,抿了一圈上面的白沫儿,满足地咂了几下嘴,"夏天吃火锅,神仙也快活!"

纪原旻也觉得今天这顿饭有些丰盛过了头,旁边的元修推过一杯薄荷水:"知道小原旻你不能喝酒,这薄荷水我已经放凉了,现在喝止渴又解暑。"

纪原旻对于元修见谁都是一副笑眯眯的样子已经见怪不怪了,但总觉得元修今天看自己的眼神有些怪怪的,好像有些过分热情。

一顿饭热热闹闹吃到一半,元修端起啤酒杯和纪原旻碰了下:"小原旻

这段日子辛苦了，这份情谊我会永远记在这里的。"元修指了指自己心口的位置，而后将杯中的啤酒一饮而尽。

端着薄荷水的纪原旻更加觉得怪怪的了，这语气怎么还有点诀别的意味？

元修又给自己的空杯添满了，侧头看向纪原旻："七夕节庙会就在下周，小原旻不如等庙会结束了再离开？偷偷告诉你，那天最后会有很盛大的烟火，错过就可惜了，看完再走如何？"

"走？"纪原旻终于忍不住问了出来，"走去哪儿？"

"当然是离开桃源啊。"

纪原旻目光一滞，手停在半空中。

这时对面安静了许久的黎姜九终于开了口："对，今天是拍摄的最后一天。大家一起干一杯吧，为我们这段共同努力的日子！"

酒杯相碰，大家表情各异，元修和黎姜九都早已知晓，祁牧依旧是面无表情，大概只有林少艾和纪原旻两人现在才明白这顿饭的意义。

林少艾下意识地瞥了几眼对面的纪原旻，又瞟了眼黎姜九，原先高高兴兴的神情现下全不见了，弯弯的眉头蹙了起来，她竟有些怅然若失。

而纪原旻则紧抿着唇，目光渐渐沉了下来。黎姜九看过来，端起酒杯轻轻地和他碰了下："我说话算数，合作结束，放你回去。"

黎姜九杯中澄澈的液体轻晃，细小的气泡咕嘟浮起，映着那双弯起的眉眼。

"大明星，你终于解脱了，恭喜。"


对于昨晚那顿火锅吃到最后才得知原来是顿践行饭这件事，林少艾到第二天醒来还没有完全消化掉。

经过这段时间的相处，尽管纪原旻毒舌又臭屁，路痴还爱抱怨，想当卧底却差点被当成偷拍狂,仗着自己那张俊脸还和她抢黎姜九的头号小跟班地位……

总之这个大明星有着一大堆大大小小的缺点,之前她天天盼着他走,如今在得知他终于可以离开的时候竟然还有些淡淡的不舍得,甚至昨晚的最后几口肉越嚼越觉得食之无味。

可第二天,林少艾下楼的时候却发现纪原旻竟还端端正正地坐在院子里,正托着腮看黎姜九做木作,并没有离开。

第三天,纪原旻跟着提着钓鱼竿的黎姜九出了门,也没有离开。

第四天,黎姜九去葡萄园的时候纪原旻还跟在身后,也没有离开的意思。

林少艾想起元修的话,恍然大悟,纪原旻八成是想等参加完七夕节庙会看完烟火再离开桃源。

罢了罢了,林少艾小手一挥,摸了摸姜点儿肥肥的身子。

"小姜点儿,咱们就宽宏大度些。这几天头号小跟班的位置就让给那家伙吧。"

元修看过祁牧发来的宣传片很是满意,视频一经发布,才短短一天工夫,就吸引了各界关注,转发数量已达上万,网友在底下的评论也都表示不会错过这个机会,届时定会热闹非凡。

所以纪原旻留下来逛完庙会再离开桃源黎姜九可以理解,只不过她不明白明明两人已经不是合作关系了,为什么他这几日还天天跟在自己身后转。

黎姜九才不信纪原旻说的"闲着也是无聊"这个理由呢。

这天,黎姜九要上山找元修,特地起了个大早避开了纪原旻,等纪原旻起床下楼时,院子里只有林少艾和祁牧。林少艾在逗姜点儿玩,而祁牧正在自己跟自己下围棋。见纪原旻醒了,祁牧瞥了眼:"来一局?"

祁牧原以为纪原旻和那些自大傲慢的偶像明星一样，除了长得好看外一无是处，尤其连酒都喝不了。直到某天，他偶然发现纪原旻竟然会下围棋，而且棋艺还挺高。

"你之前怎么不说你也会？"

"你又没问过我。"纪原旻懒懒道，"况且下棋图的是开心，我看你自己同自己下得挺开心的，我为什么非要凑过去赢了你让你不痛快呢？"

好吧，他纪原旻就是个绝对傲慢又臭屁的人！万年不惊的祁牧难得被纪原旻的一番话激得冒出了点不爽的情绪。

"那来一局？看看到底谁能赢？"

于是平时不需要拍摄的日子里，纪原旻除了睡觉，就是和祁牧下棋。但今天纪原旻似乎有点心不在焉。

"你问小姜姐？她一大早就去找元修大师了。"

纪原旻眼眸里闪过几瞬暗光，但很快收起情绪落下一枚黑子，淡淡道："是因为这山上风景好，所以要隔三岔五就往山上跑，一起看完星星月亮，再从诗词歌赋谈到人生哲学？"

林少艾没听出这话里酸溜溜的醋意，她正低头专心喂着姜点儿菜叶子："元修大师懂的东西那么多，何止是诗词哲学，只要是小姜姐想聊的，只要是聊天的人是小姜姐，元修大师就会一直陪着聊下去。对吧，祁哥？"

此时，祁牧正盯着面前落满大半黑白子的棋盘，随口应付道："嗯，你说得对。"

纪原旻心里莫名添了几分说不清道不明的情绪，正想抓起一枚棋子，却听见祁牧在对面悠悠道："你输了。"

纪原旻这才回过神发现棋盘上大局已定，他愣了好久才扯起唇自嘲地笑了下。

是的,他输了。

有些博弈走到最后一刻才知道胜负,而有些从一开始,就知道了输赢。

一直挨到了傍晚,夏季的桃源总是阴晴无常,几朵沉沉的乌云从天边飘来,灼人的暑气终于偃旗息鼓,一场大雨随时就要落下。

林少艾已经将熬好的绿豆粥端上了桌,纪原旻瞥了眼桌上的三副碗筷,顿了顿:"她不回来吗?"

"你是说小姜姐吗?"林少艾正忙着,"她给我发过信息了,她晚饭在元修大师那儿吃,让我们不用等她。"

"可是一会儿就要下雨了。"

"下就下呗。"林少艾伸头看了看窗外,"下大雨的话小姜姐就不回来了。"

"不回来?"纪原旻一愣。

"对啊。"林少艾的语气自然得不能再自然,"若真下雨,她今天没带伞只能暂住在元修大师那儿一晚明天再回来。放心好啦,她以前都住过好几回了。"

最后将咸鸭蛋、萝卜丝等小菜摆上桌,林少艾打算去叫祁牧,一出门却差点和外面的人撞个满怀。

是纪原旻。

"你这么急干吗……"

"我去送伞。"

"哎?"林少艾还没追出去,只听见院门"砰"的一声关上了。

等林少艾跑出去,院子里哪里还有纪原旻的影子,只剩下被吓得惊魂未

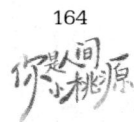

定的姜点儿。

当天边的最后一丝光亮被暮色吞噬，酝酿许久的大雨终于倾盆而下，哗啦哗啦，又急又猛，仿佛隔绝了一切。

屋檐下雨幕不绝，桃源寺的内厅则是另一番茶香袅袅的清静。

黎姜九面前的茶已经不再冒热气，却仍一口未动。元修很有耐心地又重新换了一杯热茶。

"第三杯了。"元修笑眯眯地看着黎姜九，"真不知道小姜九坐这儿一动不动，是在消磨时间，还是在浪费我上好的信阳毛尖？"

黎姜九这才回过神来，端起茶杯看也没看就抿了一口，果然毫无意外地被烫了一嘴。

元修递过纸巾，忍不住笑了："宋词有云'春词一纸芳心乱'，我看小姜九这分明是青伞一柄芳心乱。"

元修意味深长的目光落在黎姜九身旁那把雨伞上。

"什么芳心，什么乱的？"黎姜九拧起眉头，"我刚刚只是走神了。"

"嗯，走神。"元修笑得微妙，"那不妨告诉我，小姜九是因何而走神？"

他问："雨？伞？还是人？"

黎姜九不说话了，元修悠悠地吹了吹手中茶杯上的热气："我知道小原旻认路一向不行，不然上回也不会因为记不得下山的路而受了伤住了院。你说今儿奇怪不奇怪，小原旻竟然能一个人摸对上山的路，只为来给你送把伞。而咱们小姜九既不表扬也不感激，反而把小原旻给吼回去了，这又是个什么道理？"

"你这脾气得改改，女孩子家别动不动就凶人家。"元修抿了口茶，目光沉甸甸,"不知道的还以为你虚张声势,在怕什么呢?"

黎姜九不动声色道:"我能怕什么?"

元修不慌不忙继续道:"对啊,我也一直在想小姜九在怕些什么?先前小姜九对小原旻冷淡是因为怕被发现真实的你,而如今伪装面具已然摘下,小姜九还是如此拒人千里这就有些说不过去了。

"除非,小姜九这次怕露馅儿的是更加珍贵的东西,比如真心?"

黎姜九压下眼底闪过的复杂情绪,浮出一丝笑:"你这么厉害,怎么不挂个牌子算命读心去得了。"

元修一笑:"别了,这世上那么多人喜欢揣摩他人心思,却总是看不透自己的心,我可不想成为其中一个。"

黎姜九收起了笑意,冷冷地抬眼:"我的心在哪里,里面装着什么,我比你清楚。"

"如此便好。"元修识趣地不再探究下去,"欺他人无大雅,欺自心才可悲,我相信小姜九应该知道这个道理。"

元修最后抿了口茶,瞥了眼窗外:"雨停了,我送你回去。"

黎姜九在山脚和元修道别后坐在门前吹了会儿晚风才进的院子,之前林少艾给她发过信息,纪原旻赶在下大雨前就已经回来了。

祁牧正在院子里教林少艾下棋,别看林少艾平时叽叽喳喳闹腾个不停,头一次面对这四方的棋盘,少女竟一下子没话说了,而说得最多的倒是祁牧。

向来话少的祁牧还是头次面对这么一个不开窍的徒弟,一个晚上好像已经把他一个月要说的话都说完了。

黎姜九先是去冲了个澡换了身干爽的衣服,切了半个西瓜坐在院子里边

166

吃边津津有味地看两人下棋,看累了接着又背着手去自己的小菜园巡视了一番,然后还去了书房认认真真地写了两帖字这才打着哈欠回了房间。

可黎姜九睡不着,她能听见林少艾他们分别回了房,听见稻田里响起了此起彼伏的蛙叫声,听见窗外虫声窸窣。

可她就是睡不着。

夜晚越静谧,黎姜九越心烦意乱,尤其和元修分别前他最后说的一番话,像在她本就不平静的心湖中掷了颗石头——

"小姜九,我最近新得了一幅黄庭坚的行楷,临摹了两日颇有几分心得,尤其是这一句你品品。

"丝乱犹可理,心乱不可治。"

她小时候便不喜欢元修故意在自己面前扯那些文绉绉的哲学词句,现在也是。

黎姜九翻了个身,臭浑蛋!

可该死的就是,偏偏元修那些看似无意的话,总能丝毫不差地戳破自己的心思。

是的,这次又被元修那家伙说准了,她是心乱了。

也许在刚刚发现自己练的字不尽如人意的时候。

又可能是自己坐在林少艾他们一旁,却根本不知道他们在下什么的时候。

又或者是在元修笑眯眯地问自己这次在怕什么的时候。

又也许是晚风轻拂的傍晚,纪原旻拿着两把伞带着天边将尽的暮色出现在自己眼前的时候。

烦!黎姜九越发觉得燥热,睁开眼坐了起来,披上一件衬衫出了卧室。

经过阁楼的时候,黎姜九下意识地瞥了眼,纪原旻应该已经休息了,房间的灯早就暗了,她刚回来的时候就注意到了。

黎姜九收回目光,拢了拢衣服,直接上了露台。

露台四四方方,面积不是特别大,但黎姜九竟也不知不觉塞了近二三十种花花草草。盛夏的夜晚,晚风一吹,清幽而绵密的花香便瞬间蔓延在这静谧的夜色中。

黎姜九找到一把摇椅,刚拂了拂上面的灰尘想坐下,突然身后冷不丁传来一道声音差点没把她吓个半死。

"你是来陪我看星星看月亮的吗?"

黎姜九这才看见露台边角处有一道人影,光影昏暗,不知在那儿多久了。

女生试探道:"纪原旻?"

那个人影没动:"山顶的星星多吗?月亮圆不圆?抱歉,之前打扰了你们从诗词歌赋聊到人生哲学。"懒懒的声音听起来有些颓丧,男人的声音停顿了一下,"不过大夏天不睡觉去看这些月亮什么的,不觉得便宜了蚊虫吗?"

纪原旻一番酸溜溜的话弄得黎姜九一头雾水,她抬头看了眼今晚的夜空,就一轮弯月悬着,哪有什么星星圆月?

"你在乱七八糟说些什么?"什么诗词?什么人生?

纪原旻突然不说话了,可安静了没两秒又幽幽地开口:"黎姜九,你是不是喜欢那个住山上的家伙?"

气氛瞬间凝固。

短短几秒后,黎姜九终于反应过来,吼道:"你今晚到底在胡说八道些什么啊?"

黑暗中,那个人轻嘲地笑了声:"我说错了吗?要不然就是那家伙喜欢你?"

黎姜九憋着心里那股蹿上来的火,一字一句地解释道:"我和元修,不是那种喜欢,我们是朋友!友情你懂吗,纯的!"

纪原旻突然又默不作声了,黎姜九许久听不见回答内心莫名躁得很:"听明白了没,说话!"

依旧没有声音,那团人影也没动。

黎姜九的拳头终于抑制不住地痒了起来,她三步并作两步就走到纪原旻跟前。

"你是淋了雨浇坏了脑子,还是今天吃错药了……"黎姜九突然停了下来,终于感觉哪里不对劲儿,"纪原旻,你喝酒了?"

借着天边零星月光,黎姜九终于看清了纪原旻的模样,简单黑T睡裤配人字拖,男人正坐在一个空花盆上,怀里还抱着一盆林少艾养的仙人球,清俊的脸庞早已染上两团红晕,那双桃花眼正半睁半闭地看着自己。

难怪刚才他声音懒懒散散的。

"才没有,这哪里是酒,这是冰冰凉凉的甜品,你小助理给我的。"

纪原旻身旁有一个碗,里面还剩下少许晶莹白透的东西,黎姜九拿过碗低头一嗅。

甜酒酿!

晚上,纪原旻回来后冲了个澡心里还是烦得很,打算去厨房倒些冰水恰好碰见林少艾傻呵呵地捧着个手机坐那儿吃着东西追剧。注意力都在手机上的林少艾忘了纪原旻沾不得带酒精的东西,头也没抬地指了指身后的冰箱,十分慷慨大气:"要吃自己拿,管够。"

所以管够的结果就是纪原旻现在醉而不自知。他指着身下的空花盆,冲黎姜九抱怨："我觉得你这个椅子不行，中间少块板，坐着一点都不舒服。"

"还有你这个小破风扇。"纪原旻举着那盆仙人球，半闭着眼把头凑到跟前，"我都感觉不到一丝风！你该换个新的了。"

见到面前的这一幕，黎姜九简直又好气又好笑，身材高大的男人愣是委屈巴巴地坐在一个小破花盆上不说，还捧着那盆仙人球，一本正经地等着这个绿油油的"风扇"吹出凉风。

"那儿有椅子，为什么要坐这儿？"黎姜九觉得这样半弯着腰和纪原旻说话着实有些累，"我们坐过去。"

纪原旻应了声好却迟迟不起身，黎姜九双臂抱胸："又怎么了？"

"嘶，脚麻了。"纪原旻朝黎姜九伸出手。

黎姜九无奈地伸出手，谁知纪原旻抓住那只柔软冰凉的手就不愿意松开了。

"我怎么觉得有点晕？"他踉踉跄跄地站起身。

纪原旻后半句"你能不能扶我过去"还没来得及说出口，就被黎姜九斜了眼，她看着得寸进尺的某人，冷冷地抽出手："自己走。"

纪原旻瞟了眼黎姜九，她双臂抱胸无动于衷，他只好乖乖一步一晃地走了过去。

两人并排坐着，晚风撩人，伴着不知名的清幽花香，这个夏日夜晚着实让人惬意十足。

"喂。"纪原旻率先打破这份宁静，凑过身，一只手搭在身旁女生的椅背，"后天的庙会一起去？"

"不去。"黎姜九横了眼纪原旻，"把手放回去，还有我不叫喂。"

纪原旻认得这眼神，黎姜九每回请自己吃栗暴就是这前奏，于是哪怕他

170

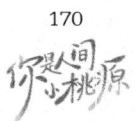

此时醉着,也悻悻收回了手并且听话地坐了回去。

"黎姜九,你为什么不去?"纪原旻乖乖叫起了她的名字,好看的桃花眼盛着明晃晃的不开心。

这次的庙会虽说旨在弘扬民俗,推广文化,但最核心的节日主旨大概还是为有情人牵线搭桥。其实黎姜九是喜欢看热闹的,但不代表她喜欢参加相亲大会。

倒是林少艾特别兴奋,这几天老在嚷嚷着一定要借这个机会找个高富帅,吵得一旁的祁牧都烦了,不屑地冷哼了一声。

"少艾和祁牧会去,到时候你们一起。"黎姜九答非所问。

"我问的是你为什么不去?"纪原旻沉甸甸的目光紧追不放,"之前的宣传片两个人的镜头最后剪得只剩下我的,今天我好心送伞却被你赶了回来。黎姜九,你就那么不愿瞧见我?"

见身侧的人沉默,纪原旻眼底浮出一丝自嘲的笑:"放心,反正后天一过我们就各走各的路了,到时候你耳根就清净了。"

纪原旻轻哼了声便转过头不再说话,可安静了还没一会儿,旁边又飘来句幽幽怨怨的声音——

"所以,你后天真的不去吗?"

纪原旻声音闷闷的:"有很盛大的烟花也不去?而且后天我就要走了,你就当陪我最后这一回也不愿意去?"

也许是因为醉着,纪原旻的声音里净是明晃晃的不满意,黎姜九心里没来由地软了下,终于松了口:"让我想想吧。"

两人又恢复了安静,纪原旻靠着椅背,视线落在远处:"黎姜九,我离开前你有什么想和我说的吗?"

黎姜九认真地想了想:"你要做一个好偶像。"

"就这?"

"这个一点也不容易好不好?"黎姜九侧头看来,"不是每个人都能被捧上天的,能站在那么高的地方、能有机会让那么多人看见自己,这一点也不容易,所以要珍惜,所以不该辜负你所看到的风景。

"将你所看到的世界、你所传达的东西告诉那些千千万万以你为光的人,这是你头顶的荣耀,也是你肩上的使命。"

"使命?"纪原旻被黎姜九这番一本正经的话逗笑了,"你怎么老喜欢和我讲大道理?是觉得我脑子太不开窍了,白顶了这么个偶像的光环?

"黎姜九,我问的是你对我想说的话!"

纪原旻隐下眼底那说不清道不明的情绪再次靠过来,沉甸甸的目光直直落在黎姜九脸上,极其耐心地一字一顿道:"不是那个杂志上、秀台上、广告里,人人都能看见的光芒万丈的纪原旻,是之前和你一起淋雨、背你回家、给你送伞的纪原旻,是现在在你面前的我!

"黎姜九,你真的想让我走吗?"

四目相对,黎姜九一时有些发怔。

纪原旻的视线幽幽明明,却莫名灼得黎姜九脸颊发烫,她避开视线,漫不经心地应付了两句:"你醉得不轻,尽说些我听不懂的浑话。我觉得你可以回房休息了。"

"浑话?"纪原旻似乎是笑了下,黎姜九看见他那双桃花眼极快地弯了下,"醉有什么不好?酒壮怂人胆听说过吗?"

紧接着,他透着醉意的声音一下子拉近,懒懒沉沉得像是贴着她的耳朵在低语:

172

"黎姜九,我有话要跟你说。"

黎姜九这才发现不知何时起纪原旻又把一只手搭在她坐的椅背上,半个身子前倾着,那张俊脸离她只有半尺的距离,那双弧形好看的桃花眼就这样明晃晃地直勾勾地看着她,里头轻佻的笑意全不见了。

美色当前,黎姜九大脑"咔嚓"一声宕机了,只是睁圆了眼,一时竟忘了让纪原旻规矩地坐回去。

只有黎姜九知道,现在她所有的感官系统发生了紊乱,四面八方都涌入的感觉信号都来源于一个叫纪原旻的男人。

黎姜九鼻尖是他身上清冽好闻的沐浴露香气,眼前是他眉眼上鸦羽似的睫毛,耳边传来的是他清晰有力的心跳声。

黎姜九眨了眨眼,好吧,其实也有可能是她自己的心跳声。

纪原旻就这样注视着黎姜九,那双好看的桃花眼明明蒙上了层浓浓的醉意,却又尤为明亮。

"黎姜九啊,其实我……"

男人最后的半句话还未说出口,只听见一声轻微的闷哼,他垂着头身体一晃,软绵绵地倒回摇椅上。

而一旁的黎姜九微微喘着气,高举的手臂还停在半空中。

是的,情急之下,黎姜九下意识地抬起手冲纪原旻脑门儿就是……一拳。

刚刚那个瞬间,黎姜九突然就猜到了纪原旻将要脱口而出的是什么话,于是第一次手足无措起来,脑子一热就一个没忍住,把人敲晕了!

本就轻飘着声音的纪原旻这下彻底没声了。

看着双眸紧闭的男人,黎姜九竟松了一口气。

最后那半句话她是没机会听见了。

听不到就听不到吧,黎姜九心里没由来地庆幸。

听不到好啊。

纪原旻第二天是被一阵急促的铃声吵醒的。

电话那头是舒妙,接通后她只说了一句话。

"小原,胡哥知道了。"

纪原旻挂了电话后又闭上眼缓了缓神,意识清醒了几分后打量了下四周,发现自己并不是在房间里,而是躺在露台上的摇椅上,身上还盖着块毯子。

"嘶!"纪原旻揉了揉眉心,昨晚的记忆断断续续,他使劲儿回想好像也只记起一些零碎片段。

纪原旻坐起身扶了扶脖子,只觉得头疼得厉害。奇怪,无论是夜深露重着了凉,还是醉意冲脑昏沉沉,好像都不应该疼在额头吧?

待纪原旻收拾好东西下楼时,黎姜九正坐在书房里专注地提笔临帖。

听见门口有声响,黎姜九没抬头:"昨晚我回去仔细想了想。我答应你,明晚陪你去看烟花。"黎姜九蘸了蘸墨,继续写着,"明天来桃源的游客肯定不少,我认识一条直达山顶的小路,在那里看星空最好,视野开阔,看远处的烟花应该也很适合。我还没带你走过,我们明天可以晚些时候出发……"

黎姜九一个人碎碎念地讲了好些话,可门口那道身影却一言不发。黎姜九觉得奇怪,难不成站那儿的不是纪原旻?

黎姜九终于停下笔抬头看去,门口站着的人依旧是简单黑T恤配运动裤,身材颀长挺拔,一双桃花眼漆黑乌亮,是纪原旻没错。

只不过此时的纪原旻还戴着顶棒球帽,身后松松垮垮地背着个黑色双肩包。

一瞬间四目相对，纪原旻眼里闪过一丝复杂的光："抱歉，我临时有事……要解决，需要先回去一趟。"

纪原旻刚说完就觉得空气渐渐安静了下来，和他对视的那张清冷脸却并没有什么太大的表情，既不失望也不失落。

黎姜九平静地收回目光，又重新低头继续临帖。

"你去吧，你要去哪里不用和我报备。

"我们的合作结束了，现在的你来去自由，至于刚刚说的一番话，你大可不必放心上。"

纪原旻记得他才来桃源时，黎姜九对他说话就是这样一副平静如水、漠不关心的态度。

黎姜九说完就继续低头提笔运腕，余光中的人影没有立刻离开，而是沉默地站在那儿许久。

"我会赶回来和你看烟花的。"

黎姜九依旧没抬头，她听见纪原旻渐远的脚步声，听见门开了又关了，听见外面又重新恢复安静。

似乎这一切都与她无关，直到写完这一页最后一个字，提笔的手才终于停了下来，她回过神看了看刚刚临的那些字，突然自嘲地挑了挑眉。

"啧，这一页算废了。"


纪原旻到达桐城的时候，舒妙已安排好车在车站候着。

先是昨晚在露台上将就了一夜，再是刚刚一路车旅颠簸，此时坐在宽敞舒服的保姆车里，纪原旻一下子觉得倦意袭来，他拉了拉帽檐靠着椅背轻轻合上了眼。

安静了片刻。

"感冒了?"纪原旻换了个姿势,没睁眼。

一旁的舒妙一愣,但很快反应过来他是在和自己说话。

"嗯,之前不注意着了凉。"舒妙吸了吸鼻子。

"想说什么就说吧,我没睡。"纪原旻早就感受到了,身旁的人自他上车后视线就一直落在他身上没挪过位。

舒妙顿了顿:"没怎么,只是觉得小原好像黑了点。"

舒妙目光直直地看着男人,笑了笑:"如果胡哥不知道,说不定他还会真相信你去海岛度假了。"

"我知道会有这一天的。"纪原旻开口,"宣传片发布只是早晚问题,所以胡哥知晓这件事是迟早的事。"

纪原旻睁开了眼:"他怎么说?还是让我等他电话?"

他摸出手机想看有没有错过胡哥的电话,却发现不知何时已没电了,正想从包里拿出充电器却被舒妙一手按下。

舒妙看着纪原旻:"胡哥今晚有应酬,他让你回去先休息,明天他再和你详谈。任何事明天再说吧,还要一会儿才到你的公寓,小原先闭眼睡一会儿吧,到了我喊你。"

纪原旻瞥了眼舒妙,最终还是放下了手机。

此时已是夜幕降临,车窗外的画面飞速倒退,郁郁葱葱的山林树野渐渐被鳞次栉比的高楼和五光十色的霓虹涌入占据,夜幕下忽明忽暗的城市灯光照在纪原旻半垂着的眼睑上,他竟觉得有些太过明亮,甚至有些刺眼。

飞驰的车流一闪而过,车水马龙的都市熙熙攘攘,纪原旻脸上映着车外灯光流转的夜色,经过市中心的时候,他看见了自己的巨幅广告横牌,在一

176

栋高楼大厦的顶端。

纪原旻好像有点印象,之前听舒妙说过能出现在那个位置的人,一定得是能站在众人眼前的人,一定得是配得上那些光芒的人。

纪原旻扯起嘴角,绕了一圈他终究还是回到了光芒之中。

那个活在众人眼前,万众瞩目的纪原旻回来了。

第二天早晨舒妙买了早饭过来的时候,纪原旻还没醒,双眼惺忪地给她开了门又回到卧室躺了好一会儿,才收拾出来。

纪原旻发现手机关了机,突然想起自己的手机昨天就没电了。

"小原,先去吃东西吧。"舒妙走过来。

纪原旻在找充电器:"我手机忘充电了。"

舒妙按下他的手,再次开口:"有什么事情等吃完了东西再说。"

纪原旻定定地望了眼舒妙,抽出手:"我就充个电,不碍事的。"

手机一连接上充电宝,漆黑的屏幕又重新亮了起来,纪原旻走了过来,舒妙已经将买的面包、咖啡、三明治等摆了出来,他扫视了一圈,最后拿了舒妙给她自己买的一小份八宝粥。

"你不是一向喜欢三明治配咖啡的吗?"舒妙愣住。

"嗯,以前喜欢那样吃。"纪原旻吹了吹碗里的粥,"现在更喜欢热乎的食物。"

话音刚落,纪原旻就听见才开机完成的手机接二连三地振动了好几下。

信息栏里竟躺了十几条信息,全是昨晚发来的。

纪原旻眯眼一瞥,发信息的人是……林少艾?

"说走就走,真不明白你到底是怎么想的!"

"亏我之前还给你带水果！亏姜点儿还动不动跟在你后面转！"

"你的良心不会痛吗？！"

……

纪原旻看得一头雾水，现在这些小姑娘表达不舍得都这么赤裸裸了吗？还流行用这么多感叹号？

纪原旻一直往下翻，渐渐地，脸色变了。

"所以你真的是不达目的不罢休？！"

"你是吃准了我们善良不会像你那样，所以就先出手！"

"你出卖小姜姐的时候考虑过她的感受吗？"

"你这哪里是要黑她？你这分明是要她身败名裂！"

"我发了这么多消息为什么不回我？说话！"

纪原旻眼眸一沉，预感到了发生什么，立刻打开了微博，置顶的一条热搜现在已经爆了，话题全是围绕某篇爆料文章——《清冷女神 or 不羁汉子？岁月静好全是假象！》

那篇文章是昨天曝出来的，篇幅不长，却字字指向人气博主"一只姜丸酱"。若只是篇捕风捉影的文章也就罢了，可这篇文章里却贴了许多照片，每张照片上出现的那张脸只要上过网的人都应该知道，正是前段因为露脸而登上热搜榜榜首的姜丸酱。

而且文章中每条对姜丸酱的批判都有相应的照片为证。

照片上的黎姜九开玩笑地揪林少艾的耳朵——温婉娴静的女神私下对待助理竟如此刻薄蛮横！

照片上的黎姜九晚上坐在厨房里大剌剌地跷着腿饮酒——岁月静好的表象下是半夜买醉，行为粗鄙！

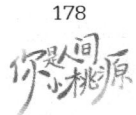

照片上是黎姜九和元修有说有笑地走在林间小路的背影——隐居山林全是幌子！目的竟是为了勾引男人！

就连黎姜九和姜点儿待在一起，也能被写成姜丸酱虐待动物。

条条看似都有证据，但实则句句不详，歪曲事实，颠倒黑白。

纪原旻知道这样发展下去的后果，上回黎姜九就是因为自己狂热粉丝的一句评论，而被声讨道歉。

更让纪原旻意想不到的是，这些照片都是他在桃源的时候拍的。

他手机向来不离身，这些怎么会流出去？

纪原旻当下拨出黎姜九的电话，可一连打了六个都没接通。

纪原旻脸色十分难看，冷着脸一下子站起身走出厨房。

"小原！"舒妙在身后喊，"你干吗去？你别忘了上午十点要去见胡哥！"

纪原旻没回头："我要出去下，帮我和胡哥解释下，我晚些时候再去找他。"

"你要去哪里？"舒妙拦在纪原旻面前，定定地望着他，"你为什么总是为了一些无关紧要的人一而再再而三地做出格的事？你现在最关心的不应该是你自己吗？"

纪原旻紧抿着唇。

舒妙目光直勾勾地看着他："若你是因为黎姜九，那你更没有理由去找她了。"

"你知道？"纪原旻眼眸一动，看着面前的人突然明白了什么，"所以昨晚你就看到了这个？然后一直分散我的注意力，拖到现在才让我知道这件事？"

"小原你怎么会这样想？"舒妙渐渐展开眉头，目光平静，"我希望你好好休息，好好吃早饭，和她的事一点关系也没有。你们的合作已经结束了，你们之间应该还有关系吗？再说了——"她后退几步坐了下来，直直地看着纪原旻，"你当初去桃源的时候告诉我，你所做的一切都是为了让黎姜九不再与你竞争《人物》杂志的年度封面。现在这个情况不正是你所希望的？"

"不出意外，别说是一个杂志封面了，恐怕黎姜九以后都不再是你的竞争者了。"舒妙眼底终于浮出一丝笑，"小原，恭喜你，如愿以偿了。"

# 第十章

**任何以她为代价的光芒辉煌，我都不要**

纪原旻是在公司的十六楼见的胡哥。

一个多月不见，胡哥的络腮胡又浓密了许多，虽然房间开着冷气，但在这盛夏看着还是莫名觉得热得慌。

纪原旻来之前胡哥就煮了茶，此时纪原旻面前的茶杯依旧是满的，一口没动。

胡哥收回打量的目光，先开了口："小原这次回来黑了点儿，脸也糙了些，也难怪，一边度假一边赚外快确实会辛苦些。"

纪原旻抬了抬眼眸，他知道胡哥说的是自己为元修拍的那部宣传片。

"我还不知道小原竟是这么有事业心，连区区一个小地方的宣传片也擅自接下？让我猜猜，挣的钱不够花？"

胡哥依旧是笑眯眯的模样，可眼里并没有笑意，相反，那两道探究精明的目光让纪原旻很不舒服。

纪原旻终于知道自己之前为什么会对元修没有好感,他不是讨厌元修,是讨厌对方总是一副见谁都眯眼笑的模样。因为这总会让他想起那位脸上挂着明晃晃的笑意,嘴里说出来的话却句句藏着刀子的胡哥。

"没有。"纪原旻否认。

"噢,那么我们小原愿意去那个荒郊野岭的小地方既然不是因为钱,难不成是看在情面上?不知道是谁的面子这么大?"胡哥摸了摸自己的下巴,若有所思,"上次来看你的那个和尚?"

纪原旻不说话。

"还是那个现在被大家口诛笔伐的姜丸酱?"

纪原旻瞳仁骤缩,抬起头,胡哥不慌不忙地抿了口茶:"网红就是网红,发生这样的事情只是迟早之事,好好的一手牌被打成这样,你还总是要和她扯上关系?屡次三番因为她而打乱自己的方向,这次要不是我提早发现把你叫回来,你知不知道现在你也会受影响?"

纪原旻突然明白了几分:"所以,是你?"

胡哥皱眉:"什么?"

"这次的事情是你的意思?"纪原旻盯着胡哥,眼里透着几分冷怒,"是你让人写那篇文章,造出这些声势的?"

胡哥先是愣了几秒,而后竟笑出了声,讥讽地眯起眼:"小原竟是这样想的?说实话,这么多年过来了,圈里的你来我往、钩心斗角我是经历了不少,但是我还不屑因一个网红做这样的事。不过你刚刚那番话倒还是点醒了我。"他目光幽深,"我以前不觉得一个网红能造作到哪里去,毕竟比背景没背景,比场面没场面的。

"可是现在,一个面都没在网上露过几回的网红博主,竟然能让我们小

182

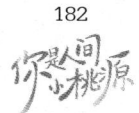

原为她而跟我对峙?"他嘴角笑得越是灿烂,眼里闪着的光便越是危险,"你说,我是不是小看她了?"

纪原旻住了口,两个人一下子都不作声了。终于,胡哥先收回了目光。

"又或许是我大惊小怪了,小原状态这么反常一定是近些日子太劳累了,这几天小原就哪儿也别去了,回家好好休息,再这样东奔西跑的,我都要心疼了,毕竟后面很快就有工作跟上。"

胡哥一口喝尽最后的茶,再次眯起眼笑了:"希望下回见到的,是之前那个我所熟悉的小原。"

纪原旻听懂了胡哥最后话里的意思,可回到家后,他并没有安分地待在家休息。舒妙前脚刚走,他后脚就拿了几样必备的东西,戴上口罩和墨镜去了桃源。

今天是七夕节,前段日子因为自己参与的那部宣传片起到了很好的效果,这段时间桃源这边的游客一下子多了许多,而且今天的人数更是达到最高峰,并且年轻的游客占很大一部分。

不用想也能知道,他们是来参加桃源的七夕节庙会的。

纪原旻不由得拉紧了口罩,穿过车站汹涌的人潮,径直走出去叫了车去往桃源山。

出租车司机是一个中年大叔,本地人,笑声爽朗:"小伙子这么急是赶着去参加庙会吧?单身?我就知道,你是我今天拉的第七个去庙会的游客了。现在的年轻人啊都不抓紧点儿,操心的都是我们做父母的。听说今晚的活动办得挺大的,小伙子要是找到了喜欢的姑娘千万记得要带她去我们这儿的桃源寺拜一拜啊。不是我吹,我们这个桃源寺求的最灵的就是姻缘了。有句俗话怎么说来着,带上姑娘走一走,保准跟你到九十九。小伙子你可得争点儿气,别让喜欢的姑娘跑了……"

纪原旻到桃源山山脚的时候已是傍晚,和司机匆匆道谢后便一路直奔那座竹林环绕的小院。

当纪原旻微喘着气跑到那垂着碧绿藤蔓的院子前,他却突然不敢上前了。

他不知道门后面,等着他的是怎样的一个黎姜九,愤怒的、冷淡的,还是抓狂的、鄙夷的。

正当纪原旻站在门口犹豫的时候,那扇门突然"吱呀"一声开了,林少艾和祁牧迎面走出来。纪原旻一惊,林少艾、祁牧三人也是一愣,一瞬间,三人面面相觑。

最先反应过来的是林少艾。

"你还敢回来!你怎么好意思回来?回来看我们笑话吗?你信不信我把你……"林少艾挥着双手就要朝纪原旻扑过去,祁牧眼疾手快一把抓住了她的衣领子。

"祁哥你放开我!我要和这个坏蛋决一死战!"

祁牧牢牢固定住女生扑腾的手脚,毫不客气地敲了下她脑门儿,喝道:"够了啊,林丫头。"

林少艾呆滞着小脸,嘴角一撇,终于忍不住"哇"的一声哭了出来。

"祁哥你打我!你竟然为了这个出卖我们的家伙打我!你们都是忘恩负义的白眼狼!"林少艾感觉所有的悲伤都涌上心头,站在那儿哭得上气不接下气。

祁牧无奈地皱了皱眉,把林少艾拉了过来刚想递纸巾,谁知她顺势就蹭上他的胸口,一把眼泪一把鼻涕,毫不客气地浸湿了他的T恤。

184

祁牧拿着纸巾的手在空中顿了顿，最后还是无奈地放下了，揉了揉林少艾毛茸茸的小脑袋，不自然地放缓了声音："别哭了。"

"小姜姐多好啊！网上那群人就仗着自己有张嘴就在那儿颠倒是非，我们原来在这儿吃吃喝喝的日子多快乐啊，现在全没了……"

纪原旻这才注意到，林少艾和祁牧脚边放着两个行李箱。

"你们要离开？为什么？"

"还能为什么？"林少艾抽抽噎噎地瞪了眼纪原旻，"还不都是因为你，不仅曝光小姜姐的照片，还把我们的住址也贴了上去，我们再不走等着那些在网上骂我们的人来找我们吗？"

纪原旻内心咯噔一响："那黎姜九呢？"

"你还找我们小姜姐干吗？你死心吧！小姜姐已经离开了，我也不知道她去了哪里，就算知道我也不会告诉你。"林少艾说着说着又开始吧嗒吧嗒掉眼泪，"和小姜姐生活了这么久，我还不知道她家住在哪里。她还说要带我认识她的漂亮朋友也没机会了，还有以后小姜姐酿的酒我也没得喝了，还有……"

林少艾陷入了沉重的悲伤无法自拔，而一旁的纪原旻却听不进任何话了，只觉得太阳穴突突突跳得厉害。

纪原旻发现自己对黎姜九其实一点都不了解，她是哪里人、她多大、她为什么会在这僻静山林过着这样的生活……他什么都不知道。

只要黎姜九那头一松手，他就找不到她了。

等等！他突然想到一个人，元修！

纪原旻头也没回地就朝山上走去。

此时，庙会活动已经进行到尾声，成群结伴的游客陆陆续续地下山，一同去参加最后一个活动——烟火大会。

因为桃源山这边都是丛林,为了安全起见放烟火的地点定在桃源镇的一条江边,江岸地方宽敞,视野开阔,是看烟花的不二选择。

纪原旻拉紧口罩,在下山的人潮中逆行而上,他看不见迎面走来的人们脸上的盈盈笑意,他也听不见擦肩而过的人群里的欢声笑语,他只想快点走上去,找到元修,找到黎姜九。

"小伙子你可得争点儿气,别让喜欢的姑娘跑了。"

纪原旻还清楚地记得之前那个司机大叔的话。

是的,他喜欢的姑娘已经不在原地了。

他喜欢的姑娘就要彻底走了。

纪原旻赶到山顶的时候,桃源寺上下还是一派灯火通明的景象,有几位小师父正在打扫庭院,站在里面甚至还能感受到刚才热热闹闹的欢语声。

纪原旻按照一位小和尚的指引,找到了元修住的内院。纪原旻叩了好久的门,那扇朱门终于开了一道缝。

"哦,小原旻。"元修神情淡漠地站在门口,望过来的眼神里再也没有了盈盈笑意,"有事吗?"

纪原旻开口就问:"你知道黎姜九在哪儿吗?"

"我不知。"

"你不知道?你怎么会不知道?黎姜九和你是朋友,她什么都和你说。"

"我和小姜九就算是知己又如何?"元修顿了顿,"我从不要求她事事都和我说,我也告诉过她不要将自己毫无保留地展现在一个人面前。

"因为人心隔肚皮,你不知道那个人值不值得你信任。"

纪原旻张了张口,一时竟说不出话来。

元修淡淡地瞥了眼,没什么表情道:"天暗路陡,小原旻还是早些回吧。小姜九的性子我清楚,一个人如果存了心不想再与你相见,那你便是如何拼命也找不到她的。"

古朴的大门缓缓合上,元修并没有立即走,纪原旻也是。门外的身影一动不动的,向来笑眯眯乐呵呵的元修竟破天荒地轻轻叹了口气。

元修拂了拂衣袖,朝后院走去,相比于刚刚前院的热闹非凡,这后院倒是有着难得的安静。

内院幽静多半是由于这边几棵茂盛葱翠的古树,任何浮华喧嚣落到这儿都一下子没了踪迹。元修低头穿过那郁葱的树木,踩过地上那些婆娑树影,终于来到最后面僻静的一隅。

那里有张四方的石桌子和几张拙朴的石凳子,元修以前向来喜欢在这里看书下棋,但更多的时候是什么也不做,就坐在那里放空出神。

因为那里能看见山脚,整个桃源面貌尽收眼底,他最喜欢坐的就是最东边的那张石凳子。

可此时,那张石凳子上已经坐着一个人。

长发披肩,裹着件长衣,正一动不动盘腿坐着,望着山下。

"他来过了。"元修看着那背影开了口。

那人影蓦然一晃。

"我把你的意思也跟他表明了,他若是听不懂还执着地到处寻你,我也无能为力了。"

那人影依旧没转过身。

"其实,你心中是有答案的吧。你既然相信他,那为何不出去和他把话说明白?"

回答元修的依旧是静默,他无可奈何地望了那背影一眼:"一会儿江一就要来了,我可不想你被他接回去的时候被说是哑巴。"

"元修。"黎姜九终于开了口,"你看,烟火大会开始了。"

元修说得没错,桃源这次的七夕庙会果然是斥了巨资的。

五颜六色的烟火像是巨大的花朵在夜空中一朵接一朵地盛开,长长的尾焰像流星般划过夜空,照亮了底下一张张欢呼雀跃的笑脸,盛大又绚烂至极。

"元修,你之前邀我来逛逛这庙会我还不肯。可没想到绕到最后,陪我看这么壮观的烟火的还是你。"黎姜九叹了口气,"啧,这是什么孽缘?"

"我的荣幸。"元修站在黎姜九身后,笑了起来,"要是江一也在就好了,我还提醒他早些来,没想到这小子还是迟到了。"

黎姜九神情复杂地回头瞥了眼元修:"喂,你和我哥真的只是哥们儿吧?"

元修忍不住敲了下黎姜九的脑门儿:"脑子里成天想些什么乱七八糟的东西。"

黎姜九吃痛地揉了揉,斜了眼元修,却一反常态地没反击:"看在我就要离开的份儿上就不和你计较了!说实话,你要是少讲那些大道理,我觉得你这人还是不错的。"

黎姜九的视线又落在远处那方被照亮的夜空上,她漆黑潮湿的瞳仁忽明忽暗,映着那热闹的光亮。

"怪了。"黎姜九轻轻地叹了声,"我还真有点舍不得。在这儿的日子过得挺开心的,你可能不信,我看着虽然不胖,却比来桃源之前胖了几斤。"她顿了顿,"你看胖墩墩的姜点儿就该知道,它随我。"

188

"小姜九……"

"行了,安慰的话你就别说了。之前我在少艾那儿已经听得够多了。"黎姜九打住元修的话,想到什么突然笑了起来,"那丫头说是在安慰我,可到头来讲着讲着就哭了,最后还是我去安慰她。

"有什么好安慰的,我又不是仙逝了,只是正好趁这段时间放个假罢了,又不是不会回来了,我还要钓鱼酿酒呢,还要带着姜点儿散步呢,还要看少艾气老祁呢……"

"那小原旻呢?"元修打断黎姜九,"我不信你看不明白他的心思。"

元修的目光意味深长:"他是喜欢你的。"

黎姜九突然不说话了,良久才几不可察地叹了声气:"他就像一个被大家宠坏了的小孩儿,有点傲娇,十分臭屁,还曾幼稚地打算拿那些照片威胁过我。"

黎姜九讲到这儿不由得笑了。

"但我知道这次的事情不是他做的,那篇文章我看过了,写得挺烂,我信他不会对我有如此敌意。"

黎姜九侧头盯着元修:"但是,你说他对我的那份感情是喜欢,我不信。

"就像喜欢吃甜的人突然换了个咸的口味一样,一个在浮华缭乱的圈子待久了的人,突然换到现下的环境自然会感到新奇新鲜,我又和他以前接触的那些谄媚奉承的人截然不同,他的目光自然会在我身上多停留些。"

"年少时的悸动都不能称之为喜欢,那在这仅仅几个月的相处中,纪原旻对我的留意、关注凭什么能叫作喜欢?"黎姜九眼眸清冷,淡淡的声音听不出任何情绪,"黎姜九、陆姜九、杨姜九,只要那时的他遇见任何一个人像我一样会捞鱼、会养花、会酿酒,他就都会去注意、在乎。

"你信吗？认识我只是时机问题，而忘记我、找回他原本该走的路只是时间问题。"

见元修默默不作声，黎姜九挑了挑眉："噢？你不信？"

"那这样如何，趁这个机会，我们不如打个赌？"

"就赌你说的，他喜欢我。"

那晚，纪原旻一个人在山顶静静看完了远处盛大绚烂的烟火，而后从桃源回到家便倒头就睡，睡了整整一天。

纪原旻睁眼醒过来的时候已经是第二天晚上，他下意识的第一反应就是打开手机。微博上的那条热搜还是排在首页一直居高不下，他脑海里又出现那张脸，那双清淡无邪的眼眸就像无限循环的默片，没有声音，挥之不去。

纪原旻盯着联系栏里那个头像，之前发的所有信息都没有回应，他翻了个身合上手机，又重新闭上了眼。

可还没闭上两分钟，纪原旻听见门铃响了。

纪原旻懒懒地走去开门，一个男人倚在门口，之前齐肩的长发变成了清爽的寸头，胡子也刮干净了，一贯的黑夹克牛仔服的风格也换成了清爽简单的黑T，要不是他双手插兜的动作和漫不经心的眼神没变，纪原旻还真一时有些没认出来。

"祁牧？"纪原旻抬头上下扫了来者几眼。

祁牧点了点头："进去说。"

纪原旻还没反应过来，祁牧就已经抬脚直接进来。

祁牧进来后站在客厅里环视了一圈："果然和我想的一样，好看的人不一定有好的品位。"

纪原旻掏了掏耳朵以为自己听岔了，这小子大老远莫名其妙找上门就是来质疑我的时尚品位的？

纪原旻没好气道："你来干什么？你怎么知道我住这里的？"

祁牧找了个沙发坐下来，风轻云淡道："这种事放以前，对我来说根本不算什么。至于我来找你，自然是为了黎姜九的事。"

祁牧从衣兜里拿出一张字条和一个U盘摆在纪原旻面前，还没等纪原旻开口问，祁牧就两句话说明白了：

"这张字条上的号码是我以前一个旧友的，你打过去说我的名字，你所有的问题他若知道详情，便都会告诉你。

"至于这个U盘放我那儿也没什么用，但我觉得以后你会有用得上的时候。"

纪原旻盯着那两样东西，又定定地看着祁牧："你为什么找到我给我这些？"

其实，纪原旻自第一次来桃源的时候，就觉得祁牧是比黎姜九还要神秘的一个人，寡言少语，见谁都是面无表情、漠不关心，尽管他相机不离身，但纪原旻总觉得他应该不只是一个摄影师、剪辑师那么简单。

祁牧笑了笑："关于我的事是挺复杂的，但具体的我就不告诉你了，你知道了怕是会牙痒痒。"

毕竟，狗仔和明星是对家。

"那我凭什么相信你？"纪原旻目光沉沉。

祁牧瞟了眼纪原旻，挑了挑眉："我和黎姜九来桃源之前就认识，因为一些事我欠她一个人情，其实这件事本来我是想自己来调查的，若能替她解了这个围也算还了这个人情。如今我把这机会让给你，你若不愿意我也不勉强，你就当我没来过。"

祁牧二话没说就将桌上的两样东西又拿了回来，站起身往外走："得，算我眼光不济白跑一趟，看来你对黎姜九并不是我想的那样。"

祁牧开门要走之前，纪原旻拦住了他。

祁牧懒懒地扫了眼："后悔了？"

纪原旻紧紧抿着唇："你给我的这个号码，真的能帮黎姜九平息网上那些舆论风向？"

祁牧双臂抱胸，好整以暇道："平息舆论也许做不到，但是找到挑起这件事的那个人应该不成问题。"

祁牧顿了顿，目光难得清亮起来："黎姜九是个不错的姑娘，她不应该承受这些。"

纪原旻是在一个咖啡厅见到的那个人，瘦高的男人，看不出年纪，戴着副极其普通的黑框眼镜，扣着的鸭舌帽遮去了他一大半眉眼。唯一能看出他是祁牧口中的旧友的，大概就是他穿着一件和祁牧一样风格的做旧黑夹克。

男人走过来没问纪原旻是不是等他的那个人就径直坐了下来，还点了杯咖啡。

"纪原旻？"男人盯着对面同样戴着帽子口罩的纪原旻，语气有些意外，也好像有些意料之中，"是老祁让你找的我？"

纪原旻点头，男人打量了他几眼，而后终于开口自我介绍："我姓郝，你就叫我耗子吧。"

男人点的咖啡端上了桌："你有什么问题就问吧，我只有十分钟时间。"

半小时后，对面的男人已经离开了，可纪原旻却依旧坐在那个位置没有动。

192

就那个男人十几分钟前讲的一番话,纪原旻并没有直接得出那个爆料者姓甚名谁的确切身份。

但是,他听到了最关键的线索。

——没有露过面……全是邮件往来……

——就通过一次电话……对方还用了变音器……

——哦,我记起来了。对方那天好像带着挺重的鼻音,不知道是不是感冒了……

是舒妙。

那天祁牧带来的那个U盘,纪原旻在凌晨的时候才记起来。

他不知道自己这是第几次看时钟了,冰冷的嘀嗒声在偌大的空间里机械地重复着,他看了眼时针,已经快凌晨三点了。

纪原旻翻了个身下了床,去厨房倒了杯水,然后坐到客厅的沙发上用电脑打开了U盘。

U盘里是一排文件夹。祁牧虽然人看起来随意不羁,可处理起事情来却是另一番风格。比如此时纪原旻眼前的这些文件夹,足足几百个,但一眼望去却是格外整齐有序——祁牧全部用日期来命名排序。

纪原旻有些怔,点开了日期最早的那一个,里面是一段视频。

刚点开播放键,里面的声音就迫不及待地跳了出来。

"开始了吗?开始了没啊?哎!你行不行啊老祁!"熟悉的清冷声音猝不及防地飘进纪原旻的耳朵,他愣愣地看着画面里一闪而过的那张嗔怒鲜明的脸。

是黎姜九。

画面暗了几秒又很快重新亮了起来,和如今她发的每条Vlog不同,她不仅露了脸,而且还眉眼弯弯大方地冲镜头笑着。

黎姜九身后是一片桃林,姜点儿昂首挺胸地站在她旁边,像个耀武扬威的保镖。

"大家好,我是姜九,这是我的宠物姜点儿,姜九和姜点儿加起来就是姜丸,对!我们就是'一只姜丸酱'!这是我们的第一支Vlog,希望看过我们每一支Vlog的小可爱们都能成为'三好生'——好好吃饭,好好睡觉,好好生活。姜丸酱希望能和你们一直走下去呀!"

最后一句话说完黎姜九还是笑意盈盈地看着镜头。

"录完了吗?"黎姜九保持着微笑不动声色地问,在得到OK的答复后上一秒还上扬的嘴角,下一秒便撇了下来,蹙眉看过来,"哎!我怎么觉得这种开场怪怪的,要不我还是不露脸了吧?"

镜头晃了晃,黎姜九一拍大腿站起身:"走吧走吧,先回去,让我再琢磨琢磨。"

画面里的人毫无察觉地迎面走来,却突然在某个时刻睁圆了眼睛:"好啊!你竟然还在录?"

画面晃了晃,然后镜头一黑便结束了。

夜晚静谧,偌大的空间里还萦绕着刚刚黎姜九最后上扬的声音。纪原旻呆呆地缓了好久,扯起嘴角笑了。

原来这U盘里装着的,都是视频之外的素材。

大众所看到的黎姜九,是水中月,只可远观,每一帧每一秒都是完美无缺的岁月静好。

而这里面每一分每一秒的黎姜九,亦嗔亦喜,眉眼轻扬,有着旁人看不

194

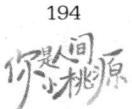

见的最纯澈的笑容和最清亮的眼睛。

舒妙早上过来的时候,一眼就看见了客厅里投影幕布上投射出的那个眉眼轻扬的女子。而纪原旻脸上没有任何不自在,在给她开了门后又折返回沙发,继续坦然地看着,一点也不回避。

舒妙脸上闪过一丝复杂,她瞥了眼裹着条薄毯窝在沙发上的纪原旻,他穿着极其平常的家居服,棱角分明的脸有些苍白,眼底有两抹淡淡的青色,却丝毫不减眼里专注的光亮。

很明显,他昨晚一直都在看这些视频。

舒妙觉得喉咙有些干涩,却努力装作平常的语气喊道:"今天去的时候,店家熬的八宝粥刚出锅,快趁热来吃。"

纪原旻维持着那个姿势没动,眼睛都没眨一下:"放在那儿吧,我一会儿吃。"

"再放一会儿就要凉了。"舒妙走过来,默不作声地按下了暂停键,画面定格在那张鲜明清扬的脸上。

"你上次不是说你现在喜欢喝八宝粥吗?我今天特地多买了些。"舒妙再次叫了声,"小原?"

纪原旻望着投影屏上的那个人,没有动:"其实你买的八宝粥不是很好喝。"

舒妙脸色一僵,纪原旻没有看她,继续道:"你知道我尝过的最好喝的八宝粥是在哪里喝的吗?"

纪原旻不疾不徐地抬了抬下巴:"喏,她给我做的。"

舒妙紧抿着唇,脸色有些发白,可下一秒传来的一句话却瞬间让那张只有嘴唇还带点颜色的脸彻底失去了血色。

纪原旻轻飘飘道:"我真的很好奇,你是怎么弄到我手机里的那些照片的?"

舒妙虽做事细致周到、圆滑玲珑,但她不是黑客,并不会用那些神秘复杂的高科技黑进纪原旻的手机盗取照片。

舒妙唯一占优势的,大概就是她知道纪原旻手机的解锁密码,其实也只是某次无意一瞥便记在了脑海里。

她从没想过用这个去探秘纪原旻的手机,况且纪原旻向来都是手机不离身,她就算有这心思也没有这个机会。

可是,舒妙等到了这个机会——就在她去桃源找纪原旻的时候。

舒妙看着纪原旻接到了林少艾的信息就放下手机径直去了厨房,她盯着桌面上亮着屏幕的手机鬼使神差地拿了起来。然后她便看见纪原旻手机里那些他所谓的"证据"。瞬间,上一秒还复杂的心情下一秒只剩下了冷静,几乎是下意识地,她悄无声息地将这些照片传给了自己,再迅速不着痕迹地删干净发送记录。

那日临走前,舒妙记得自己问过纪原旻:

"你真的只要找到想要的就会回来?"

"所以你到现在都还没找到,是吗?"

纪原旻对于前一个问题给了肯定的答案,而后一个问题,舒妙却听到了他的否定。

其实,纪原旻说谎时并不会耳朵红。

只是舒妙在开玩笑地说他知不知道自己一说谎就耳朵红的时候,他那个下意识摸耳垂的动作,就已经告诉了她真相。

纪原旻已经找到了他要的东西,但是他已经不想回来了。

"小原,我做的这一切不正是你当初所希望的?

"其实本来上次你受伤期间,她就应该被网友的口水给淹死。要不是小原你最后擅自发了条为她澄清的微博,你以为她还能熬到现在在这儿被大家声讨?"

纪原旻一下子想起了上回自己住院时那条被顶到最上面的评论。

"那条误导性的评论是你发的?"

"小原,你这是在怪我?"舒妙脸上先前的不自在突然不见了,直勾勾地盯着纪原旻,"你擅自和她合作,在桃源的时候出了那个意外,我只是如实讲了我知道的事实,是网络上那群蠢蛋浮想联翩,给点儿风就哗啦啦一边倒,把这件事往她身上想,我有什么错?

"你说过你要找到她私下真实的一面,威胁她退出今年《人物》杂志的年度封面竞争,你最后找到了却迟迟不动手,我来帮你完成这一切,我有什么错?

"那个女人明明只是你人生的一个过客,你却为了她一次又一次做这些出格又疯狂的事,我帮你把人生拉回正轨,让你继续走在你该走的道路上,我有什么错?

"小原,黎姜九和你只认识半年不到,而且从第一次夺大奖开始,一次次事件都在证明她的出现对你没有任何好处。而我跟着你这么久,事事以你为中心,处处都为你着想。你当初拒绝我的时候说公众人物要时刻注意言行,处处都要谨慎,可你却屡次三番和她待在一起,这次跑去桃源就是一个多月,要不是胡哥发现了,你怕是都忘了自己还是纪原旻吧!你这些又算什么?

"明明我才是为了你好的那个!我才是可以站在你身边的那个!纪原

旻!你凭什么为了一个黎姜九,一而再再而三地怪我?"

纪原旻印象中的舒妙向来沉稳得体,此刻却歇斯底里得像完全换了个人。

"帮我把人生拉回正轨?"纪原旻的眼底浮出一丝自嘲的笑,"哪条正轨?

"是那个笑在广告里、摆在杂志上、挂在高楼外供大家遥遥观赏,再为之艳羡鼓掌的纪原旻吗?我的人生该往哪儿走不该是我决定吗?而这条路从来都只是你们在规划,你们从来都没有问过我这些是不是我想要的。"

舒妙仿佛听见了一个笑话:"小原,你若一开始不走我们给你规划的这条路,你以为黎姜九会一而再再而三地来找你合作?你若现在像她这样被众人声讨,被口诛笔伐,你以为黎姜九还会喜欢你?

"小原你太贪心了,既想享受着众人眼里的光芒,又要拥有他们寻常的自由,现在这世道哪有这么便宜的买卖?"

舒妙嘴角噙着一丝讥讽的笑,直直地盯着纪原旻:"你不会不知道吧,要想在那个无人企及的高度上站得住、站得稳、站得久,是要付出相应的代价的。"

纪原旻定定地望着舒妙,静了好久才开口:"所以你会这么做,是因为黎姜九在你眼里只是一颗阻碍我走得更远的绊脚石?"

"当然,踢掉任何挡在你前进路上的石头是我的职责。"舒妙像是猜透了纪原旻的心思,"那篇爆料我是不会叫人撤了的,澄清更是不可能。"

纪原旻眼神幽明地盯着舒妙,良久之后撇开目光:"你不撤没关系,我来澄清。"

"澄清?你是要把我推出去?"舒妙眼里浮出一丝冷笑,双臂抱胸好整以暇地看着纪原旻,"可是你有证据吗?"

纪原旻瞥了眼舒妙,突然玩味一笑:"谁说一定非要你的证据了?你觉

198

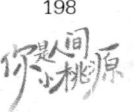

得《顶流偶像为达目的不择手段,与其合作过的人气博主惨遭偷拍抹黑!》这个标题怎么样?"

舒妙脸色一僵,只听见对面的男人继续道:"顶流偶像纪原旻和人气博主姜丸酱自年前那个颁奖典礼开始就结下了梁子,纪原旻一直耿耿于怀,此后与姜丸酱的合作更是目的不纯,偷拍!污蔑!聚光灯下耀眼闪亮的偶像,也会为达目的不择手段。"

纪原旻顿了顿,那双桃花眼带着几分挑衅的讥笑,定定地看着舒妙:"如何?一切都顺理成章,一切都有迹可循。"

"疯了……你疯了……"舒妙怔怔地看着纪原旻,"你知不知道你在做什么?你知不知道把所有的矛头都对准自己的后果是什么?为了区区一个黎姜九不惜将自己搞得身败名裂,你怎么和胡哥交代?"

纪原旻轻笑了声:"要是事事都提前交代了才去做,那么这段时间胡哥还用找你来看着我?"

舒妙脸色难看极了,下一秒后彻底失去了血色。

"你们这回担心得没错,我喜欢上她了。所以,任何以她为代价的光芒辉煌,我都不要!"

舒妙那天走之前,目光沉沉地看了眼纪原旻丢下一句话:

"小原,我站不到你身旁没关系,但是总有一天你会明白,黎姜九她不值得。"

舒妙离开后的第二天,早上给纪原旻买早饭的是另一个小助理,纪原旻之前见过几回,好像叫小夏,很年轻的女孩,短发过耳,鼻梁上架着副秀气的眼镜,总是闷声做事,笑也不会笑一下。

第三天也是小夏，第四天也是小夏……

这件事的舆论方向终究还是没有引到纪原旻身上，因为舒妙最终撤掉了那篇转发上万的文章，并留下寥寥一句话以作解释——

她其实不是那样的人，抱歉。

事情也总算没有再持续发酵下去，但网上很多其他的声音也陆陆续续冒了出来。

首当其冲的是黎姜九的一大帮粉丝，他们一边为真相澄清而兴奋，一边又因自家女神被污蔑了这么久而义愤填膺，他们想要找到这个无良爆料者却发现那个账号主页空空如也，什么也挖不到。

与此同时，一部分从头到尾理智又冷静的网友则再次呼吁大家在网络言论自由的同时更要守住底线。

但是，更多吃瓜群众则把注意力放在那些曝光的照片上。

虽然这篇文章言论虚假偏激不可信，但里面的照片却的确是真实拍下的，那么博主"一只姜丸酱"即使不是那类刻薄虚伪的人，她是否又真是表里如一的温婉清冷呢？

网上的讨论依旧沸沸扬扬，可"一只姜丸酱"却和上回一样，什么动静也没有，仿佛任外界再喧嚣复杂，都扰不到她独有的那个安静世界。

她的最后一条动态还是之前在七夕节那天发的一条微博，是一张江边烟花远景图——

夜放花千树，月色凉如水。

其实那天晚上她在那扇门的后面。

其实那天晚上他们看了同一场烟花。

只是皓月当空，夜色如水，一些东西凉了她的心，那些火树银花、热闹欢腾便再也近不了她的身了。

对于舒妙的辞职,胡哥并没有太大反应,甚至比纪原旻还要更加淡定几分。

"下周品牌方面要拍两支广告,还有个杂志的采访要做,行程上应该会比这周轻松些。"

"嗯。"纪原旻微合着眼应了声。

"另外上次和你提过《春华秋实》和《加油吧,设计师!》这两个综艺,都想请你去当一期嘉宾,想好去哪个了吗?我这几天也考虑了一下,我认为综合来说后者更适合你,不仅话题热度高,粉丝受众广,而且主要是轻松,只要坐在那儿看看选手设计的时尚衣品,再点评点评这一期就算完成了。至于那个什么《春华秋实》虽说制作团队是实力老队,节目'感受四季、弘扬传统'的主旨也挺好,但就是太折磨嘉宾了。我看过前两期,那些去了的明星偶像无论男女都累得够呛。所以无论从哪方面看,后者带来的益处更多,小原你说呢?"

纪原旻扶额安静了片刻后懒懒地睁开眼:"嗯,胡哥分析得对,所以,我想好了,就去《春华秋实》。"

胡哥哑然,双臂抱胸看着纪原旻。

"你现在这脑子我是真猜不透了。上次推掉两支大品牌的广告机会去了个宣扬什么非遗文化类型的节目,我看了,你旁边坐的嘉宾全是清一色的院士教授,你夹在中间简直就是个毛头小子!人家是以什么身份,你又是以什么身份去?你这是干吗呢?要转型?"

"我去当然是流量担当啊。"纪原旻倏地弯起眼,"反正这些找上门的节目综艺看中的不就是我的人气和影响力吗?那为何不去些真正有意义却得不到更多关注的节目呢?也许下次流量偶像这几个字从那些媒体嘴里说出来的时候,还是个褒义词呢。"

胡哥拿纪原旻没办法,只得气哼哼道:"得,你就是仗着自己现在红。"

纪原旻笑了笑没说话,胡哥又想到了什么:"这周还有个饭局别忘了。"

纪原旻顿了顿,想起来了:"哦,那个什么集团副总的私人派对。我不想去。"

上回的那个节目纪原旻参加完也不是一无所获,那期节目的嘉宾里还有一位西装革履的男子,看起来比纪原旻大不了多少,温和儒雅,成熟又沉稳。纪原旻原以为他又是哪个科学院天资卓越的年轻教授,等到节目录制结束来到后台,胡哥接过男人递来的名片才知道他真正的身份——黎氏集团的副总黎江一。

黎江一对纪原旻毫不掩饰地表达了欣赏,现在的当红明星偶像哪个不往那些话题度高的节目综艺钻,像纪原旻这样能选择来参加这类真正有意义的节目的人,黎江一遇见的真不多。

"黎氏集团近些年在国内的影响力可是数一数二的,而这个黎江一则是黎董事长未来的接班人,别以为他只会闷头当商人,他可和那些老一辈完全不同,之前上过杂志,这次参加节目,谁又能保证他以后不会进军文娱圈呢?"

胡哥下了死命令:"这次不能由着你来,哪怕坐那儿待五分钟,也得给我到场。"

最后,还是纪原旻妥协了。

"那就五分钟,我一秒也不多待。"

纪原旻不知为何对这类西装革履的精英人士就是生不出好感来,这总能让他想起第一次去桃源时的那个清晨,那辆停在黎姜九院前的豪车,那个和

她并肩走出来的衣冠楚楚的背影。

想到这儿,他脑海里便又闪过那张脸,那双清冷的眼眸又开始明晃晃地冲自己笑。

见纪原旻又出神了,胡哥靠在身后的桌角瞥了眼:"又在想小妙?其实小妙走了我也挺意外的,毕竟她最了解你的脾性,之前你的所有事情几乎都是她在负责。哎,也不知这丫头怎么了非得现在走。"

纪原旻回过神来,正好和胡哥意味深长的目光擦过,他不痛不痒地笑笑:"这不还有小夏在嘛,小夏挺能干的。"

胡哥知道舒妙因为什么原因而辞职,而纪原旻也明白胡哥怕是早就看破了舒妙对自己的心思。

胡哥混迹这行这么些年,舒妙的感情藏得再深他也怕是早就心知肚明,却从不点破,因为舒妙是个识大体的人,留个死心塌地的助手安排在纪原旻身边,对于胡哥来说也未必是件坏事。

但胡哥算到了舒妙的小心思却没算到半路冒出个黎姜九,而且纪原旻为了黎姜九屡屡做出出格的事情,前路要通畅必须除掉路障,而踢掉黎姜九这块挡路石胡哥大可不必亲自出场,因为有人比他更加按捺不住。

毕竟,借他人之手办成自己的事是胡哥最擅长的。

现在舒妙辞职消失,人气博主姜丸酱毁誉参半,胡哥很满意现在的一切,只要看好纪原旻,那么以后应该都不会再出岔子了。

胡哥随口一问:"怎么样,这几天相处下来你觉得小夏这丫头如何?她对你如何?"

胡哥的最后一个问题问得意味深长,他不想再看见第二个舒妙。

纪原旻注意到面前摆了杯泡好的咖啡,而泡咖啡的人此时正在角落里和工作人员小声交谈接下来的工作。

"这丫头脸挺臭,这么些天都没见她对我笑下。"

纪原旻将目光从小夏身上移开,端起咖啡轻抿一口,嗯,半杯牛奶两块方糖,是他惯常的口味。

纪原旻笑笑:"但所幸人还挺能干,将就点儿她的脾气也不是不可以。"

小夏和舒妙虽做起事来同样的妥帖细致,但两人却截然不同。舒妙的周全负责是意味着寸步不离守着纪原旻的那种,而小夏则会在默默端来一杯咖啡后就离开,而如果在需要她的时候就像能感应似的一声不吭地又及时出现。

而且纪原旻记得,自己好像从没告诉过小夏自己喝咖啡的习惯,奇怪了,她怎么知道的?读心术吗?

一天的工作结束后已是深夜,黑色的保姆车上只有纪原旻、小夏和司机三人,胡哥下午有事提前走了。

"车在前面停下吧,这里离我家不远,我想一个人走走。"

车厢里响起纪原旻的声音,司机犯了难,从后视镜中向小夏求助,小夏想了想没有多说什么直接让司机靠边停了车。

纪原旻照例用口罩和墨镜把自己遮得严严实实,前脚刚下车后脚就听见身后传来小夏冷冷的声音。

"一路注意安全,最好不要过了十二点回去,明天上午还有工作。

"我不会告诉胡哥,但是你如果一会儿非要喝酒,记得不要醉得太糊涂,起码到时候要认得来接你回去的我。"

小夏那副眼镜后面的眼睛依旧是黑亮亮不带任何笑意,她面无表情地说完这两句话后就"啪"的一声关上了车门,黑色的车很快扬长而去。

纪原旻怔了怔,嘿,明明是自己要求下车的,这感觉怎么倒像被赶下去的?

待纪原旻朝前走了没几步又猛然停了下来,抬头望了望前面那家明明距离自己还有一段距离的小酒吧,彻底蒙了!

哎?这丫头真会读心术?

她怎么知道我要去酒吧?

# 第十一章
## 一不小心把未来大舅哥给打了

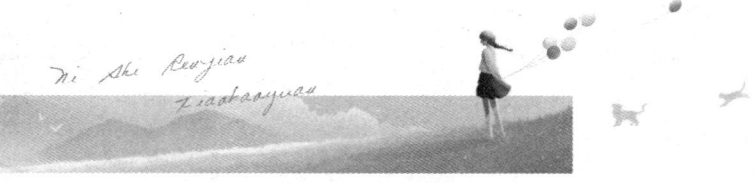

　　桐城依山傍水,加上前几年跻身大都市的行列更是迅速发展起来,尤其每年一到夏天,来桐城旅游的周边游客也一下子多了不少。

　　白天和三五朋友去逛逛各处美食美景,夜晚就挑家有特色的小酒吧坐坐,听那些多愁善感的吉他歌手唱着这座城市发生的故事。

　　纪原旻习惯去的这间清吧叫"小舍",清吧寻常普通,在桐城众多特色酒吧中更是不起眼,但他就是要它不起眼。

　　"小舍"里面来往的人不多,而且离纪原旻家又近,最适合他这种深夜买醉的大明星了。

　　当然纪原旻知道自己沾酒就倒,所以他有再多的钱也买不了醉,他爱来纯粹是为了买睡——这家的驻唱歌手老宋,唱的民谣真的是太好叫人犯困了。

　　这段日子以来,纪原旻总是会无意识想起在桃源的日子:桃源山的日出和晚霞,一言不合就冲他扑过来的姜点儿,热腾鲜香的大碗鱼汤面……

以及面容清冷的黎姜九。

所以现在对于他来说，连唯一打发时间的活动——睡觉，也变成了不再随心所欲、想睡就能睡着的地步了。

在某天收工后，无所事事的纪原旻走进了这间名为"小舍"的清吧，他才发现自己以前招之即来的睡意似乎又回来了。

一杯晶莹沁凉的气泡水，一个靠窗的不起眼角落，几首缱绻温柔的慢歌，纪原旻往往就这样坐在那儿什么也不做，一直坐到开始打起了哈欠，便起身结账走人回去直接睡觉。

可今天不知为何，"小舍"里的人格外多。纪原旻原本都打算转身走了，可他远远一瞥看见自己常坐的靠窗小角落依然空着，犹豫了下还是照例点了杯气泡水，又顺带压低了棒球帽坐了过去。

原来今天老宋会唱新歌，这里头突然涌出的这么些人都是他的朋友。

老宋的新歌旋律依旧是好听又温柔，但纪原旻却提不起兴致像前面那些观众一样鼓掌喝彩，甚至还颇为苦恼。

因为这新歌一点也不叫人犯困。

纪原旻目光哀怨地瞟了眼前方热闹欢腾的观众，彻底放弃了睡意，颇为无聊地打开手机，看见自己一天前给黎姜九发的信息一栏依旧是空落落的。尽管这段日子黎姜九一条消息也没有回复过，明明早该知道是这样的结果可他还是莫名觉得心里堵得慌。

纪原旻漫无目的地刷了会儿手机，最后实在不知干吗了才切换到自己的微博界面——一个他前段时间才开的，还没有人知道的小号。

纪原旻盯着下标的红色数字愣了愣，竟然又涨了小几千粉丝！这个名为"她准男友"的微博号如今竟也拥有了小几万的粉丝，实属他意料之外。

从前段时间开始，纪原旻没事就会上网看黎姜九的消息。时间久了他便觉得实在不方便，万一哪天手滑点了个赞，不知道又会引起什么轩然大波，于是他就偷偷开了个小号。

当天晚上，纪原旻在用小号浏览微博的时候，一位黎姜九的粉丝发了条带话题的微博引起了他的注意。

——有没有菊粉觉得姜丸酱和照片里的那位帅和尚很般配的！不食人间烟火的清冷女主和眉眼温柔的禁欲帅和尚！分分钟产出十篇甜文！

此条微博不仅得到了几百个赞，而且下面评论的粉丝竟然都一致表示，还挺希望那篇文章下的这条消息是真的。

纪原旻面无表情地刷完下面一溜儿"在一起吧""公开吧"的评论，极其不屑地轻哼了声，然后关掉手机翻了个身闭眼打算睡觉。可没两分钟，那双桃花眼又睁开了；他一下子坐了起来，再次找到那条微博并且在下面飞速地评论了几个字。

——都散了吧，他们不是情侣。

发完没一分钟，纪原旻的手机就振动了几下，几位黎姜九和元修的CP粉很快就跑到纪原旻的小号下面。

——抱歉，你哪位？

——语气这么酸，你黑粉吧？

——你见过我家姜姜女神吗？你怎么知道她和谁在一起又不和谁在一起？

那该死的胜负欲又上来了，纪原旻立刻翻出祁牧给他的那个U盘，挑了半天终于选中一段短短几十秒的视频发了出去。视频里的也正好是在夏天的一个夜晚，黎姜九靠在院子里的摇椅上，旁边卧着姜点儿，她正有一下没一下地摇着把蒲扇看着星星。

208

那群粉丝果然一下子不说话了,很快就有人问纪原旻。

——你是她助理?

——我的女神还好吗?好久都没见她发博了!

——所以姜姜女神是真的没可能和那位俏和尚在一起了吗?

——我们菊粉都很挂念她,希望博主能多发发姜丸酱的视频啊!

纪原旻盯着上面的评论思索了一会儿,一一回复。

——我不是她助理,但我是会一直陪着她的人。

——她从来都不会理会这些网络谣言,清者自清,所以放心,她很好。

——没有可能。

——好。

……

纪原旻第一次每一条评论都认认真真地回复过去,他对自己的粉丝都没这么上心过。

直到浏览到最后一条,纪原旻目光一顿。

——这位博主应该是小哥哥吧,你是不是喜欢我们的姜姜女神啊?

纪原旻眼也不眨地打下一行字。

——是,我喜欢她。

很喜欢很喜欢。

自从这天后,纪原旻便把这个小号的微博名改为"她准男友"。

之所以加了个"准"字,是因为他还没来得及告诉黎姜九。

但是没关系,他迟早会找到她。

而她,一定会答应。

外面夜色已深，而小小的清吧内却依旧人声鼎沸，纪原旻待久了便觉得那些嘈杂声着实吵得他脑仁儿疼，算了，还是早点回去下次挑人少的时候再来吧。

纪原旻喊来服务员结账，站起身的时候，目光无意掠过一旁的玻璃窗，猛然一滞。

上面倒映着的那些熙攘拥挤的画面里，竟然有张熟悉的清冷面容一闪而过！

黎姜九！

纪原旻连忙回头，帽檐下的那双眼睛漆黑锐利，沉甸甸地扫过屋内每一个角落，却什么也没发现。

纪原旻愣在原地，过了好久才自嘲地哑然失笑，他现在不碰酒也会出现有她的幻觉。

黎姜九啊黎姜九，你可当真是要让我发疯了！


纪原旻离开后，"小舍"里的氛围依旧热闹。

裴南虞穿着件红色波点衬衫裙坐在角落，一边轻晃着手中的酒杯，一边漫不经心地听着台上的民谣。

灯光暧昧，女子眼波如水，即使坐着不动，也足以撩拨人心。

忽然，裴南虞面前落下一道阴影。

裴南虞抬眼看向对面的女子："怎么洗个手去了这么久？"

女子不以为意地将长发撩到耳后，拿过裴南虞的酒杯就抿了一大口。

"啧，这么淡？你什么时候换口味了？"女子嫌弃地吐了吐舌头，坐了回去，"哎，还是觉得我酿的酒才过瘾。"

210

裴南虞终于忍不住"扑哧"一声笑了："你知道酒量好和比男人酒量还好是完全两码事吗？"

"哦，怎么说？"

"前者会让男人欣赏注目，而后者会让他们退避三舍。"裴南虞悠悠道，"说吧，咱们小九今天又吓跑了多少个男人？"

对面的女子踩着双黑色细高跟，一身淡蓝色的碎花长裙很衬肤色，长发披肩，尽显温柔浪漫，精致无瑕的妆容下是遮不住的清冷无邪，只要有心人留意，不难看出她就是前段时间在网上被议论得沸沸扬扬的人气博主姜丸酱。

"老黎口中的那些什么青年才俊都闷得很，酒量更是不敢恭维。"黎姜九懒懒地挑起果盘里的一颗草莓，眼里浮出一丝狡黠的笑，"刚刚老黎给我发信息质问我是不是又溜走了，我闭着眼都能猜到他脸臭却还要应付微笑的样子。"

裴南虞笑笑："你哥这是打算让你用爱情来治疗事业。"

"的确，傻子都知道黎家大小姐的这个头衔可比如今争议颇多的'一只姜丸酱'不知好上多少倍。"黎姜九说着轻笑了声。

"可你信吗？那些夸我长裙摇曳的人里头，未必能有一个接受得了我的粗衣布鞋遛鹅摸鱼的模样。"

裴南虞伸出一根手指晃了晃："那可未必哦。不知小九听没听说过现在微博上有个叫'她准男友'的博主？"

裴南虞弯起眉眼，笑得颇有意味："这人虽不知是谁，但奇怪的就是，他不仅一早就表明了对你的痴情心意，而且还有我们小九在桃源时的视频。

"之前那些谣传姜丸酱销声匿迹，甚至不堪重负轻生的谣言全都不见了，现在网友们可都相信博主姜丸酱根本不屑之前那场风波，依旧过着不受世俗干扰、世外桃源般的日子。这人如此费尽精力地维护着你的形象，安抚着你的粉丝,连我都快要被感动了,小九就不好奇是谁吗?"

黎姜九面无表情地仰头抿尽杯中的酒,眼睛眨也没眨地吐出三个字:

"不好奇。"

黎姜九不好奇,一点也不好奇。因为她早就知道是谁了。

呵,她准男友?

除了那个幼稚又臭屁的家伙谁还会想起这个名字?

纪原旻用小号发第一条视频的时候她就看到了,那些素材一直都是在祁牧那儿,她毫不费力就通过祁牧问到了那个名字。

其实,黎姜九这次从桃源回来并不是如林少艾所说的那样只是为了躲避那些网络上的流言蜚语。给自己和林少艾他们放个假是一个原因,但更重要的是她要找到那个诋毁自己的爆料者。

以前网络上的那些没什么实质性的所谓黑料在黎姜九眼里只是无关痛痒的小打小闹,根本不值得她浪费精力时间在这些东西上。

但这次的事情不一样,明显是冲着她来的,不仅贴出了她的照片,而且还顺带牵连了元修、林少艾他们。她虽不拘小节,可从没说过自己是个好脾气,就算不能绳之以法,但她也要将那个人挖出来瞧瞧对方是什么模样。

可黎姜九才开始着手调查,那个爆料的账号竟然撤了那篇文章还发了条道歉的微博,她原以为在背后帮自己的不是祁牧就是老黎,可她跑过去一问才知道竟然都不是他们俩。

其实黎姜九当时还想到一个人,但是又把心底的名字给压了下去,直到那个"她准男友"的博主出现。

——那这样如何,趁这个机会,我们不如打个赌?

——就赌你说的,他喜欢我。

212

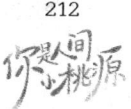

那天和元修打的赌还言犹在耳,想到这儿,黎姜九忧心忡忡地给自己又添了一杯酒。

完了,她怎么觉得这回自己要输了呢?

裴南虞伸手在黎姜九眼前晃了好几下,她才回过神。

"口是心非的女人,嘴上说着不好奇,刚刚心里已经在猜是谁了吧?"

黎姜九没回答,只是斜了眼裴南虞。

裴南虞也调侃够了,收起了笑:"好了,问你正事儿,这周末有没有空?"

"干吗?"

"咱们再来这家如何?"

"一家酒吧来两次,这可不像你啊老裴。"

"这家的酒水是差劲了些。"裴南虞眯起眼,直直的目光毫不避讳地落在台上的男人身上,"但那个唱歌的男人还不赖。"

"你又看上了?"黎姜九懒懒地斜了眼,"这周末我可能会晚些到,老黎又要让我跟他出去,听说这次邀请的人更多,不是那种正式的场合,是个小型派对。"

"那岂不是帅哥更多?"裴南虞抓住重点。

"所以啊……"黎姜九撑着脑袋,叹息一声,"我就奇怪了,别人家的哥哥都是不舍得自家妹妹,怎么到了老黎这儿,他却比我心急地早找到那只猪把我拱走。"

黎江一举办派对的地点在他名下的一座独栋别墅里,这片别墅群是他接手的第一个项目,不仅三面临江,江景开阔,更是桐城区最贵的别墅群之一。

黎江一为人谦和有礼,交友广泛,来来往往的都是各界名人。

纪原旻也难得穿了件正装。熨帖笔挺的西装衬得他身材颀长，举手抬眼间都是清俊矜贵。前来参加派对的人，纪原旻一个都不认识，顶多记得有几副面容曾经在电视上看过，但对于三天两头就上热搜的纪原旻，倒是有不少人知道。

一些西装革履的人冲纪原旻友好地笑笑，却没一个人上前来与他交谈。因为一手端着酒杯的纪原旻，另一只手在接着电话。

"小原，你就再多待五分钟！起码等到黎总到场打过招呼再走，听话！"电话那头的胡哥急得胡子都要掉了。

纪原旻眼也没抬道："我已经多待了二十分钟了。"他走到一处人少的水池前，"我已经联系司机了，这里的人我一个都不认得，无聊得很……"

纪原旻的声音突然戛然而止，他看见水池对面有一棵大榕树，无风而过树叶却在簌簌摇晃。他微眯着眼，毫不费力就看见茂盛的枝丫间有一抹淡黄的身影，还是个女人，穿着长裙。

他这才注意到这棵树粗壮的枝条是一直延伸到别墅外的，顿时了然几分。

厉害了，没想到在这种场所还能看见有人爬树翻墙？

他看到这一幕下意识的反应竟然不是大声喊遭贼了快来人，而是颇有兴致地歪头打量。

因为这莫名让他想起了那个爬得一脚好树的某人。

"小原？小原！"电话那头的胡哥一下子把纪原旻拉回神。

纪原旻的目光依旧紧盯着那道轻巧的身影，抿了口杯中冒充红酒的葡萄汁："胡哥你别说了，我顶多再待三分钟，到时候就找个借口离开。"

挂了电话，纪原旻看了看表，不紧不慢地抿完最后一口葡萄汁，颇有意味地盯着那人影。

214

啧，这爬树的姿势还真跟她挺像，就是慢了点儿。

而此时，挂在树上的黎姜九正歪头夹着手机，微喘着气："老裴啊，你再给我两分钟，我就快要溜出来了。呼！回来这些日子腿脚竟然都不利索了！"

正抱怨着，黎姜九的长裙又不慎被树枝钩住，她愤愤道："我要是早知道今天要费这劲儿才能出来，就不穿这破裙子了！"

费了九牛二虎之力，黎姜九终于从树上翻到围墙上，她有些小得意地拍了拍手："呼，大功告成！哈哈哈哈哈！我哥不在就叫那些人看住我，他们看得住吗，还不是让我溜出来了！不讲了，我先挂了啊！"

黎姜九挂了电话，小心翼翼地试探着打算跳下围墙，可转身间视线却一僵，她发现水池对面竟不知何时站着个男人。

再仔细一看，这怎么是纪……纪原旻？

四目相对，水池对面一直默不作声的男人目光也是猛然一滞。

黎姜九！

恍神间，黎姜九手一松，失足从围墙上摔了出去，她摔在地上疼得龇牙咧嘴，可还没等她缓过神很快就有人围了上来。

"你们？"黎姜九一下子瞪圆了眼。

"大小姐抱歉，是少爷吩咐我们守在这儿的，他说我们大小姐不一般，爱爬树会翻墙从来不走寻常路，所以……"

黎姜九被他们带回正门的时候，黎江一刚好从公司赶回来，他远远地打量了几眼丧着张脸的自家妹妹，揶揄道："啧，你说元修要是知道他教你爬树的这功夫用在这儿，会不会夸你一句青出于蓝？"

黎姜九撇嘴没说话。

黎江一笑了笑，长腿一迈走近抹了抹她脸上蹭的灰："那墙不矮，非要摔了一跤才长记性?

"好了,闹够了就跟我回去换套衣服。"

黎姜九站在原地没动:"我不想回去。"

"小九听话。"

"不要。"

黎江一也不急:"那你给我个理由。"

"二十来岁的人了,连个对象都没有,整天就记挂着你的小院子、小菜园、大白鹅,怎么,你真打算和元修那家伙一样,打算一辈子清心寡欲、闲云野鹤下去?"黎江一看着黎姜九,"给我个理由,如果说服不了我,那就乖乖跟我去认识里面的人。"

"我有喜欢的人了。"黎姜九冷不丁抬起头。

黎江一愣了愣,以为自己没听清:"什么?"

"老黎,我有喜欢的人了,这个理由够不够?"黎姜九眨了眨眼,"我可以走了吧?"

黎江一抓住转身就要走的黎姜九:"等会儿,你说清楚……"

话音还未落,不知从哪儿冲出来个纪原旻,对着黎江一就是一拳。

"放开她!"

纪原旻从没想过自己会在这里再次遇见黎姜九,待他后知后觉地赶到大门外的时候正好看见黎江一拉着黎姜九的手。

最重要的是,纪原旻看清了黎江一身后的那辆车——连号6!

是那天停在黎姜九小院外的那辆黑色轿车!

一瞬间,纪原旻一下子全都明白了,当下一股热血冲上脑门儿,尤其是看见黎江一的手搭在黎姜九手腕上的时候,便更加不管不顾了。

纪原旻一把拉过黎姜九护在身后。

"没看到她不愿和你走吗？她被大家口诛笔伐的时候你在哪里？现在风波过去了又来纠缠她，你这个衣冠禽兽！"

空气凝固了两秒，黎姜九最先反应过来。

"纪原旻！你疯了！"黎姜九一下子冲到黎江一面前，小心翼翼地捧着自家哥哥的脸，心疼极了，"老黎……"

黎江一擦了擦嘴角的血，扯起一个笑："我没事儿。"

这一幕落在纪原旻眼里无疑又点着了火，可这回还没等他再次冲上前，周围的几个保镖就已经上前挡住了他。

动静架势弄得有些大，引得几位离门口不远的客人频频回头，但向来形象最大的纪原旻却什么也顾不上了。

"是！我是要疯了！"纪原旻盯着黎姜九的目光炙热又汹涌，眼里尽是自嘲的笑，"黎姜九你知不知道，你消失的这些日子我已经疯了！"

"所以你什么也不问冲上去就打人吗？你知不知道他是谁……"黎姜九的话还未说完就被黎江一伸手示意打住。

"纪先生看着沉静稳重，没想到还是位如此血气方刚的年轻人。"黎江一站起身，不疾不徐地理了理衣襟，目光扫过纪原旻，最后却意味深长地停在自家妹妹身上，"当然更让我意外和好奇的是，纪先生和小九的关系。"

"我认识黎姜九关你什么事？"纪原旻愤愤道。

"怎么不关我的事？只要是小九的事，就和我有关。"黎江一笑得温和，"看样子小九并没有向你介绍过我。"

纪原旻听到这声亲昵的"小九"就更加气不打一处来："那她肯定也没有和你提过我吧？"他掷地有声，"那你听好了，我是她男朋友！"

空气倏地安静了。

黎姜九的表情比黎江一还震惊:"我什么时候同意……"

"你男朋友?"黎江一意味深长的目光重新绕回黎姜九身上,"你说的那个人就是他?"

黎姜九欲哭无泪,她刚刚就随口瞎编的,这也能叫纪原旻捡了便宜?

"既然如此,我便再重新介绍下自己。"黎江一正色道,"黎氏集团副总,黎江一。"

纪原旻不屑地挑了挑眉,哼!集团总裁了不起啊?和黎姜九一个姓了不起啊?

等等!他……和黎姜九都姓黎?

"而你口中的女朋友,是我的妹妹。"

纪原旻还没从上一个猜测缓过神,妹妹?哪种妹妹?

"黎氏集团的千金,黎姜九。"

这个晚上纪原旻需要接受的事情有点儿多。

在黎姜九消失的第二十三天,他终于找到了她。

黎姜九那天说的那个山头是她爷爷的原来一点也不错,因为她爷爷就是黎氏集团的董事长黎鹤知。

他不知道为什么黎氏千金会去看山头,但他知道他刚刚揍了黎姜九的亲哥哥。

噢对,他还骂了他这位未来大舅哥是禽兽。

……

等纪原旻好不容易捋清了回过神来时,已经在黎江一的书房里了。

218

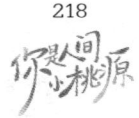

纪原旻坐在一张柔软的大沙发上,四周是整齐的书架,上面全是厚厚的书。黎江一已经离开了,他还有客人要招待,偌大的书房只剩下纪原旻和黎姜九。

黎姜九背对着他正在接电话:"是的老裴,我今晚可能来不了了……"

两分钟后,黎姜九转过身,看见纪原旻正目光沉沉地盯着自己。

"那个老黎是你亲哥,这个老裴又是哪位?"

看,要么一声不吭,要么醋熘冲天。

黎姜九没理会空气中呛鼻的醋味,充耳不闻地收拾着手里的碘伏盘,刚刚替黎江一简单处理完小伤口,现在还有一位等着要处理。

"手伸出来。"黎姜九站在纪原旻面前。

纪原旻低头,这才发现刚刚在拉扯间手上被划出一道长口子。冰凉的消毒棉球擦过伤口的时候,纪原旻终于忍不住倒吸了一口凉气,蹙起了眉头。

"现在知道疼了?"黎姜九冷冷地斜了眼,却还是放轻了手上的动作,不动声色地挑挑眉,"刚刚打起人来倒是一腔热血嘛。"

纪原旻瞥了眼,声音闷闷地说:"我那不是以为你被他欺负所以才……"

黎姜九眼也没抬地接过话:"所以就一时脑热,为所欲为,信口胡说?"

"你认为我刚刚的话都是信口胡说的?"纪原旻盯着黎姜九。

"哦?哪句认真的?"黎姜九不以为意,"那句你是我男朋友?"

黎姜九眉眼清冷冷的,语调冷冰冰的,就连说话间轻轻拂过他小臂的气息都凉得不带任何温度。

这态度要放以前,两人早拌起嘴了。可是今天,纪原旻就是一点也气不起来,而且他越是眼也不眨地盯着面前的侧脸看着,越觉得心底那团冷硬到硌着发疼的东西正在慢慢融化,融化成一汪春水。

这是那个在投影屏上的黎姜九办不到的,冲他笑得再灿烂开怀也都办不到。

纪原旻就这样一声不吭地看着黎姜九,沉甸甸的目光从她清越的眉眼开始,一寸寸地、直坦坦地,带着让人无法忽视的灼人温度。

之前每个睡不着的深夜,纪原旻就是这样一遍遍看着投影屏上的黎姜九,他甚至曾一度以为自己着魔了,而且到了无处可医、病入膏肓的那种地步。

但现在他明白了,这病能治!只要那人站在他面前就能治!

对他不屑挑眉也行,对他嗔怒赌气也罢,就算冷着脸不理他也认,只要她在他眼前,只要是她。

就像一直在心里嗡嗡乱窜的蜜蜂终于找到了出口,可能就针眼儿般大吧,却着实能让人透口气。

可奇怪的就是,她既是那只蜜蜂,也是那个针眼儿。

"你不回答问题就是为了偷看我?"黎姜九突然开口。

"哪有偷看。"纪原旻一点也不回避,"我就是在看你,再光明正大不过的那种。"

纪原旻盯着面前的人,一字一顿:"黎姜九,你还猜漏了一句。我快要疯了也是真的,疯了还要去想你。"

黎姜九呼吸一顿,手上的动作却没停。

"是吗?"黎姜九没抬眼,"昨天少艾也给我发信息说很想念我。"

纪原旻幽幽道:"不一样的。他们也许想你的时候就会告诉你,可我和他们不一样。"他的目光带着令人捉摸不透的情绪,"黎姜九,如果有天我告诉你我想你了,并不是这一天才开始想你,而是因为这一天我憋不住了。"

黎姜九目光一滞,手里的棉球滑落,正要蹲下身去捡,一双温凉的手却更快一步地覆住了她的手。

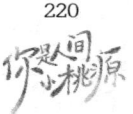

"所以，黎姜九你知不知道。"纪原旻的眼睛漆黑幽明，"我从你躲在桃源寺不肯见我的那个晚上开始，就在想你了。"

楼下觥筹交错的声音断断续续地飘进来，扰乱着此刻空气的静谧。

"已经处理好了。"黎姜九撇下目光，面不改色地抽回手，转身收拾东西，"你可以走了。"

纪原旻盯着面前的背影，声音涩涩地问："怎么，你每次到关键时刻都喜欢这样赶人走吗？"

黎姜九压下眼里一闪而过的暗光，转过身一秒切换回漫不经心的表情，拉过一旁的高脚椅坐上去，双臂抱胸看着纪原旻。

"我知道你要告诉我什么，你喜欢我。但是抱歉，纪原旻，我不能接受。"

黎姜九平视着纪原旻："一时脑热的叫冲动，细水长流的才是喜欢，我们从认识到现在不过才半年，在这之前你是被捧得高高在上的顶流偶像，所以当你站在远离聚光灯远离都市的山野上，所有一切于你都是新奇而不同的，所以你会疯了一样地着迷。

"让你着迷贪恋的也许只是那个自由不羁的黎姜九，但我却不只有那一面，你能确定在了解了全部的我后还能保持现在的坚持吗？

"新鲜刺激不是喜欢，十几岁的小孩儿都明白这个道理，你怎么就信誓旦旦地认为它能经得住时间的考验？也许，只要等到下一场你从未见过的风吹来，它们就会顷刻间烟消云散了。"

时间再一次安静了下来。

"冷静又冷血，我早该想到的。"良久，纪原旻突然没头没脑地冒出这句话。

"但是没关系。"纪原旻抬眼一笑，盯着黎姜九，"你可以拒绝当我女朋友，却拒绝不了我追你吧?"

黎姜九右眼皮一跳,什么意思?

"追求新鲜、三分钟热度还动不动会把冲动当喜欢?啧,黎姜九,看样子你对我的误解很深啊!"纪原旻从沙发上站起身。

"我想了想,你的话一点也不错,半年的时间是太短了些,所以黎姜九,你凭什么那么快就否定我的感情、定义我这个人?"纪原旻冷不丁话锋一转,"就像你说的,我还没了解全部的你,你怎么就自信满满得像是已经看透了整个我?这么着急就把我给打发走,我们两个到底谁才是冲动鬼?"

"你……"黎姜九刚想站起身反驳,却发现不知何时纪原旻已经站在自己面前,双手撑在自己身后的桌子上,以一种极其暧昧的姿势圈着自己。

一时间,黎姜九竟然被这股清冽气息给逼得动弹不得,纪原旻的西装外套还挂在身后的沙发上,面前的人只穿了件版型精良的白衬衫,袖口半挽,领口微敞,他的锁骨很好看,平直的颈线一直延伸到衣领里,她只要一抬眼就能看见隐约的肌肉线条。

咳,黎姜九还没来得及移开视线,目光却留意到男人锁骨处的某个小吊坠。是个古朴的小木牌,用细绳穿着,上面好像还隐约有个字。

黎姜九下意识地眯起眼辨认,是"原"。

瞬间,黎姜九失了神。

纪原旻得寸进尺地又贴近几分,似乎是在惩罚黎姜九的分神,逼得她对上他的目光。

"你想要细水长流,可以。你想要时间来证明,也可以。你想要我怎么证明我对你是专一且深情,我都可以证明给你看。但前提是,你不许再玩失踪!你要是再躲着我电话不接,微信不回,消失得杳无音信。"纪原旻目光灼灼

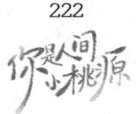

地舔了舔唇,"黎姜九,我可是真的会发疯给你看的。"

"你在威胁我?"黎姜九听明白了,不甘示弱,"纪原旻,我要真失踪你又能奈我何?"

纪原旻的目光在女生脸上肆无忌惮地游走,最终停在那清冷的眼眸上,良久才有些无奈地喃喃道:"的确,我一向拿你没办法。"

"所以如果真到那个时候。"男人上一秒还满满侵略意味的目光突然变得微妙起来,"我大概也就只能在我那个有着几千万粉丝的微博上发一条寻人启事了。"

黎姜九怔住,咬牙切齿道:"你个无赖!"

"嗯哼。"纪原旻微弯着眉眼,一点也不恼,似乎对这个称呼还颇为受用,"要是只有无赖才能把你追到手,那我不介意自己当回无赖。"

"臭无赖!"黎姜下意识就想抬手敲纪原旻脑袋警醒他清醒点,可没承想这一回竟叫他侧头躲过了。成功避开了还不算,他竟眼疾手快一把攥住黎姜九的拳头,他的手骨节分明,轻而易举地就将那两个小拳头包在其中,还极其臭不要脸地轻轻捏了捏。

"喂,再加一条,咱们以后能温柔点不,我刚来桃源时你可不是这样的。"纪原旻的表情耐人寻味,"等以后我们公开了,你真舍得让一个破了相的我站在你旁边?"

黎姜九被纪原旻按住动弹不得,一听这话便更是气不打一处来:"谁要和你公开?你爱站哪儿站哪儿去!"

此时的黎姜九虽然人坐着,但她已经被纪原旻逼得后背紧紧抵着桌角,双手也被他牢牢钳制在身后的桌上。也许是看出了她的不舒服,纪原旻十分体贴地放轻了力道,刚松了手,她便立刻抽出自己的手。

纪原旻知趣地往后退了退，但凭借天生长手长脚的优势，他还维持着刚才的姿势，尤其是那双撑在桌子上的手，动也没动。

与其说纪原旻在照顾黎姜九的感受绅士地在两人之间留出了段适当的距离，倒不如说他换了个更舒服惬意的姿势，能好好地将女生圈在目光中静静打量。

空气中弥漫的安静太微妙，黎姜九终于无法再对纪原旻肆无忌惮笼罩着自己的目光视而不见。

"你还杵在这儿看什么？"

"看你啊。"纪原旻回答得一点也不害臊，桃花眼一挑，笑得人畜无害。

等纪原旻终于心满意足地看够了，沉甸甸的目光重新绕回面前那双清冷冷的眸子上。

"黎姜九啊黎姜九。"纪原旻声音低沉，甚至还透着点缴械投降的无奈意味，"我以前怎么就没发现，什么也不用做光是看你这件事，我就已经快要上瘾了呢？"

纪原旻昨晚最后那句话足以让黎姜九整整肉麻了一个晚上。

可到了第二天黎姜九才明白，昨天的那个只是纪原旻给她上的开胃小菜。

黎姜九早上是被裴南虞的电话给吵醒的。

黎姜九迷迷糊糊地抓过手机："老裴，我记得我们约的好像是晚上七点半吧，你早上七点半打来几个意思？"

"……我有秘密瞒着你？那可多了去了，你指的是哪件？"

"……我要火了？我一直就很红好不好？问问现在的网友们有谁还不知道我姜丸酱？"

"哎，不对！我火这件事为什么要和纪原旻搭上关系？"

"等等！你说谁？"

"纪原旻？"

黎姜九一下子清醒过来，一打开手机便赫然看见微博热搜榜首的"纪原旻"三个大字。

黎姜九看着后面那个红到发紫的"爆"字，一下子竟然怂了几分，哆哆嗦嗦了半天都不敢点开。

纪原旻！你要是真胡诌了我和你的关系，你看我敢不敢放出你的黑照！黎姜九一边在心里把纪原旻千刀万剐了不知道多少遍，一边深吸了几口气才点开那条热搜。

纪原旻六点钟发了条微博——

今天的早饭不太好吃，有点想谈恋爱了怎么办？

下面配的是一张热气腾腾的阳春面图片。

而一众网友沸腾的原因并不是好奇这张照片里的早饭有多难吃，而是因为后半句话——纪原旻想谈恋爱了？

自从纪原旻人气高涨的时候开始就从来没有表露过任何恋爱意向，虽然大大小小的绯闻也被传过不少，但大家都心知肚明是炒作也只当作娱乐八卦一笑而过。可如今，这条由纪原旻亲自发出来想谈恋爱的微博无疑是丢出了个重磅炸弹，一时间网上的庞大菊粉何止是被惊醒了，简直是被震得花容失色。

黎姜九仔仔细细从头到尾地又看了好几遍，实在不明白早饭不好吃和想谈恋爱这两件八竿子打不着一起的事到底有什么因果联系？

看着纪原旻这条微博下不断增加的评论转发人数，黎姜九不知为何竟莫名有种做贼心虚的感觉，她觉得如果不做点什么措施，也许等她明天一早醒来看到就是纪原旻艾特自己直接官宣了。

不行！为了自己的清誉和人身安全，这种危险的苗头要立刻扼杀在摇篮中！于是，黎姜九几乎是立马就拨了纪原旻电话。

电话只"嘟"了一声就接通了。

"早。"电话那头的声音精神满满，似乎那头的人昨晚睡得很好。

"删掉。"黎姜九开门见山。

"你看到了？"纪原旻有些惊讶，但他的重点却放在另一处，"怎么醒得这么早？没休息好吗？"

黎姜九面无表情地抽了抽嘴角："被你这个动辄就上热搜的大明星缠上，我可不敢睡踏实，谁知道哪天我的微博就被你粉丝给攻陷了。赶紧删了。"

"刚刚因为这条微博我都被经纪人狠狠训了顿，现在删博岂不是太亏了？"纪原旻回答得慢条斯理。

"你被训和我有什么关系？"

"怎么没关系？"纪原旻握着手机，仔仔细细地分析了下，"要不是你把鱼汤面做得太好吃了，我怎么会以至于现在其他的面条一律都瞧不上？吃了碗那么难吃的面发条微博感慨下还不让了，黎姜九，我以前怎么没发现你还这么霸道啊？"

黎姜九算是听明白了，纪原旻把要追自己的决心全都用在他那张嘴上了，歪理一套一套的。一时间，她气得一句话都说不出来，"啪"的一声直接挂了电话。

一直到晚上，黎姜九见到裴南虞的时候心中这口气还堵着。

"呵，你看这家伙。"黎姜九目不转睛地盯着手机，"早上发微博表白，

226

现在用小号求助网友'女生生气了要怎么哄',啧啧啧!"

"那个蠢蛋竟然现在才反应过来我生气了!朽木不可雕也,不可雕也啊!"黎姜九灌了一大口酒,摇了摇头,"我错了,我真的错了,我从一开始就不该把他带到桃源去,不把他带到桃源他就尝不到我的鱼汤面,尝不到我做的鱼汤面,我也不会沦落到这么一个借酒消愁愁更愁的地步。"

不知不觉,黎姜九面前的酒杯已经空了,裴南虞很贴心地又给她倒了一杯。一直喝了有四五杯,黎姜九才回过神来。

"老裴,你今天怎么有点奇怪?"黎姜九撑着下巴盯着裴南虞,"只倒酒不说话,哑巴了?"

裴南虞意味深长地一笑:"可不是我哑巴了,而是某人从坐下来就开始一直叨叨叨地讲纪原旻这纪原旻那的,敢问,我哪有机会插上话?"

黎姜九愣了愣,不动声色地挪开目光:"哦,有吗?那可能是纪原旻这个人槽点太多了吧。"

"嗯哼。"裴南虞顺着黎姜九的话点了点头,下一秒却话锋一转,"的确,谁说在意一个人非要去赞美他的?喏,这不有人吐槽着吐槽着,就把自己的心给搞丢了。"

"老裴,纪原旻于我只是个意外。"黎姜九抬眼正色道,"人生总会遇见很多意外,是意外便终究不得长久,不是吗?"

裴南虞没点头也没否认,只是轻轻地晃着酒杯:"小九,你是个目标明确的人,从小就是。

"上幼儿园的时候有次玩游戏,最快跑到终点的小朋友能奖励一整盒奶糖,我和其他的小孩儿每次都会被半路上的五角星、小彩旗什么给迷住,你就不会,每次全神贯注朝终点跑去的只有你一个,我那个时候就很羡慕你,你从来都头脑清晰知道自己要做什么。

"可是小九，人生和这个游戏是不一样的，那一盒奶糖从来都不是放在终点的，而是藏在了我们半路的那些不期而遇中。可我们不是上帝，不知道我们遇到过的哪些人揣着那颗糖，所以你怎么就那么笃定，纪原旻那儿的不是你要找的最大最甜的那颗呢？"

黎姜九没有说话，只是盯着面前的酒杯，上面映着的那张脸看不清表情。

"当然是与不是只有你自己才能确定。所以小九，为什么不给他一个机会呢？在你可以给他的时间里看他是不是那个人，如果期限到了，他最后还是没能打动你，那么你和他就此各走各路就算结束。但是呢，"裴南虞说着话锋一转，"万一那小子最后走狗屎运了，成功拿下了我们小九。"

裴南虞举杯朝黎姜九轻轻一扬，眨了眨眼："我必须得是第一个知道的。而且要记得请我吃饭。"

第二天黎姜九还在琢磨裴南虞话里意思的时候，就看见纪原旻发来的信息：

"去看我微博。"

黎姜九下意识的第一反应就是完了！这家伙怕不是又搞出什么幺蛾子了。

等黎姜九点进去一看才松了口气，那只是一期普普通通的 Vlog，没什么特别，可等看到视频的最后几秒的时候，她才看出点不一样来。

视频里的纪原旻像是在一个工作场合，身上还穿着品牌商的服装，周围都是来来往往的工作人员。可就在最后几秒，纪原旻对着镜头俯身伸手，做了一个非常绅士的邀请动作，不细看还以为只是在练习拍摄要用的普通 Pose。

"嗡……"

手机又振动了几下。

"这是个邀请,邀请你加入我以后的人生。"

"这个问题对我来说很重要,所以你现在不用急着回答,我会用九十九支 Vlog 的时间让你考虑。"

"而在第一百支 Vlog 的最后,我希望能在全世界面前牵到你的手。"

一直看完最后一个字,黎姜九有些无奈,却也几不可察地弯起了眉眼。

罢了,这次就看看她最后到底要不要请裴南虞吃饭吧。

## 第十二章
我想有你女朋友的一切待遇标准,从现在开始

距离纪原旻的邀请才过了一周,黎姜九就后悔了。

黎姜九从没想过看起来冷面禁欲的纪原旻,一旦追起女生来竟然如此……臭不要脸!

而对于纪原旻来说,一个处处都要低调行事的人气爱豆要想不为人知地高调追女生大概就只有一个办法——微博小号走起来!

对于自己的微博大号,纪原旻就是个没有感情的营业机器,除了日常发广告、宣传、Vlog 外便再无其他动静,而往往每次一收工回去,纪原旻则是每晚准时上线那个"她准男友"的小号,打卡并艾特黎姜九。

——今天 @ 一只姜丸酱答应做我女朋友了吗,并没有。

黎姜九自然是从没回复过,却丝毫不影响纪原旻的每日一问。

渐渐地,这个不知是何方神圣的"她准男友"博主竟也吸引了不少网友,纪原旻发出的黎姜九的视频被越来越多的人看见,即使没有配乐、没有剪辑,

粗糙真实的视频却让越来越多的人对私底下真实纯朗、自由随性的"一只姜丸酱"呼声更高。

原来这世间所谓的不食人间烟火,恰恰只有从最懂得人间烟火的人身上才能看得到。

纪原旻也在把微博小号经营得比微博大号还用心的道路上越走越远,每天都会有粉丝来打卡询问他何时能摘掉微博名里的"准"字?一些粉丝甚至比他还着急,纷纷在下面为他出谋划策。

而黎姜九这边由于暂时离开了桃源,微博已经数月没更新,加上纪原旻的那个小号经营得有声有色,她觉得自己再不发两条微博证明自己还好端端地活着,粉丝们怕是都要变成墙头草跑到纪原旻小号下面去了。

于是,第一次感觉到危机的黎姜九提前回了桃源,而林少艾和祁牧他们也因此被提前召回。

林少艾没有因为这次难得的假期提前结束而闷闷不乐,相反地,她兴奋极了。少女一手提着一个大行李箱赶回那个小院子的时候,黎姜九正蹲在荒了数月的小菜园里,祁牧则坐在院子里低头摆弄着他的相机,而一旁许久不见的姜点儿,竟然又被元修喂胖了一圈。

刚下过雨,空气里都是清凉潮湿的山林气息,林少艾深深吸了一大口气,感觉一切都回来了,真好!

这个小院子又开始恢复了以往的生气,闲适热闹的日子一如既往,但林少艾觉得好像又有哪儿有点不同。

比如说,她现在为什么总能隔三岔五地看见大明星纪原旻?

蒙在鼓里的林少艾原本还对之前的事情耿耿于怀,但自从听了祁牧给她讲的真相后,她这才了然一切。

虽然林少艾对纪原旻愿意在黎姜九被全网黑的时候默默为她正名而感激他，但感激归感激，该争的宠还是要争的！

是的，纪原旻这个家伙又来跟她和姜点儿争宠了！

明明纪原旻和黎姜九的合作已经结束，又没有听说两人在接下来的工作上有什么交集，但纪原旻就是会在某个傍晚毫无预兆地出现，待上一两天再悄无声息地离开。

林少艾原以为纪原旻隔三岔五过来是度假放松的，可观察了俩星期她算是明白了，纪原旻哪里是来度假的，他分明是来当小跟班的！

而且这次还更加明目张胆，更加得寸进尺！

黎姜九出去视察菜园，纪原旻拎着个小篮子在后面跟着。

黎姜九提着根鱼竿去钓鱼，纪原旻便也拿上两把小折叠椅跟着。

就算黎姜九是上山找元修，纪原旻也会拿上一把雨伞在后面寸步不离。

前一天还是在那儿拍杂志拍封面的高冷爱豆，今天就成了小姜姐身后赶也赶不走，被使唤得团团转的小跟班。

某日傍晚，林少艾看着挽着裤腿、撸着袖子、累得形象全无的纪原旻同一样好不到哪儿去的黎姜九一起回来时，嘴角挂着的笑容竟然比背后的夕阳还要灿烂几分，突然明白了什么。

完了，该不是斯德哥尔摩综合征上头了？

林少艾在苦恼着，黎姜九也是十二分头疼，自从默认了纪原旻追她的那天开始，就等于在自己身边安了个不安分的定时炸弹！

现在的黎姜九依旧是和以前一样，钓鱼、练书法、将自己的日子拍成Vlog分享在微博上，过得宁静又闲适。

表面上看，黎姜九还是那个宠辱不惊闲看云卷云舒的黎姜九。但每当夜晚降临时，某人白日里的气定神闲便完全消失了干净！

之前对于网络上各种话题热搜向来无动于衷的黎姜九，现在每晚都鬼使神差地盯着手机仔仔细细地查看，不放过有关纪原旻的每条消息。

黎姜九一边刷着手机，一边做着心理建设，绝对不是因为在意纪原旻！绝对不是因为他！她这样做纯粹是为了自己！万一哪天这个炸弹爆了，自己还提前有个心理准备不是？

然而一段时间后，黎姜九的心理建设没做成多少，她倒是发现自己心脏承受能力强了不少！

比如，纪原旻代言新的大牌口红被问预测哪支色号会成为今年秋冬爆款的"纪原旻色号"，只见镜头里的男人蹙眉认真地扫了一圈摇头："好像都配不上她。"

"她？"主持人像是发现了什么不得了的东西，而手机那头的黎姜九心脏都快要提到嗓子眼儿了。

纪原旻眨了眨眼，慢条斯理地话锋一转："噢，我说的这个她，是指这世上的每一个女生。这些色号都不错，但都配不上她们，她们的美丽根本不需要通过这些东西来加持。"

纪原旻对着镜头弯起眉眼："因为每一个女生都有她自己与生俱来的美。"

呵！手机那头的黎姜九惊呆了，还有这种力挽狂澜的操作？

又比如，有细心网友发现向来时尚单品绝不重样的纪原旻，竟然在最近几个月中都戴着同一款吊坠。而这个不起眼的吊坠既不是哪个大牌的最新潮品，也不像什么价格不菲的饰品，只是一块普通得不能再普通的木质小圆牌。

唯一有点特别的，大概是上面还隐约刻着一个小小的"原"字。

那它到底为什么会让纪原旻如此情有独钟?

终于在某次采访中纪原旻被问到这个问题。

"因为这是一个很重要的人送我的。"

"设计师朋友?"主持人试探着问。

纪原旻只是不置可否地一笑。

"不知方便透露是哪位吗,肯定有不少粉丝愿意去捧场!"

手机这头的黎姜九又一下子绷紧神经,视频里的纪原旻看着镜头,像是在透过镜头看她。男人低头摸了摸鼻头,话里含着笑:"现在不太方便,但总有一天会让你们知道她是谁的。"

黎姜九只觉得听完手又痒了,这难道就是传说中的一天不打上房揭瓦?

身边有这么个不按套路出牌的定时炸弹,黎姜九再也不是那个两耳不闻窗外事一心只过神仙日的黎姜九了,她的生活被硬塞进了一个人,撵也撵不走的那种。

七月流火,九月授衣,桃源的天空终于渐渐天高云淡起来,就连炽热嚣张了两个月的暑气也开始一天天偃旗息鼓下去,可是纪原旻的执着却丝毫不见消减。

这天晚上,黎姜九刚端着盘葡萄在露台上坐下手机便响了起来,她看也没看用脚趾想也知道是哪个家伙打来的。

坚持不懈的铃声和黎姜九足足对峙了几十秒,最后还是黎姜九先沉不住气了。

"想我没?"刚一接通,男人的声音就迫不及待地蹦了出来。

纪原旻那头很嘈杂,黎姜九不咸不淡地回了句"没有",很快被夹杂着

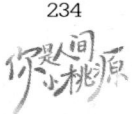

各种吵嚷的人声淹没。

纪原旻对握着的手机低声说了句:"等我会儿。"然后电话那头的人很快穿过了三三两两的人群,黎姜九耳边的嘈杂声终于越来越低,最后只剩下男人轻浅的呼吸声。

纪原旻找了处安静的地方,又重复道:"真不想?"

"现在每天忙得我都没时间休息,根本没工夫想你。"

纪原旻握着手机盯着脚尖:"可是我有点想你了怎么办?"

"想我?"黎姜九挑挑眉,丝毫不为所动,"我看我们纪大明星最近什么林柔柔、程湘湘的都照顾不过来,竟然还有时间想我?"

纪原旻一愣很快便反应过来,他知道黎姜九说的是那档如今最火、点击率也最高的综艺——《春华秋实》。

谁也没想到在下半年各档综艺真人秀强势竞争的时候,这档不同于大众看腻了的选秀、访谈类综艺以一匹黑马的姿态闯进大众视线,它不仅是国内首档将目光聚集在中华民族源远流长的农耕文化的纪实类综艺,而且无论是人气热度还是评价口碑都低开高走迅速在网络上蹿红,尤其在纪原旻加入的那期,当晚话题量便达到了节目开播以来的高峰。

单是"纪原旻挖红薯 多""纪原旻 深藏不露""纪原旻 常驻"便足占据了热搜榜的前三。

黎姜九也万万没想到,纪原旻屁颠屁颠地跟在自己身后被使唤当小苦力的那些日子有朝一日竟然能派上如此用场?不仅节目里的一群嘉宾导演震惊了,一众网友更像是发现了什么不得了的大事!

——哎呀!纪原旻拔萝卜那期是认真的吗?那么快?

——啊啊啊!上得了T台走秀,下得了农田摘豆!如此宝藏男孩就问谁不爱？！

——本人路人，说句公平话，纪原旻在节目里的表现不像是演出来的，现在的社会别说流量明星了，能如此熟悉农事了解农耕的成年人都很少很少了，赞一个！

——哥哥小时候肯定吃过很多苦吧？心疼！

……

纪原旻不仅在网上赢得了一片赞誉声，更是获得了这档综艺导演陈导的欣赏。陈导是从老一辈苦过来的导演，当初策划这档综艺就是旨在向现代的年轻人宣扬中国源远流长的农耕文化，提倡人们去感受四季，活在当下。

原本请纪原旻来参加一期完全是看中了他的人气，想提高些关注度，没想到纪原旻不仅不像其他小鲜肉喊苦喊累，反而挖藕、掰玉米、拔萝卜事事都不在话下，甚至还做得极其得心应手。陈导当下一拍大腿，定下纪原旻作为这档综艺的常驻嘉宾。

纪原旻此刻就在《春华秋实》的录制地点，一个沿海的南边小城，距离桐城几百公里，周围的城镇都是一派古朴原始的模样，气候宜人、山清水秀的同时比桃源更多了几分与世隔绝的幽静。

录制了一整天，借宿的农家主人很热情地准备了一大桌子的佳肴来犒劳大家。录制的工作人员和导演也都撤下了，吃吃聊聊的氛围倒是热闹融洽得很。

纪原旻找了个借口先下了桌，此时正独自一人坐在楼顶悠悠地吹着风，顺便不紧不慢地解释了遍那些事情的来龙去脉。

"黎姜九啊黎姜九，你时间管理做得不错嘛，一边忙得没时间想我，一边倒是有时间去看网上关于我的消息，我是该生气呢还是该欣慰呢？"

黎姜九反应很快："我哪有看，那都是少艾讲给我听的好不好！"

236

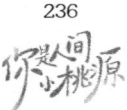

纪原旻忍着眉眼里的笑意:"喂,我说,以后让你那小助理看到网上这些乱剪辑的东西少打小报告好不好?你也少看些,或者看到了什么随时向我求证,我保证24小时随时向你解答。不然什么时候小醋瓶子变成大醋缸了我还不知道。"

黎姜九瞬间不淡定了:"少来!我才没有吃醋!"

纪原旻摸了摸鼻头,好笑地应了声:"嗯,不怪你,可能是今天我多吃了两筷子醋鱼,所以哪儿都能闻到一股酸味儿。"

"喂!我都说了我没有吃醋!"

"不碍事的,虽说吃醋是女朋友才有的权利。"纪原旻闭着眼,"但你黎姜九可以提前享受这个待遇标准。"

"别了吧。"黎姜九不以为意道,"九十九支Vlog你才拍了七支,用了两个月的时间,抹掉零头就是每隔八天才出一支Vlog,那等你拍完九十九支的时候已经是七百三十六天之后了,整整两年还多个五天,我可不敢提前两年就享受你女朋友的待遇……你笑什么?"

纪原旻握着手机勾着眼角:"黎姜九,你大学学的是理科吧?"

黎姜九一愣,脱口而出:"你怎么知道?"

黎姜九虽然性子脾气让她哥哥爷爷头疼些,但所幸在学业上还是没让他们操一点心的。黎鹤知虽是上一辈过来的老人,但脑海里并没有根深蒂固的封建思想,孙女孙子一样重视,都是他将来的接班人。

于是黎姜九和黎江一,一个学了金融,一个读了管理。

"日子算得这么清楚,看来某人可比我还心急转正。"

黎姜九竟一时语塞:"你……"

纪原旻见好就收,机灵地岔开了话题:"我后天录制完了还要飞南城出席个活动，临时的变动，所以估计下周来不了桃源了，可能等这个月月底才能休息两天。"

黎姜九轻哼了声："又没人盼着你来。"

纪原旻"嗯"了声，放软了声音："对，是我自己想来，我想见你，还想吃鸡丁冬笋小馄饨了。"

"关我什么事？"

"我帮你遛姜点儿好不好？"

"没戏。"

"我可以帮你掰玉米。"

"我不做。"

"我可以刷碗。"

"不做。"

"我还可以帮你剥栗子和核桃，无限期的，不能再多了。"

"成交……"


终于挂了纪原旻的电话，黎姜九发现面前的原先装着葡萄的盘子不知何时已经装满葡萄皮。

"元修！"

"终于说完话了？不错，还记得有我这个活人在呢。"元修气定神闲地将最后一颗葡萄丢进嘴里，"原以为小姜九是诚心邀我来赏月谈心的，没想到啊没想到，你竟是请我来看你和小原旻腻歪的。"

元修擦了擦手："怎么，一盘子葡萄还不让吃，真想让我吃你们的狗粮啊？"

黎姜九强行镇定地压着脸上两团罕见的红晕："什么腻歪？什么狗粮？

我根本还没答应他！没答应好吗！"

元修意味深长地瞥了眼，不慌不忙地站起身："打赌都输了，距离答应小原旻还远吗？"

元修的声音悠悠扬扬："况且，我还是今天才知道你算数算得这么好。如此学以致用，江一知道了应该会很欣慰吧。"

一直到纪原旻要来的前一天，黎姜九还在后悔着之前自己答应得太爽快了。

之前闲得发慌的林少艾已经把玉米都掰好了，姜点儿也不知最近怎么懒了，一窝就窝在院子一整天不愿动，所以说好的什么掰玉米、遛鹅的，到了最后纪原旻就只要刷回碗就换了一顿小馄饨。

而且这个鸡丁冬笋小馄饨还不是普通的鸡丁冬笋小馄饨，精选山后头天然野生的冬笋，选用农家散养三年的老母鸡，加上手工揉面擀面皮，这碗堪比舌尖上的中国的鸡汤小馄饨没个大半天还真做不出来。

亏了亏了！黎姜九晚上躺在床上边刷着手机，边琢磨着明天该让纪原旻多做点什么才好。

突然，手机通知栏里弹进一条推送新闻——《××大牌口红检测出有毒物质，名牌效应已成过去式！》

黎姜九本想上滑忽略，可目光在掠过那个标题时却顿住了，她没记错的话，这个大牌美妆的代言人好像是……纪原旻？

黎姜九翻了个身，点开和纪原旻的对话框，才发现向来每天准点三次问候的男人今天竟然一点动静也没有。

黎姜九心里冒出一丝异样，想问一声摁下了几个字，想了想又一个个删掉了。

反正明天纪原旻就要来的,她现在心急什么。

第二天,黎姜九带着林少艾一早就去挖了一大筐新鲜的笋头,又将一只老母鸡用文火炖了半天直到酥烂香软,再到包了一下午的小巧玲珑的鸡丁冬笋小馄饨一个个都出了锅,纪原旻还没出现。

一直到傍晚,黎姜九的手机破天荒地静悄悄了一整天都没动静。她坐在那儿撑着下巴看着林少艾吃了整整两大碗小馄饨外加一大碗金色的鸡汤,纪原旻还是没有出现。

这时,祁牧走了过来,推过手机:"你看下这个。"

黎姜九无精打采地伸过头一瞥,瞬间清醒过来——微博热搜第一挂着的名字正是纪原旻。

网上已经炸成一片,但不是因为昨天的事,而是因为纪原旻几个小时前发的一条微博——

有毒又不会死人。

虽然这条微博很快就被删除,而且紧接着纪原旻及其工作室都发出了正式声明,一是对于这次品牌事件的教训,他们以后在选择品牌及代言方面会更加慎重。其二就是,那条极具争议的微博并不是纪原旻本人发出的,是不法分子趁机盗了纪原旻的微博号才会出现这样的局面。

胡哥经验丰富及时做出了应对,声明一经发出虽然平息了大部分的舆论,但还是有一部分网友根本不买账。

——都什么年代了?盗号这个借口早过时了!

——果然什么样的人给什么样的牌子代言,一个材料有问题,一个道德有问题!

240

——难怪纪原旻从来不用"纪原旻色号",原来他早就知道这口红有毒!

……

黎姜九一字一字地看过去,那种沉重得足以压得人喘不过气的感觉又再次席卷而来。

就像漂浮在一片海上,随波而流的泡沫密不透风地包围着你,看似轻巧微不足道的泡沫一旦汇聚起来,就拥有了压垮一切的力量。

只不过这次深陷其中的人却是纪原旻。

黎姜立刻拨出那个烂熟于心的号码,可电话只响了一声便挂了。

黎姜九再打又挂了,再打还是接不通。

就在黎姜九打算就这样坚持不懈地一直打到纪原旻接电话的时候,手机振了下,里面躺了条新信息。

"抱歉今天临时放你鸽子了,前几天录完节目着了凉得了小感冒,怕传染给你们,可能要过段时间才能来桃源了。"

黎姜九目光沉沉地盯着手机上的名字,飞快地回了一句话。

"接电话!"

足足过了两分钟,手机才收到新信息。

"网上的东西少看,别担心,我很好。"

然后无论黎姜九再发什么过去,纪原旻都没有再回复。

黎姜九挑了挑眉,呵!学我?一被黑就开始玩失踪?

想得美!


相比于纪原旻之前找人的效率,黎姜九找起纪原旻来,就神速且精准得多。

因为她可比纪原旻多了个祁牧。

第二天傍晚，黎姜九就按响了纪原旻的公寓门铃。

站在门后的纪原旻不敢置信地盯着门口显示屏里的人，女生扎着个低马尾戴着顶棒球帽，黑口罩严严实实地遮住了她大半张脸，只露出帽檐下一双漆黑清亮的眼睛。

是黎姜九。

这段时间以来，纪原旻都是隔着电话去想象那张脸现在是扬眉笑的还是懒散随意的，她每字每句的声音是漫不经心的还是喜形于色的，哪怕两个人什么话也不说，电话那头只有轻轻浅浅的呼吸声，他都觉得百听不厌。

黎姜九对着门拉了拉口罩露出脸，压低着嗓子："纪原旻，开门！"

几百公里的距离如今只隔了一扇门，纪原旻紧抿着唇，没有出声也没有开门。

这个时候她不应该出现在这里，她应该好好地待在桃源。

他不想让她再一次因为他而被推上风口浪尖，这回一旦被那些狂风巨浪毫不留情地拍下，那便再没有丝毫挣扎喘气的机会了。

"纪原旻，快开门！"黎姜九又按了下门铃，依旧压低着声音喊道。

纪原旻眼眸沉了沉依旧站着没动，可谁知还没坚持一秒，毫无防备响起的来电铃声一下子戳破了他"家里没人"的伪装。

铃声叫得欢快又响亮，纪原旻终于不淡定了起来。

他一抬眼便瞧见那人对着屏幕拽拽地挑了挑眉，拿着手机冲自己晃了晃。

"纪原旻你考虑清楚了。"黎姜九盯着那屏幕压低声音放出最后的狠话，"今天要是不开门，你以后就别想再见到我了！"

几乎是话音刚落，只听见"咔嗒"一声，门终于开了，两人四目相对。

倚着门的男人应该是才洗过澡，身上有一股好闻的柑橘清香，头发还湿着，有些凌乱地遮住了他的眉头，却丝毫不掩其清俊好看。

从深邃的眉眼到嘴角，纪原旻依旧是一如既往的赏心悦目，但黎姜九还是看出了些许不一样的地方。

比如男人本就利落的下颌好像更加棱角分明了几分，瘦了？

又比如男人此时微抿着的薄唇透着一种苍肃的白，几乎看不到什么血色。

"先是放鸽子，再是避而不见。"黎姜九微眯起眼，"纪原旻，我以前怎么看不出你胆儿这么肥？"

纪原旻单手撑着门没打算让她进来，面沉似水："你胆子也不小。这两天的新闻看了吗？"

"看了，都是关于你的。"

"进来的时候注意门口蹲点的狗仔了吗？"

"嗯，还不少。"

"那你还敢来找我？"

"因为我是黎姜九啊。"

黎姜九坦然地对上纪原旻沉沉的目光："况且你一没抢劫，二没放火，我有什么不敢？"

两人不相上下地对峙了几秒后，纪原旻倏地巧妙地弯了弯那双桃花眼："噢？那就是想我了？"

意料之中地，气氛一下子安静了，纪原旻像以往一样好整以暇地抱臂等着黎姜九又急又气地否认，却不曾想耳边传来一声"嗯"。

轻飘飘的，却一下子砸中纪原旻的心坎里。

"这回你没说错。"黎姜九盯着纪原旻，一歪头，"我是有点想你了。"

这下轮到纪原旻愣住了，上一秒还弯着的眉眼瞬间闪过几分呆滞局促。

纪原旻掩住情绪，不动声色地收回目光："好了，现在人也见了，相思之情也解了，你可以离开了。"

"这就赶我走了？"黎姜九上前两步，轻挑眉头迎上男人的视线，"你当我黎姜九大老远过来就是站在门口跟你聊两句就完事儿的？"

下一秒，黎姜九便提着购物袋一低头，还没等纪原旻反应过来她就轻而易举地钻过了他的臂弯灵巧地闪进了屋。

"你不是说要吃鸡丁冬笋小馄饨吗？"黎姜九拎着鼓囊囊的袋子径直走进了厨房，"还不过来帮忙？"

本来一心打算让黎姜九离开的纪原旻就这样心肠还没硬起十分钟便又软了下来，无奈地叹了一声关上了门，走进厨房当起了小跟班。

纪原旻家的厨房很大，连排橱柜加一个岛台，但他平时工作繁忙几乎不下厨，就连这几日待在家的一日三餐也都是外卖解决，住了这么久厨房里还总是感觉空荡荡冷清清的。

黎姜九翻出条崭新的围裙，又把那些快要积灰的锅碗瓢盆都找了出来，一时间冷寂了许久的厨房终于响起了丁零当啷的声音，纪原旻顷刻间竟有些恍神，好像这一切都太不真实了。

可黎姜九却丝毫不给纪原旻发呆的机会。

"纪原旻，你家的刀在哪儿？"

"喏，把这两个洗一下给我。"

"这点水不够，还要再烧一大壶。"

……

金色的斜阳毫不吝啬地洒满整个空间，窗边吹来阵阵清风，沸腾的锅里

244

腾起缕缕水汽，菜板上是切得长短不一的青翠小葱，空气里飘着文火慢炖的鸡汤香味。

纪原旻以前总觉得自己这间公寓什么都好，地段好，视野好，就连安保隐私性也是做得极好的。

唯一一点不太满意的就是太高了，高得太冷清太寂静了。

可今天，纪原旻盯着那个忙忙碌碌的背影，突然好像想通了什么。

什么太高？什么冷清？

他纪原旻就是缺了个黎姜九。

其实，纪原旻那天放黎姜九鸽子怕这次的事情连累她是其一，其二则是他真的身体不舒服，录制完节目纪原旻得的并不是普通的小感冒，而是发低烧。胡哥替他推掉了最近的一切行程让他趁这个时间好好休息，所以这几日除了吃饭吃药外，其余的时间他能做的就是裹着被子昏昏沉沉地睡觉。

今天也不例外，黎姜九敲门前，纪原旻才睡醒起来冲了个澡。

所以，当黎姜九将冒着诱人香气的小馄饨端上桌的时候，一整天都没吃什么东西的纪原旻是真的饿了，一海碗鸡汤小馄饨被吃得干干净净，连汤都没剩下一口。

吃完后，纪原旻很自觉地又当起了刷碗工。男人站在水池前撸起袖子开始放水，黎姜九盯着那道颀长的身影，松松垮垮的字母卫衣，明黄色的皮卡丘卡通睡裤，外加脚上两只颜色不一的袜子。她好笑地勾起唇，谁能想到在镜头前妆发精致、衣着讲究的纪原旻在家里竟穿成这样在……刷碗？

洗碗池里开始慢慢堆起泡沫，纪原旻没有回头："现在小馄饨也吃了，你一会儿早点走。"

"今天这小馄饨好不好吃?"黎姜九撑着下巴答非所问,"我明天早上再做给你吃好不好?"

"明早你不要来了。"

"也行,那我还是晚上来吧。"

"晚上也不用来了。"

"那我什么时候来合适?"

"你什么时候来都不合适!"纪原旻抬手关上水龙头。

屋里倏地静了下来。

纪原旻转过身,目光幽深:"黎姜九你不是不知道,现在外面有多少双眼睛正盯着我看,你就应该在桃源好好待着,而不是为了一碗小馄饨出现在我家里。"

黎姜九坐着没动,清亮亮的眼眸竟还在笑:"你还真以为我大老远跑来就是为了一碗小馄饨?"

"无论是因为什么,都等这阵风波过去了再说。"纪原旻望了眼黎姜九,"你戴好口罩和帽子,一会儿我就送你下去。最近这段时间你都别来找我了。"

纪原旻说完便又打开了水龙头,流水一遍又一遍地冲着池里早已洗干净的碗盘,寂静的空间只剩下哗啦啦的水声充斥在两人耳边。

安静还没片刻,纪原旻便感到身旁突然闪过一道人影,等到他抬眼望去的时候就看见黎姜九坐在身侧的水池台上。

黎姜九撑着胳膊看着纪原旻,似笑非笑。

"那如果是很重要的事情,一秒也不能等的那种呢?"

不给纪原旻反应的机会,黎姜九又得寸进尺地向前挪近几分,抬手越过男人的腰间,轻轻一带便关上了水龙头。

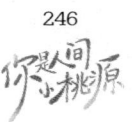

流水声消失了,周遭再次安静了下来。

黎姜九仰头盯着纪原旻,眉眼清冷,笑意却更浓。

"纪原旻,我不需要九十九支 Vlog 了。

"我想有你女朋友的一切待遇标准,从现在开始。"

# 第十三章
既然八卦来得那么突然,那就坐实它!

爱情不是从表白开始的,漫漫情路才是这世上最坎坷不平的路。

比如我们人气小天王纪原旻在桃源人生第一次借着醉意表白却被人一拳砸晕。

又比如我们黎大小姐头一次感受到爱情的召唤,大老远跑来亲自做了碗小馄饨还亲自下场捅破了最后那层窗户纸,却没有等来对方的那个答案。

气氛安静了三秒钟,四目相对间纪原旻一失神没抓稳手里的盘子,眼睁睁看着它滑落进蓄满水的洗碗池。

"咣!"

正坐在水池台上的黎姜九就这样猝不及防被溅了一身水。

天道好轮回,当初欠下的一个拳头迟早都是要还的。

黎姜九被溅了一头一脸,就连后背也湿透了一大片,深秋的天,丝丝凉意正顺着脊骨往上爬。她却没管这些,只是面无表情地拧了拧正在滴水的额发,

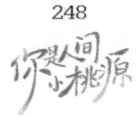

而后懒懒地抬起眼盯着面前的人,挑了挑眉。

"看不出来啊纪原旻,一还一报算得挺门儿清啊。"

两分钟后,在纪原旻家的卫生间,黎姜九和纪原旻一个在门里,一个站在门外。

纪原旻靠在门口:"抱歉,我刚刚真的只是手一滑……"

"少来!"黎姜九没好气的声音从里面传来,"放我鸽子、避而不见、赶我走,再到现在溅我一头一身的水,敢做这样全套的人除了你纪原旻,我还真找不出第二个!"

"咚!"

卫生间的门一下子开了,黎姜九换好干净衣服,一脸不悦地站在门后。

纪原旻抬眼看去,自己的衣服套在她身上果然不合适。一套黑白字母连帽卫衣,黎姜九就像个偷穿大人衣服的小孩儿,穿在她身上松松垮垮得不像样,衣袖恨不得都能拖到膝盖。

还挺滑稽的。纪原旻不动声色地勾了勾眼。

"走吧。"纪原旻起身走上前,将自己卫衣上的帽子往黎姜九头顶一扣,又轻轻地扯了扯上面的两根细绳仔仔细细地打了个结,"拿上口罩,我送你下去。"

"还赶我走?"黎姜九站在原地没动,"看来想听一句答复,被淋了一身水的代价还不够大?"

纪原旻面沉似水:"等这阵子过去了,现在不是时候。"

"这也要挑时候?"黎姜九觉得好笑,"是还是不?行还是不行?很难吗?"

"当然!当然不一样!"纪原旻隐忍了很久的情绪终于爆发了,"黎姜九你是缺心眼儿还是缺脑子?

"以前那个一帆风顺人气爆棚的纪原旻跟你表白你不要,偏偏要现在这个恨不得要被舆论浪潮给淹死的纪原旻!你傻吗?有脑子的人都知道该怎么选!"

"这两个有区别吗?"黎姜九清亮的眼眸直直地盯着面前的人,"管他什么众星捧月的纪原旻还是口诛笔伐的纪原旻,我选择的不一直就是现在站在我面前的纪原旻吗?

"我看不到那些乱七八糟的前缀,我只认最后的那个人。纪原旻,我刚才、现在和以后要选择的那个人,不一直就是你吗?"

纪原旻不说话了,空气里只剩下无声的沉默。

安静了好一会儿,黎姜九了然了几分,收回目光再次开口:"纪原旻,你要我走可以。"她懒懒地扯了下嘴角,"我现在站的位置到你家门口只有十步的距离,我没有九十九次机会给你考虑,你只有现在这一次机会想清楚,我给你十秒钟。

"要是我走到门口你还是坚持刚才的想法,那么从明天开始我们就回到各自的人生轨迹上,我绝对不会再来找你。但要是你选择握住了我的手,那么今晚之后你就不能再松开了。"

黎姜九沉沉地望了眼纪原旻,义无反顾地转身朝前走去。

一步,两步……

黎姜九才走到第三步,就听见身后传来一道低低的声音。

"十。"

还没等黎姜九反应过来,手腕处就多了一道莫名力量,下一秒,她便被拽入一个柔软的怀抱里。

瞬间，清冽舒心的气息就从四面八方涌了过来。

"黎姜九，我想清楚了。"头顶的人一字一顿地开口。

黎姜九心脏没出息地扑通扑通跳动了起来，纪原旻下巴抵着黎姜九的头顶，低沉的声音缓慢又笃定。

"不松手。"

纪原旻圈着黎姜九的手臂又紧了紧。

"好不容易追到的打死也不松手了。"


黎姜九全副武装从纪原旻家出来的时候已经很晚了，但她没有直接回家而是招手叫了辆出租车，直接去了这家名叫"The one"的咖啡馆。

如果不出意外，应该会有人在那里等着她。

深夜的咖啡馆只有寥寥几人，黎姜九推门而进的时候一眼就看见里面有张熟悉的面孔。

舒妙。

呵，黎姜九眯起眼，真的是她。

黎姜九径直走过去坐了下来。

"好久不见。"

舒妙应声抬头，在看到黎姜九的一刹那瞬间愣住。

"很意外？"黎姜九盯着舒妙，扬起眉头，"真巧，我也是。"

短短几秒，舒妙便又恢复了她一贯的微笑："能在这里偶遇黎小姐是挺意外的，黎小姐是路过？"

黎姜九笑了笑没说话，招手叫来服务员点了两杯饮料，等饮品上桌后才不紧不慢道："不是偶遇，也不是路过。"

黎姜九弯着眉头眼也不眨地看着舒妙。

"因为约你出来的人是我。"

时间倒退回两小时前，纪原旻的公寓里，前脚刚解决完情感问题的两人，后脚又马不停蹄地开始讨论事业问题。

"所以你们也不知道是谁捅出了这次的事件？"黎姜九盘腿坐在纪原旻客厅的沙发上，一边分析一边吃着橙子。

纪原旻递过去一瓣剥好的橙子："其实之前也怀疑过是不是对家打压，但这个不同于买通告写黑料，我是真真正正被盗了号，可不是那么简单的一件事。"

"有没有想过是团队内部的人？"毕竟就连黎姜九的微博都是她和林少艾在共同打理。

纪原旻摇头："不会，胡哥第一时间就排除了这个可能性，因为第二个有我微博权限的人就只有胡哥，总不可能是胡哥搬起石头砸自己的脚吧？怎么，他不打算要我这棵招财树了？"

"那密码泄露呢？"黎姜九说着侧头瞥了眼纪原旻，"你该不会设置的是姓名缩写加生日吧？"

见纪原旻不说话，黎姜九一拍大腿："我就知道！你的生日百度百科一查就查得到，你这不明摆着让人盗号吗？"

纪原旻又好气又好笑，往黎姜九嘴里又塞了瓣橙子："我是那么傻的人吗？我的密码很复杂的好不好？尤其是有过两次账号异常登录后……"

"异常登录？"黎姜九打断他。

纪原旻顿了顿，点头："其实第一次异常登录的时候我就提高了警惕性，重新将密码改长改复杂了，但很快就又有了第二次异常登录，不过这两次都

252

没有发生什么出格的事情，除了这一次。"

纪原旻目光沉沉："说实话，我也很想知道这背后一次次猜中我密码的到底是同一个团队，还是不同的人干的？他们到底是谁？"

黎姜九眯起眼若有所思："唔，既能如此摸透你又有理由这么做的人，还真不多。"

纪原旻递来最后一瓣橙子，黎姜九接过不经意地问了句：

"舒妙呢？好像很久都没见到她了。"


"所以，今晚想找我的其实是黎小姐？"舒妙的眼里闪过一丝晦暗难明的情绪，"是小原替你给我发信息的？"

黎姜九轻抿了口饮料，淡淡的语气再自然不过："别紧张，他不知情。是我自己发的，他当时洗澡去了，手机就留在我旁边。"

舒妙面上保持着微笑，紧紧握着杯子的手却不经意地加重了力道："黎小姐和小原……"

"我们在一起了。"黎姜九低头羞赧一笑，"他没告诉你吗？"

舒妙盯着黎姜九身上的卫衣，恍然发觉之前的眼熟感是来源于哪里，因为这是纪原旻的。

头顶灯光暖黄，可还是掩不住舒妙瞬间肃白了几分的脸色。

"我之前因为一些原因辞职了，现在小原自然不会事事都与我说，尤其是黎小姐选择如今这个时刻和小原在一起……"

"不是哦。"黎姜九打断了舒妙，"我和纪原旻在一起的时间可要比现在更早点。让我想想，大概是在他第二次去桃源的时候吧。"

舒妙的表情终于再也掩饰不住地难堪复杂起来。

黎姜九不动声色地将这些尽收眼底,笑道:"我一直以为纪原旻只是追我追得紧,没想到他保密工作做得也如此到位。"

"还想着能和纪原旻走的时间长久点,可没想到出了如今这个岔子。"

黎姜九没看舒妙,手指有一下没一下地敲着桌面:"我很好奇,也很想见见那位把纪原旻从高处拉下来的人,所以我找啊找啊,找了一圈才发现,这人竟是老相识。"

黎姜九停住动作,清冷的眼眸直直地看着舒妙,似笑非笑:"你说纪原旻要是知道是你,他会不会难过?"

"我?"舒妙面不改色地抬起眼皮,嘴角依旧噙着礼貌得体的微笑,"我怎么听不明白了?难道说黎小姐大晚上用小原的手机骗我出来兴师问罪,是在怀疑做了这一切的人是我?"

舒妙顿了顿,眼里闪过一丝讥笑:"怎么,是因为上次的网络打击有些大,所以人气不如从前的黎小姐近来只能无所事事地看些福尔摩斯?"

舒妙笑里藏刀,黎姜九却丝毫没有恼,轻轻地晃着面前的酒杯,不紧不慢:"你又说错了哦,我从没怀疑过你。"

酒杯停住,黎姜九抬起眼一字一顿:"是肯定。"

黎姜九换了只手撑着下巴,对舒妙弯了弯眼:"而且,我今天来找你也不是兴师问罪。是感谢。"

舒妙眼里的笑渐渐凝固。

黎姜九索性往后一靠,换了副更闲适的神情,盯着舒妙看了好一会儿才懒懒地开口:"话都说到这个份上了,知道你也辞职了我也不怕告诉你实话。

"当初的什么人气王、品牌代言在我眼里都一文不值,我想要的自始至终只有 JL 的《人物》杂志年度封面。只是这条路有点远,我走得也有些慢,

254

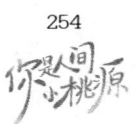

好不容易在今年终于能看到些曙光了,但是半路却冒出个纪原旻,你说气不气?

"论人气热度,我和他不相上下;论竞争力,他无疑是我最大的竞争对手。我本想趁那两次合作挖点他的黑料让他吃点小亏来着,没想到他竟然喜欢上我了?陷入恋爱的男人果然就没了脑子,瞒着你们偷偷跑来桃源,在我消失的时候疯了一样找我,在我被全网黑的时候寸步不离地陪在我身边,而且还不知他用了什么办法让黑我的那位幕后黑手出来道歉,比我还用心地一点点改变网友们对我的印象。"

黎姜九顿了顿,笑了起来:"说实话,我差点就被打动了,但是所幸这个时候你出现了,不早也不晚,来得正正好。

"距离年末还有两个月不到,这个节骨眼儿上纪原旻出了这样的事,就算背后的团队公关做得再好,拿不出实质性的证据来证明,必然逃不了被议论纷纷。我上回的舆论风波早已过去,而纪原旻的才正在风头上,JL的那个什么总监他只要但凡带点儿脑子,你说他选谁的可能性来得更大些?"

舒妙目光令人捉摸不透:"所以你的意思是,当你真的登上了《人物》的年度封面的那天,你就会把小原一脚踢开?"

"我为什么要踢开他?"黎姜九拿酒杯的手一顿,侧头认真地看着舒妙,"难得遇到这么个对我死心塌地、愿意为我做一切的人,我为什么要踢开他?

"虽然我不清楚你和纪原旻之间发生了什么不愉快,但现在看来你总归是误打误撞帮了我一把,所以该有的客套话还是少不了的。"

说到这里,黎姜九推过酒杯轻轻地和舒妙一碰,勾眼一笑。

"**谢谢你啊,纪原旻的前助理。**"

黎姜九一饮而尽,而舒妙则握着面前的酒杯一动不动。黎姜九看着时间不早了,便喊来服务员结账。

黎姜九戴好口罩,看了眼表:"今天和你见面很愉快。但我该走了,不然一会儿某人该查岗了。"她眨眨眼,"你也知道纪原旻,尤其在现在这个时刻,好像感觉全世界都要抛弃他……"

黎姜九话还没说完,突然就被一直默不作声的舒妙给打断:

"他从头到尾就是个大蠢蛋!"

黎姜九一顿:"什么?"

"我说,纪原旻他从头到尾就是个蠢得不能再蠢的大笨蛋!"

舒妙抬眼盯着黎姜九,自嘲道:"他蠢在我辞职后没有挽留我,他蠢在把密码设置得毫无挑战性,他最蠢的就是信你是真心喜欢他!"

舒妙当初走的时候说过两句话。

——小原,我站不到你身旁没关系。

——但是总有一天你会明白,黎姜九她不值得。

为了让纪原旻明白,为了让黎姜九离开纪原旻,舒妙选择了最极端的方式——如果纪原旻不再是大众眼前那个正能量的人气偶像,如果他从云端跌入泥泞,那么他一定会看清最后留在他身边的人只有自己。

舒妙猜对了前头,小原你看,你放在心尖儿上的人,根本把你当成垫脚石!

但舒妙却没料到黎姜九不像其他不择手段的人,利用完就拍拍手扔掉,她竟要将纪原旻留在身边?她竟然打算这么一直吊着、耗着他?

"谁帮你了?"舒妙终于揭掉脸上那层虚假的礼貌,眼里浮出一丝冷笑,"从头到尾,我都想让你身败名裂,我想要你跌进舆论巨浪里永不翻身,我更想要你离纪原旻远点再也不要和他有任何瓜葛!"

舒妙说到这儿，目光更晦暗了几分："要不是之后小原蠢兮兮地为你做了这么多，你以为你还有机会坐在这里见我？怕是早就被舆论浪潮淹死了吧！"

"是你？"黎姜九目光幽深，"是你引导的那些舆论？你就不怕吗？离舆论最近，你们就不怕哪天那些会吃人的巨浪落到自己头上吗？"

舒妙嗤笑了声："只有没胆子没脑子的那类人才会谨慎忌惮。是，这一切是我做的又如何？网上的那群蠢货只会跟着起哄，真的假的说什么信什么，要想搅出点浪花还不是轻而易举的事？黎小姐，被舆论操纵的那种滋味不太好受吧？"

黎姜九目光灼灼："操控舆论？你谦虚了。你这分明是杀人不见血！"

"杀人？"舒妙像是听见个天大的笑话，"我杀谁了？网络信息千万万，相信还是不相信，选择权都在个人手里，大家只是对我放出的消息感兴趣而讨论，怎么就杀人了？况且，就算我舒妙承认我是有意在操纵舆论。"舒妙顿了顿，盯着黎姜九又笑了起来，"你一个住在山沟里的小网红，能奈我何？"

舒妙脸上的笑意莫名多了几分优越感："纪原旻有没有告诉过你，我叔叔是《京城晚报》的副主编？他手里握着的笔才是真正的杀人刀，你不是想登上JL年度封面吗？你说要是在最后几天全国都能看到的《京城晚报》上出现了你的负面报道，你认为你还会如愿以偿吗？黎小姐，有自信是好事，就是有一点，要看清对手是谁。"

舒妙说完不紧不慢地抿了口面前的饮料，好整以暇的表情还没有维持两分钟，在看到黎姜九掏出兜里的一个黑色东西时，瞬间惊愕。

那是一支录音笔！

"昨天才买的，也不知好不好用。"

黎姜九当着舒妙的面摁下开关，里面的声音清晰得不能再清晰。

——他纪原旻从头到尾就是个大蠢蛋……他蠢在把密码设置得毫无挑战性。

——这一切是我做的又如何？网上的那群蠢货只会跟着起哄……要想搅出点浪花那不是轻而易举的事？

——就算我舒妙承认我是有意在操纵舆论，你一个住在山里的小网红能奈我何……我叔叔是《京城晚报》的副主编？他手里握着的笔才是真正的杀人刀。

……

"好像还不错，是吧？"

舒妙咬着牙："你……套我话？"

"嗯哼。"黎姜九坦然迎上舒妙的视线，"虽说这手段是有些不太光明磊落，但没办法，对什么样的人就要用什么样的方法，这卑劣的手段配你刚刚好。纪原旻心软，只是让你发条澄清微博就算了事了。但我可不是他，不说以牙还牙，但总要礼尚往来吧。"她把玩着手里的录音笔，"被舆论攻击的滋味如何我不太好向你形容，明天你亲自体会一番就知道了。"

舒妙脸色肃白："你早就知道是我？所以今天编了这么一大堆话就是为了替自己出口气？"

黎姜九抬眼好脾气地笑笑："你又只说对了一半。刚才的话是不能全信，但有句必须得信：我和纪原旻会长久地一直走下去，无论他是在万丈光芒处，还是在冷暗深沟里。"

黎姜九收起了笑，眼神清明坚定："我喜欢纪原旻，我不允许我的男人受到这样不明不白的流言蜚语攻击，我喜欢的人就应该是清清白白、干干净净的，绝不允许任何不知哪儿来的污点挡住了他的光，哪怕一丁点！

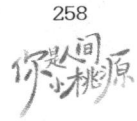

"舒妙,舆论从来不是风平浪静的大海,看看你脚下吧,你这大船就要翻了。"

舒妙哑着声音,放出最后一句狠话:"你就不怕我叔叔……"

"还有,你有句话说得很对,有自信是好事,就是要看清对手是谁。"黎姜九起身离开时突然又停了下来,"我是个住在山里的小网红,但我也是黎姜九。"

黎姜九噙着笑,一字一顿:

"纪原旻大概也没告诉你吧,我的黎是黎氏集团的黎。"

黎姜九刚走出咖啡馆就给祁牧打了个电话。

"老祁,东西我搞到了,一会儿发给你,你知道该怎么办。"

祁牧的办事效率黎姜九是放心的,等第二天醒来的时候,网上的风向果然都变了回来,网友们都在热烈讨论昨天半夜曝出来的一段录音。

黎姜九满意地刷着评论。

——看到没!我就说我哥哥是无辜的!

——舆论暴力就是杀人啊!请每位网友都要对自己的言论负责!

——网络舆论真的太可怕了!强烈要求实名制!

——太帅了!虽然不知道是哪位,但无论是谁,我都举双手赞同!

——啊啊啊啊啊!纪原旻也太幸福了吧!公开吧,公开吧!

……

嗯?黎姜九渐渐发现评论里好像混入了什么奇怪的话风。

赞同什么?又公开什么?

黎姜九又仔仔细细地翻阅了几条还是一样,于是一头雾水的她终于点开那条转发、点击率数十万的音频。

——这一切是我做的又如何……要想搅出点浪花那不是轻而易举的事……

这没什么毛病啊。可当黎姜九再往下听时,却蓦地怔住了。

——有句必须得信:我和纪原旻会长久地一直走下去,无论他是在万丈光芒处,还是在冷暗深沟里。

——我喜欢纪原旻,我不允许我的男人受到这样不明不白的流言蜚语攻击,我喜欢的人就应该是清清白白、干干净净的,绝不允许任何不知哪儿来的污点挡住了他的光,哪怕一丁点!

……

黎姜九彻底愣住了,一把抓过手机。电话刚接通,女生的吼声就足以穿透耳膜:

"祁牧!你看你干的好事!"

而这边,还在昏昏沉睡的纪原旻被胡哥的催命电话喊醒的时候也是一脸蒙。

"去看热搜,给你一分钟,我要一个解释。"

纪原旻一头雾水地打开手机,发现前一晚还在质疑批判他的那些网友全没了踪影,现在清一色的都是在呼吁"网络实名""言论负责",以及……催他公开恋情的。

"那女人是谁?为什么一下子全网都知道了?你们到底在一起多久了?"一分钟时间到,电话那头的胡哥便毫不客气地抛出连环三问。

纪原旻扶了扶脖子,缓了缓神:"我若说我们在一起还不到十二个小时,你信吗?"

胡哥深吸一口气,怒吼:"我信你个鬼!"

这边胡哥在暴跳如雷，黎姜九也平静不到哪里去。

虽气了整整一天，但黎姜九却还有一丝小庆幸——幸好祁牧没蠢到把自己最后那句自报家门的话给贴进去。否则，她闭着眼都能想象哥哥黎江一和爷爷黎鹤知轮番轰炸自己的情形。

所以，对于那个对纪原旻霸气表白的女生是谁，一时间众说纷纭，有人说是纪原旻同行的女明星，又有人说是纪原旻一起长大的小青梅，但这里面可信度最高的一个版本却是某集团千金，来自一位不愿透露姓名的网友提供的线索。

这位网友自称当时碰巧也在现场，但隔得较远听不太全，只听见断断续续的几句话。

黎姜九吓得冷汗都冒出来了，这要是让那个网友给听全了那还得了？

于是一时间，超人气小天王和神秘集团千金的恋爱故事在网上传了好几个版本。

黎姜九越看越觉得世界不安全，于是当晚便收拾了东西打算第二天就回桃源避避风头。

可谁知翻来覆去了一夜根本没睡好的黎姜九才起床，就又被网络上的一记重磅炸弹给震得恍恍惚惚。

黎姜九反反复复地看了十来遍。

——今天@一只姜丸酱答应做我女朋友了吗，并没有。

黎姜九认得，这是纪原旻那个"她准男友"的小号每天准时打卡发的微博。

可问题就是，今天这条微博为什么会出现在纪原旻的大号微博里？！

黎姜九以为自己看走眼了，一众网友也以为自己看花眼了，甚至还有不少粉丝担忧是不是自家爱豆又被盗号了?

可正主纪原旻却亲自在下面回复:"没盗号,真喜欢,谢谢。"

好了,一众吃瓜网友大概是近几年来吃瓜吃得最晕头转向的一届了,前一天某神秘集团千金霸气表白纪原旻,可是第二天纪原旻就在微博上隔空表白人气博主,而这复杂的三角恋的第三位当事人"一只姜丸酱",却还没有任何表示。

现在黎姜九当然没时间管微博上的事,她正在赶往纪原旻家的路上。

当被帽子口罩遮挡得严严实实的黎姜九站在纪原旻家门前,才摁了一声门铃,门就开了。

黎姜九连口罩都没摘,进门问的第一句就是:"你怎么回事儿?"

"什么怎么回事儿?"纪原旻笑着装傻。

黎姜九晃了晃手机:"微博!"

纪原旻勾着眼尾:"告诉大家我名草有主了,就是作为我女朋友的第一条待遇标准。"

纪原旻话里透笑:"不然下回又有哪个千金和我表白怎么办?毕竟你男朋友我这么抢手惹人爱。"

黎姜九深吸一口气,强行忍下男人这厚得能开火车的脸皮:"可你都没和我商量!"

"商量?昨天那段网上转疯了的表白音频,某人好像也没和我商量就放出来了吧?"纪原旻眨眨眼,"作为一个男人,老是让女生来做这样的事可不太好吧。"

"那是因为祁牧那个家伙喝醉了才剪进去的……"黎姜九觉得自己越来越说不清了。

可偏偏此时纪原旻还不慌不忙地剥了瓣橙子递来。

262

"吃一个？"

"我不吃！"这个节骨眼儿谁还有心情吃橙子？

"那喝口水？"

"我不喝。"

"昨天小夏送来的核桃挺新鲜，我给你剥？"

"我不饿。"

"要不我们公开吧？"

"我……"坐在沙发上气呼呼的黎姜九一下子愣住了，怔怔地抬眼看向几步外的男人。

纪原旻目光沉沉地又笑着重复了一遍："黎姜九，我们公开吧。"

还没等黎姜九反应过来，那道人影便径直走来。纪原旻撑着沙发，摘掉了她的口罩，那双上扬的桃花眼不再盛着揶揄狡黠的光，而是沉静且认真地注视着她。

"黎姜九，有些八卦可以不用理会，但有些八卦却需要坐实。

"我对你的喜欢，从来就不打算偷偷摸摸、躲躲藏藏，我不允许我的女朋友被大家猜测揣度却还不知道是谁，我要我喜欢的人站在阳光下，我要正大光明地牵她的手，我要无所顾虑地同她去任何她想去的地方。

"你说无论今后是高楼还是深沟，你都会同我一起走下去。所以，我想要在万丈光芒中身边有你，我想你在难挨的无尽黑暗里可以无所畏惧地握着我的手。"

纪原旻伸出手，目光清明："所以黎姜九，你敢不敢？"

他盯着黎姜九，竟没来由地有些紧张。

可只过了一秒，纪原旻只觉掌心一沉。

"有什么不敢？"黎姜九毫不犹豫地搭上了手，"说好了，谁先松手谁是小狗，一辈子都要孤独终老的那种单身狗！"

今天微博服务器一共瘫痪了两次。

一次是人气偶像纪原旻表白的时候，一次便是拥有千万粉丝博主"一只姜丸酱"默认的时候。

纪原旻：今天@一只姜丸酱答应做我女朋友了吗，并没有。

一只姜丸酱：有，她答应了。

就这样短短两句话足足让一众网友沸腾了好几天。

——这叫什么？当初夺走的大奖迟早都要用人还的！

——噢吼吼开心！果然菊粉一家亲！

——我猜纪原旻那么会插秧捞鱼，肯定是在家里被老婆使唤多了？

……

近一周来，网络上都是在讨论这件事的，就连纪原旻的小号下面也是颇为热闹，只不过清一色都是为他感到惋惜的。

——小哥哥！你失恋了！

——有人盗用了你表白的路数！

——还抢走了你的准女友！

——争口气！抢回来！我们挺你！

……

此时，桃源，黎姜九的小院子里。

黎姜九正坐在院子里专心地做着一个木制小玩意儿，抬眼间瞥到面前的人，随口道："怎么了？"

"没什么。"纪原旻将手机放回兜里，继续剥着手里的橙子，"有人说我抢了我自己的女朋友。"

黎姜九懒懒道："彼此彼此，之前网友还说我插足了自己的恋情呢。"

纪原旻喂了黎姜九一瓣橙子，若有所思地抬起眼揣度了又揣度。

"还有什么事？"黎姜九察觉到男人的欲言又止。

"有件事，你听完不许难过。"

黎姜九眼也没抬："你先说来听听。"

纪原旻深吸一口气，又瞥了眼黎姜九："昨天JL的负责人……联系我了。"

黎姜九手上的动作一顿，却没抬头："嗯。"

"他们邀请我后天过去。"

"嗯。"

"是讨论关于年度封面的相关事宜。"

"好。"

"你……生气了？"

纪原旻也很头疼，胡哥之前听人透露，由于近几年掀起一股溯源传统文化的浪潮，加上今年的《春华秋实》广受大众热捧，很有可能《人物》杂志也会更倾向于选择在这方面有影响力的人。

而其中人气博主"一只姜丸酱"的呼声最高，连纪原旻都这样认为，可是没想到最后JL联系的人却是自己？

纪原旻默默又拿来个橙子。

"以后你的所有橙子，我包了。"

没反应？

"还有碗，我来刷。"

还没表情?

"或者你最近要拍什么 Vlog 吗?"纪原旻弯着眉眼凑过去,"可以免费借你我的脸,打广告宣传尽管拿去用。"

纪原旻讨好补偿的意味太明显,黎姜九终于无法保持无动于衷,忍住眼底的笑意接过他递来的橙子。

"再加一条,我后天和你一起去。"

"可以。"纪原旻又赶忙递来一瓣橙子,"你只要保证别揪着 JL 那位负责人打就成。"

一直到吃完了纪原旻剥的整个橙子,黎姜九才慢条斯理地开口:"我为什么要打他?"

纪原旻:"我怕你气不过……"

"他们邀请我后天去,我有什么气不过的?"黎姜九对上纪原旻怔怔的表情,终于藏不住嘴角的笑意,"哦,我是不是还没来得及告诉你,JL 昨天也联系我来着,好像说也是年度封面的事儿。"


一个月后,JL《人物》杂志的年度封面终于出来了,破天荒首次出现了双人封面。

封面上的黎姜九和纪原旻并肩而站,十指紧扣,笑容灿烂,而两人身后是烟雨缭绕的桃源山。

杂志的扉页上印着这样一句话:

人间桃源,是景也是你。


【正文完】

# 番外一
## 想吻你绝不会找其他借口

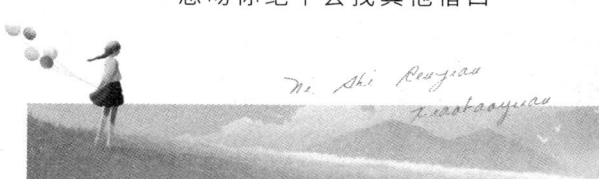

纪原旻喜欢吃甜食,黎姜九答应在他生日那天给他做个小蛋糕。

可是自从一大早小夏接到她之后,一直到傍晚,捧着蛋糕坐在车里的黎姜九愣是连个纪原旻的人影儿都没见到!

黎姜九是低估了如今顶流偶像的工作繁忙程度,生日当天不仅有两个杂志拍摄外加与粉丝互动的生日会,到了晚上还临时被安排一个应酬。

此时坐在车内的小夏已经不记得第几次问黎姜九了:"要不我还是先送黎小姐去小原家?他一早就这样嘱咐过我。"

"不用!"黎姜九打了个哈欠,气哼哼道,"我就坐在这里等他!"

我倒要看看这个家伙到底能把我晾多久!

夜色渐深,黎姜九架不住困意开始打起了瞌睡。也不知过了多久,她迷迷糊糊地听见主驾位置的小夏开门下了车,又很快坐了进来,然后就一言不发地开始发动车子。

黎姜九困得眼睛都睁不开，含含糊糊道："哎，我们去哪儿……我还没等到纪原旻，等等……我们再等等……"

然后黎姜九感觉有人捏了捏自己的脸，声音有些疲惫，却透着笑："猪啊你，让你回去等偏不要。"

嗯？黎姜九费力地睁开眼："纪原旻，怎么是你？"

"怎么不是我？"纪原旻觉得好笑，"等了我一天等傻了？"

"我让小夏也回去休息了，你再睡会儿。"视线里的男人平视前方，专心地开着车，"等到了家我喊你。"

纪原旻低低沉沉的话像是有魔力，黎姜九原本的愠怒一下子被浓浓困意冲散，竟就这样侧着头坐在副驾真的睡着了。

等黎姜九醒来的时候发现自己已经躺在纪原旻家的沙发上，房间里的暖气开得很足，纪原旻已经冲了个澡换了身质地柔软的卡通家居服坐在厨房里。

黎姜九洗了把脸让自己清醒了些，边朝纪原旻走去，边随口问："我睡了多久？你怎么到了也不喊我……"

突然，黎姜九愣住："你……你竟然就这样把蛋糕吃了？"

黎姜九脸上还挂着未擦干的水珠，一脸震惊地看着纪原旻面前只剩下一小块的蛋糕。

"我……我不能吃吗？"纪原旻被黎姜九这一嗓子吼得有点蒙，差点噎住。

"敢情你以为我大老远跑来就是为了给你送块蛋糕？"

纪原旻小心翼翼："这……难道不就是块蛋糕吗？"

黎姜九真是气得连牙齿都痒痒，等了他整整一天想陪他好好过个生日，没想到头来因为自己睡了一觉，他就一声不吭地吃了一大半的蛋糕，哼！亏她之前还费心地在上面裱了字，估计纪原旻都没看清就吃进肚子里了吧。

268

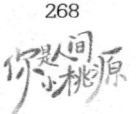

可恶！她都还没尝到自己做的这蛋糕的味道呢。

黎姜九气不过，撑上桌子抢过最后一块蛋糕就是一大口。

纪原旻笑得包容又无奈："你怎么抢我蛋糕啊？"

"你应酬没吃饱吗？我提着蛋糕等了你一天，吃一块还不行了？"黎姜九不甘示弱地又咬了一大口。

纪原旻弯着眉眼走过来，双手撑在黎姜九身侧："噢，所以你这是生气了？"

"我有什么好气的？"坐在桌子上的黎姜九边晃着腿，边轻哼了声，"纪大明星人红工作忙，生日那天当然得以工作为第一，我一个小小的女朋友放一旁不碍事的。"

纪原旻笑着看了会儿黎姜九，解释道："今天晚上的那场饭局的确有些太突然了，但对方的品牌方代表是很重要的……"

"对对！重要！我知道！"黎姜九没好气道，"你之前送我的一堆什么香水包包口红不都是你代言的品牌吗？你一个代言人是要和品牌方搞好关系，不然下回拿什么哄女朋友？对吧？"

纪原旻听出了黎姜九话里的意思，也不急："你对那些没兴趣，我知道。只是我这人看到什么好东西就想给你送一个，找个理由花点钱。"

的确，自从两人在一起后，黎姜九就收快递收到手软。纪原旻送黎姜九的什么礼物都有，有高档如纪原旻自己代言的香水、口红，也有接地气如糖炒栗子、薄皮山核桃等。

黎姜九哼哼道："别告诉我你今晚答应那个品牌方的应酬，也是为了以后送我他家的礼物？"

见纪原旻摸了摸鼻头笑了，黎姜九惊了。

"还真是？"黎姜九更加不屑了，"喊，送什么我都不稀罕，我可是黎姜九！

我缺什么啊？我明明什么都有，明明什么都不缺……"

可什么都不缺的黎姜九在看到纪原旻拿出那个东西的那一秒，还是倏地瞪圆了眼。

"也许什么都不缺的黎姜九小姐，还缺个先生。"纪原旻笑意沉沉。

待黎姜九反应过来时，无名指上已经套上了一枚戒指，她终于明白现在是什么场面。

"你……你……"黎姜九一下子语无伦次起来。

"享誉国际的陈斐设计师你应该听说过吧？"

"听说过，她不是说要退出……"

"是的，这是她设计的最后一款戒指，特地为我们设计的。今天这顿饭她也在，我是专门为了答谢她才去的。"纪原旻盯着女生，"你知不知道，为了这对戒指我可是磨了她好久。"

黎姜九大脑还是有些蒙："相识半年在一起，在一起三个月不到就公开，公开还没两个月就求婚，纪原旻，我们这速度有点快吧？"

纪原旻只是目光沉沉地笑："这已经很慢了，纪太太。"

"纪太太？"黎姜九又惊了，"喂喂喂，你这只是个求婚哎！况且，你都还没问我愿不愿意！"

纪原旻勾起唇："OK，那么请问黎姜九小姐，你愿意让你的男朋友纪原旻先生正式升级成为你的纪先生吗？"

黎姜九还想装模作样地考虑下，就听见面前的男人紧接着来了句：

"顺便提醒一句哦，今天可是纪原旻先生的生日。刚刚在你睡觉的时候，你裱在蛋糕上的话纪原旻先生都看过了，他也悄悄许过愿，你可别让他愿望落空哦。"

"好了好了,我愿意。"

纪原旻探过身子:"怎么感觉你像是被迫的?女生不应该都会被感动得流泪吗?"

黎姜九晃了晃那枚戒指:"才睡醒就被求婚,迷迷糊糊就被套上了戒指,连个鲜花音乐拥吻都没有,我这个纪太太摊上了你这样没有浪漫细胞的先生,除了点头说 Yes 还能咋的?留着你去坑别人吗?"

纪原旻若有所思:"你觉得我不够浪漫?"

"不然咧?"

黎姜九懒懒咬了口蛋糕,只觉得忽然眼前一暗,一抬眼见纪原旻靠近了几分。

"你……你又要干吗?"

纪原旻盯着女生嘴角的奶油,意味深长道:"你今天做的蛋糕我很喜欢,奶油甜得刚刚好,就是有些意犹未尽。"

黎姜九的心脏突然没出息地狂跳了起来,果然下一秒,清冽的气息一下子涌入鼻尖,纪原旻倏地俯身靠近,不由分说地……叼走了她盘子里最后一口蛋糕。

呆滞的黎姜九眨了眨眼,反应过来。

嗯,果然是意犹未尽。

纪原旻纳闷儿:"你怎么脸这么红?吓到你了?"

黎姜九一边红着脸,一边没好气道:"是啊!吓了我一大跳!我还以为、还以为你要……"

"你不会以为我刚刚是想借你嘴角的奶油吻你吧?"

得!小心思又一次被戳破。黎姜九的脸彻底红透了。

纪原旻抽出纸替黎姜九仔细地擦着嘴角:"你啊,韩剧里的什么吐司吻啊、棉花糖吻的少看点,免得花痴地以为我和那些韩剧男主一样。"

黎姜九没好气地抢过纸自己胡乱抹了几把:"是是!你们不一样!他们可比您浪漫多了!"

"浪漫有什么用?比起浪漫我更喜欢直接。"纪原旻盯着黎姜九,"无论是公开恋情,或是求婚,还是吻你。"

"啥?"黎姜九一愣。

纪原旻眼尾透着笑,觉得说一堆话远不如身体力行来得直接。

男人温柔的唇覆上来的时候,还带着甜甜的奶油味儿,黎姜九彻底蒙了。

直到女生快呼吸不过来的时候,纪原旻才将将放开了她。

嗯,是意犹未尽没错了。纪原旻盯着黎姜九。

"记住了?

"我和他们不一样,想吻你绝不会找其他借口。"

## 番外二
### 见家长而已,放轻松!

纪原旻要去见黎姜九的家人了。

而且纪原旻是在当天才知道这个消息的。

"别紧张,就是年末了吃顿晚饭而已,你只要不碰酒就行。"

可此时的纪原旻根本无暇顾及黎姜九的话,他正在无比慎重地挑衣服。

"这套怎么样?"纪原旻已经换了第十二身衣服了。

"好看,你长得帅穿什么都好看。"黎姜九也说了第十二遍。

可挑到最后,纪原旻还是穿着第一次试的那件大衣跟黎姜九回去了。

一路上,坐在副驾的黎姜九只听见左边的人一边开着车,一边碎碎念。

"礼盒是不是买少了?我只记得你喜欢吃橙子,万一你爷爷不喜欢?"

"我不该跟导航走这条路的,现在正好是放学时间,万一堵车迟到了怎么办?"

"喂,我这不是紧张啊,我只是想给你家人留个好印象……完了!我突然想起来上次我是不是打过你哥？"

可到达黎姜九家的别墅时，纪原旻还是认了怂。

"不行不行，我们先在车上坐一会儿再进去行不行？"

纪原旻大大小小的秀场典礼都不知道参加了多少回，国内国外的名人明星都不知道见了多少个，如今竟在未来岳父岳母的家门前怂了？

黎姜九心里没来由地柔软了起来，她握住纪原旻的手："他们都是我最亲近的人，不用紧张。"

黎姜九眨眨眼："而且我妈说你和我站一起挺有夫妻相的。"

纪原旻更紧张了："你妈什么时候看到我的？"

"傻啊你。"黎姜九差点又要没忍住敲栗暴了，"JL的杂志啊，我俩的双人封面！"

黎姜九还想说些什么，突然听见有人敲车窗。

是黎江一。

黎江一站在外面，纳闷儿地看着坐在车上说着话的两人。

"怎么不下车，快进来。"

当真正见了黎姜九的家人，纪原旻才发现黎父黎母都是开朗随和的人，根本没有想象中那么难搞定。

一顿饭吃下来，气氛还算不错。

除了那个坐在主位的老人，脸上的表情一直沉沉的，有点让人捉摸不透。

晚饭后，黎鹤知想和黎江一来盘棋，可还没开始，黎江一就被黎姜九给喊了去。黎鹤知连棋盘都已经摆出来了，对手却跑了。

这时一直坐在旁边默不作声的纪原旻瞥了一眼。

"其实我也会点儿围棋，您要是不介意，我可以陪您来一局。"

274

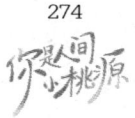

黎鹤知眯眼看向这个拐跑自家孙女的浑小子,意味深长地点点头:"试试吧。"

纪原旻的围棋是从小学的,没什么别的目的,他妈妈就是看不惯他老是在家里睡大觉。

只是没想到这项原本打发时间的兴趣,竟也被纪原旻学得挺好,起码在桃源的时候,除了那次心不在焉被祁牧赢了一局外,大概也只有元修能勉强和他持平。

纪原旻睡觉的时候专心睡觉,下棋的时候便也极其认真专注。别人家的孩子下围棋锻炼的是逻辑思考能力,而纪原旻却培养出了那股该死的胜负欲。

比如现在,纪原旻一不小心赢了对面的老人。

纪原旻连忙反应过来:"您老刚刚肯定是让我了,再来一局!"

第二局一开始时,纪原旻下的每一步都格外小心翼翼,可下到最后一不小心又忘了形,又赢了。

再来一局!

两人下了三局,纪原旻就赢了三局。

纪原旻小心地瞟了眼对面臭着张脸的老人,欲哭无泪。果然,黎鹤知再也没对他笑过,纪原旻心凉了半截。

直到临走前,纪原旻还在揣度着如何和黎鹤知道别,可没想到老人却先开口把他叫到一旁。

黎鹤知沉着张脸,递过一块款式老旧的表。

"喏,拿着。"

纪原旻懵懂地接下,一旁的黎姜九看到这一幕愣了愣,后知后觉地戳了戳纪原旻:"还不谢谢爷爷。"

"谢就免了。"黎鹤知瞥了眼纪原旻，似不经意道，"一块表而已，就当是你今天连赢三局的奖励吧。以后和小九回来吃饭时记得提前和我说一声，我好抽时间出来跟你下下棋。"

直到出了门，黎姜九才终于憋不住问道："哎，快说说，你怎么搞定我爷爷的？这么难搞的大Boss，你竟然就这样拿下了？"

"拿下？是，我是把他给拿下了。"纪原旻一提到这个就后悔，"我就陪他下了三盘棋，然后就不小心赢了他……三盘。所以他送我这块表，到底是什么意思？"

"叫你和我常回来吃饭还能有什么意思啊？"黎姜九又忍不住想敲一敲纪原旻的蠢脑子，"况且他还将这块表给了你。连老黎都没有，老头儿说过，这块表他只留给未来让他称心的孙女婿。"

## 番外三
### 番茄炒蛋

黎姜九最近不在桃源,可还总是有她的快递,全是纪原旻送的。

可纪原旻大概不知道,他寄过去的大部分吃的全便宜了林少艾。

"祁哥,你看!"这天林少艾又收到一个写着黎姜九名字的包裹,一打开里面竟是满满一箱螺蛳粉?

纪大明星什么时候还代言了这么接地气的东西?林少艾笑得两眼弯弯:"祁哥,咱们今天的午饭有着落了。"

以前黎姜九在的时候,一周七天,一天三顿,顿顿都不带重样儿的,祁牧和林少艾不用操心其他,只需要带张嘴就成。

可黎姜九这回不在的时间有些长,桃源大部分的事情都交给林少艾的同时,那件做饭的围裙也由林少艾承下了。

只不过,林少艾虽承袭了黎姜九的衣钵,却没承下她的厨艺。

林少艾最喜欢番茄炒蛋,是因为她会做的菜只有番茄鸡蛋。

于是番茄炒蛋盖浇饭,番茄鸡蛋汤,番茄鸡蛋面疙瘩……

一天三顿,祁牧现在是看见红黄两色就反胃。

而现在,祁牧注意到林少艾抱着那一箱螺蛳粉两眼冒光,一下子就猜到自己未来一周飘着臭味的悲催命运了。

于是中午,在林少艾兴致勃勃地撸起袖子准备烧水煮螺蛳粉时,祁牧插着兜走进厨房,二话不说把林少艾赶了出去。

"干啥啊?祁哥?"

"砰!"

祁牧不由分说一把关上了厨房的门,只留一脸蒙的林少艾站在门外。

直到一个小时后,祁牧才开了门。

在门口等得快要睡着的林少艾边打哈欠边朝里走:"都说了我来就好,煮个粉而已,你看你多磨叽,我都要饿晕头了……"

话还没说完,林少艾便没了声,她不敢置信地睁圆了眼睛。

桌上摆着两菜一汤一饭,一锅海鲜炒饭、一盘醋熘鱼、一份清炒时蔬、一碗冬瓜白玉菇汤。

"祁哥,你、你……"林少艾语无伦次起来。

祁牧言简意赅:"吃饭。"

"你以前为什么没下过厨?"

"懒。"

"那你今天怎么又下厨了?"

"饿。"

"哇,藏得好深啊祁哥!咋谁都不告诉,厨艺只留给以后的媳妇儿尝啊?"

"你说小姜姐要是知道你厨艺这么好却从来不下厨,会不会气得把你给开了?"林少艾狡黠地看着祁牧,"当然你要想我不告诉小姜姐也可以,我很好贿赂的,用好吃的堵住我的嘴就行。"

林少艾探过身子,抖出最终目的:"我明天可不可以还吃你做的饭?还有后天,大后天,大大后天,干脆你把我以后的饭都承包了吧?"

祁牧盛了满满一碗海鲜炒饭递给林少艾,又给她夹了只大虾,懒懒道:"嗯。成交。"

哈!林少艾乐翻了,觉得自己赚到了!

而少女不知道祁牧最后一句是回答了她的两个问题。

"厨艺只留给媳妇儿尝?"

"嗯。"

"干脆你把我以后的饭都承包了吧?"

"成交。"

嗯,祁牧也觉得自己赚到了。

## 后记

这不是我写的第一个故事,却是第一个部出版成书和大家见面的长篇单行本。就像一位终于盼到了孩子有出息的老母亲,我知道消息的那一整天,笑得嘴巴都合不上。

我看的书不算多,也真的从没想过要成为一个作家。小时候同样看完一本好书,别人都是立志以后要写出和作者一样好的作品。而我和他们不同,我是立志以后要挣好多钱然后把这个作家写的书都买回家!

在我的认知中,热爱和创作完全是两码事,就像着迷于魔法的小孩却不一定同样拥有驾驭魔法的能力。热爱文字却没有创作觉悟,我从小就是那个典型。不仅如此,从当数学课代表,到高中分班选理科,再到大学选择了和文学一点都不搭边的生物,我嘴上说着热爱文学,身体却好像一直走在口是心非的路上。

现在看来,当初没有选择以笔为生好像是个正确的选择,我很庆幸我眼中的文字始终保留着绝对的纯粹和自由,始终给予我绝对的慰藉力量。

我知道我不是年少有为、成名要趁早的那一类人，却不妨碍我坚信在未来某天自己定会成为发光发热的存在。但直到踏出象牙塔的那天，我才发现比起闪闪发光的钻石，这世上更多的是石头。果然，所有年轻气盛的幻想都抵不过现实的光天化日。文字给了我太多的美好理想，而直坦又赤裸裸的现实又一把将我拉回软烂的泥土里。这世上遍地都是石头，承认自己只是其中平平无奇的一颗其实是挺难受的一件事。

——文字于我是一种魔法，能在远离春天的夜晚，开尽满枝满丫的花。在某个短篇中我曾借女主的笔写下这句话，她身上有着和我一样的热爱，我也在故事的最后成全了那场承诺过她的盛开。

而在这个和小说并行的现实世界中，我不知道有没有这种魔法，因为我已经见过太多光秃秃的夜晚了。尽管如此，我还是期盼着一场温柔的春风，我希望自己那些在生活里朝不保夕的理想能在那个魔法世界里继续发光发亮，我愿意将现实中不能拥有的一切美好都馈赠给笔下的人物，让他们都能得偿所愿。我眼里的每个故事都和我身边的世界一样，有着人间风物、四时冷暖、晴风雨雪。每一个角色都不只是一个名字人设，他们鲜明可爱、会哭会笑、灵魂鲜活，有着和我一样的热血和温度。他们告诉我魔法一直都是真的，他们因我而存在，我因他们而闪闪发光。

现在的我，能坦然接受走在人群里的自己是个平平无奇的存在，也绝对相信那个坐在书桌前文思泉涌的自己就是这世上独一无二的小小发光体。而且比起将来成为一个著作等身的大作家，我认为要当一个与众不同、温柔可爱又有趣的人才更重要。

小说永远比现实更美好，我相信这个道理却不艳羡，因为我身边有着一群就算穷尽所有辞藻也无法描绘出来的可爱人儿。超级无敌温柔的编辑、比我还操心何时完稿的朋友、能吹得一口彩虹屁的读者……他们是远比那些美好更加珍贵的存在。

  文字于我是一种魔法，但我还是个学徒。每一个故事都是我的宝藏，如果你足够幸运，那么我藏在里面的所有自由、热爱、温柔与力量，统统都是你的了。

本书由瑞迟委托长沙大鱼文化传媒有限公司正式授权花山文艺出版社，在中国大陆地区独家出版中文简体版本。未经书面同意，本书的任何部分不得以图表、电子、影印、缩拍、录音和其他手段进行复制和转载，违者必究。